MOEWIG BEI Ullstein

ZUM BUCH:

Lew Altons Mutter war Terranerin, sein Vater Darkovaner, und weder die eine noch die andere Seite akzeptiert ihn. Lew jedoch ist dadurch befähigt, beide Seiten wirklich voll zu verstehen. Dies ist auch anderen bewußt. Geheimnisvolle Mächte veranlassen ihn, mit dem legendären Schwert der Sharra-Matrix aus seinem terranischen Exil nach Darkover zurückzukehren. In einer gewaltigen Schlacht soll das Schwert über das Schicksal von Darkover entscheiden ...

Obwohl *Das Schwert des Aldones* in einzelnen Teilen von der Autorin später neu gestaltet und der Neufassung von *Die blutige Sonne* zugeordnet wurde, ist der Roman ein interessantes Dokument für alle, die sich für die Ursprünge der Serie interessieren. Und natürlich ist er auch unheimlich spannend ...

ZUR AUTORIN:

Marion Zimmer Bradley, Jahrgang 1930, entdeckte ihre Liebe zur Science-fiction-Literatur bereits im Alter von 16 Jahren. Ihre erste Story erschien 1953, und ihr erster Kurzroman – ein Volltreffer – legte den Grundstein für den Darkover-Zyklus, dessen Schauplatz eben jener Planet der blutroten Sonne ist, mit dem die Autorin zu Weltruhm gelangte.

MARION ZIMMER BRADLEY

Das Schwert des Aldones

ROMAN

MOEWIG BEI Ullstein

Moewig bei Ullstein
Titel der Originalausgabe:
The Sword of Aldones
Aus dem Amerikanischen
von Rosemarie Hundertmarck

Ungekürzte Ausgabe

Umschlagentwurf:
Theodor Bayer-Eynck
Illustration:
Silvia Christoph

Printed in Germany 1994
Gesamtherstellung:
Ebner Ulm
ISBN 3 8118 2860 6

Oktober 1994
Gedruckt auf alterungs-
beständigem Papier mit
chlorfrei gebleichtem Zellstoff

Die Deutsche Bibliothek –
CIP-Einheitsaufnahme

Bradley, Marion Zimmer:
Das Schwert des Aldones :
Roman / Marion Zimmer Bradley.
[Aus dem Amerikan. von Rosemarie
Hundertmarck]. – Ungekürzte Ausg. –
Rastatt : Moewig bei Ullstein, 1994
ISBN 3-8118-2860-6

Von derselben Autorin
in der Reihe
Moewig bei Ullstein:

Hasturs Erbe (63515)
Die Flüchtlinge des Roten Mondes (63540)
Reise ohne Ende (63548)
Der verbotene Turm (63553)
Die Zeit der hundert Königreiche (63584)
Landung auf Darkover (63653)
Zauberschwestern (63884)
Die Monde von Darkover (63883)
Herrin der Falken (63886)
Das Schwert des Chaos (63702)
Die Winde von Darkover (62803)
Das Zauberschwert (62807)
Die blutige Sonne (62822)
Rote Sonne über Darkover (62827)

Für Rick Sneary

1

Wir überholten die Nacht.

Die *Southern Cross* war um Mitternacht auf Darkover gelandet. Dort hatte ich das terranische Flugzeug bestiegen, mit dem ich den halben Planeten umrunden würde. Erst eine Stunde war vergangen, und schon zeigte die dünne Luft die ersten Spuren der Morgenröte. Der Boden unter meinen Füßen kippte leicht, als die große Maschine sich auf den Westrand der Hellers niedersenkte. Gipfel auf Gipfel verschwand hinter uns. Wir durchflogen die spärlichen Wolken oberhalb der Schneegrenze. Schon begann ich, nach Landmarken Ausschau zu halten, obwohl ich wußte, daß wir zu hoch waren.

Sechs Jahre lang hatte ich mich in einem halben Dutzend Sternensystemen herumgetrieben, und nun kam ich wieder nach Hause. Aber ich empfand nichts. Kein Heimweh. Keine Aufregung. Nicht einmal Groll. Ich hatte Darkover nicht wiedersehen wollen. Andererseits war mir Darkover so gleichgültig geworden, daß es mir nicht der Mühe wert gewesen war, mich zu weigern.

Vor sechs Jahren hatte ich den Planeten mit der Absicht verlassen, nie mehr zurückzukehren. Die dringende Botschaft des Regenten war mir von Terra nach Samarra und von da nach Vainwal gefolgt. Es kostet eine Menge Geld, eine Nachricht an eine Privatperson durch den Raum zu schicken, auch über das terranische Relais-System, und der alte Hastur – Regent des Comyn, Herr der Sieben Domänen – hatte keine Wörter für Erklärungen verschwendet. Es war einfach ein Befehl gewesen. Ich konnte mir nur nicht vorstellen, warum sie mich zurückhaben wollten. Sie waren alle froh gewesen, mich los zu sein, als ich ging.

Ich wandte mich von dem heller werdenden Fenster ab, schloß die Augen und preßte meine gute Hand an die Schläfe. Die interstellare Reise war wie immer unter schweren Sedativen erfolgt. Die Wirkung des Medikaments, das der Schiffsarzt mir gespritzt hatte, ließ jetzt langsam nach; die Müdigkeit schwächte meine Barrieren, und ein quälendes telepathisches Gemurmel drang in meinen Geist ein.

Ich fühlte förmlich, wie die anderen Fluggäste mich heimlich anstarrten – wegen meines narbenbedeckten Gesichts, wegen meines Arms, der am Handgelenk in einem umgeschlagenen Ärmel endete, aber hauptsächlich deswegen, was und wer ich bin. Ein Telepath. Eine Abnormität. Ein Alton, Angehöriger einer der Sieben Familien des Comyn, der erblichen Autarchie, die Darkover schon regierte, lange bevor unsere Sonne zu Rot verblaßte.

Und doch dieser Kaste nicht ganz zugehörig. Mein Vater Kennard Alton – jedes Kind auf Darkover konnte die Geschichte erzählen – hatte etwas Schockierendes, beinahe Schimpfliches getan. Er hatte mit einer ehrenhaften *Laran*-Heirat eine Terranerin zur Frau genommen, verwandt mit den verhaßten Imperiumsleuten, die die zivilisierte Galaxis überrannt haben.

Er war damit durchgekommen, weil er stark war. Man hatte meinen Vater im Comyn-Rat gebraucht. Nach dem alten Hastur war er der mächtigste Mann im Comyn gewesen. Es war ihm sogar gelungen, dem Comyn meine Wenigkeit in den Hals zu stopfen. Aber sie waren alle froh gewesen, als ich Darkover verließ. Und jetzt war ich wieder da.

Auf den Sitzen vor mir saßen zwei professorenhaft wirkende Erdmänner, wahrscheinlich Forscher, die auf Urlaub von ihrer Vermessungs- und Erkundungsarbeit waren. Sie diskutierten die bärtige Frage des Ursprungs. Der eine verteidigte stur die Theorie der Parallel-Evolution, der andere die Lehre, irgendein alter Planet – vorzugsweise die Erde selbst – habe die ganze Galaxis vor einer Million Jahren kolonisiert. Ich konzentrierte mich auf ihr Gespräch und versuchte, von den neugierigen Blicken rings um mich keine

Notiz zu nehmen. Telepathen fühlen sich in Menschenmengen nie wohl.

Der Anhänger der Verbreitungslehre brachte all die alten Argumente für ein vergessenes Zeitalter der Sternenreisen vor, und der andere Mann führte die nichtmenschlichen Rassen und die unterschiedlichen Kulturniveaus auf jedem beliebigen Planeten ins Treffen.

»Darkover zum Beispiel«, dozierte er. »Der Planet befindet sich immer noch im frühen Stadium einer feudalen Kultur und versucht, den Zusammenstoß mit dem Terranischen Imperium zu verkraften . . .«

Ich verlor das Interesse. Man konnte nur darüber staunen, wie viele Terraner Darkover immer noch für einen feudalen oder barbarischen Planeten hielten. Und das nur, weil wir gegen importierte terranische Maschinen und Waffen nicht etwa Widerstand leisten, sondern einfach gleichgültig sind. Wir ziehen es vor, auf Pferden und Maultieren zu reiten, statt Zeit auf den Straßenbau zu verwenden. Und die Darkovaner, gebunden durch einen in alter Zeit abgeschlossenen Vertrag, wollen das Risiko nicht eingehen, daß die Tage der Kriege und des Massenmordes mit Feiglingswaffen zurückkehren. So lautet das Gesetz auf allen Planeten der Darkovanischen Liga und allen zivilisierten Welten außerhalb derselben. Wer töten will, muß sich selbst in Lebengefahr begeben. Auf Terra hatte ich gehört, daß man herabsetzend über den Duell-Kodex und das feudale System sprach. Ja, ist es nicht zivilisierter, einen persönlichen Feind im Nahkampf mit einem Schwert oder Messer zu töten, als tausend Fremde aus sicherer Entfernung umzubringen?

Die Bevölkerung Darkovers hat sich weniger als die meisten anderen von dem Glanz des Terranischen Imperiums blenden lassen. Ich bin auf fremden Planeten gewesen, und ich habe gesehen, was aus den Welten wurde, sobald die Erdmänner kamen und die Verlockungen einer sternenumspannenden Zivilisation mitbrachten. Sie unterwerfen sich neue Welten nicht mit Waffengewalt. Der Erdmann kann es sich leisten, ruhig abzuwarten, bis die einheimische Kultur unter dem Impakt zusammenbricht. Sie warten, bis der Planet inständig darum bittet, in das Imperium aufgenommen zu werden. Und früher oder später tut der Planet das auch – und wird ein weiteres Glied in der riesigen, überzentralisierten Monstrosität, die Welt nach Welt verschluckt.

Hier war das noch nicht geschehen.

Von einem der vordersten Sitze im Abteil erhob sich ein Mann und kam zu mir. Ohne um Erlaubnis zu fragen, schwang er sich auf den leeren Platz neben mir.

»Comyn?« Doch es war keine Frage.

Der Mann war hochgewachsen und schmal, ein Berg-Darkovaner, ein Cahuenga aus den Hellers. Sein Blick verweilte einen Augenblick länger, als es höflich gewesen wäre, auf den Narben und dem leeren Ärmel. Dann nickte er.

»Dachte ich's mir doch. Ihr seid der Junge, der in die Sharra-Sache verwickelt war.«

Ich fühlte, wie mir das Blut ins Gesicht stieg. Sechs Jahre lang hatte ich mich bemüht, die Sharra-Rebellion zu vergessen – und Marjorie Scott. Die Narben trug ich für immer. Verdammt noch mal, wer war dieser Mann, daß er es wagte, mir das alles ins Gedächtnis zurückzurufen?

»Was ich auch war«, entgegnete ich kurz, »ich bin es nicht mehr. Und ich erinnere mich nicht an Euch.«

»Ihr wollt ein Alton sein?« spöttelte er.

»Ungeachtet aller Horrorgeschichten«, erklärte ich, »laufen Altons nicht herum und lesen so ganz nebenbei Gedanken. Erstens ist das schwere Arbeit. Zweitens sind die Gedanken der meisten Menschen zu voll von Schmutz. Und drittens«, setzte ich hinzu, »sind sie uns einfach gleichgültig.«

Er lachte. »Ich habe auch nicht erwartet, daß Ihr mich erkennt. Als ich Euch zuletzt sah, wart Ihr betäubt und deliriertet. Ich sagte Eurem Vater, diese Hand werde letzten Endes doch amputiert werden müssen. Es tut mir leid, daß ich damit recht hatte.« Es klang nicht so, als ob es ihm leid tue. »Ich bin Dyan Ardais.«

Jetzt erinnerte ich mich halbwegs wieder an ihn. Er war

ein Berglord aus dem hintersten Winkel der Hellers. Die Altons und die Männer von Ardais haben nie viel Sympathie aneinander verschwendet, auch im Comyn nicht.

»Ihr reist allein? Wo ist Euer Vater, junger Alton?«

»Mein Vater ist auf Vainwal gestorben«, antwortete ich kurz.

Seine Stimme hörte sich wie ein Schnurren an. »Dann seid willkommen, *Comyn* Alton!« Der zeremonielle Titel traf mich wie ein Schock, als er ihn aussprach. Er blickte zum Fenster.

»Gleich landen wir in Thendara. Wollt Ihr mit mir reisen?«

»Ich rechne damit, abgeholt zu werden.« Das tat ich nicht, aber ich hatte keine Lust, diese Zufallsbekanntschaft fortzusetzen. »Dann treffen wir uns im Rat«, sagte er und setzte mit lässiger Eleganz hinzu: »Oh, und gebt gut acht auf Eure Habseligkeiten, *Comyn* Alton. Zweifellos gibt es solche, die die Sharra-Matrix gern wieder an sich brächten.«

Er machte kehrt und ging, und ich blieb sprachlos vor Schreck zurück. Verdammt! Hatte er meine Gedanken durchforscht? *Woher sollte er es sonst wissen?* Der dreckige Cahuenga! Da ich immer noch unter Prokalamin-Einfluß stand, konnte er meine telepathischen Barrieren überwinden und sich wieder zurückziehen, bevor ich etwas davon merkte. *Aber würde sich einer vom Comyn so weit erniedrigen?*

In meiner Wut wollte ich hinter ihm herlaufen, wurde jedoch mit einem Ruck auf meinen Sitz zurückgeschleudert. Wir verloren schnell an Höhe. Das Zeichen, die Sicherheitsgurte anzulegen, leuchtete auf. Ich fummelte mit meinem herum, völlig außer mir.

Er hatte mich gezwungen, mich zu erinnern, *warum* ich Darkover vor sechs Jahren verlassen hatte, narbenbedeckt und gebrochen und fürs Leben verkrüppelt. Er hatte Wunden, die zu heilen begannen, wieder aufgerissen. Und er hatte den Namen Sharra ausgesprochen.

Ich, ein Halbblut, ein Bastard, Comyn nur gnadenhalber,

weil mein Vater keine darkovanischen Söhne hatte, war leichte Beute für die Rebellen und Unzufriedenen gewesen, die mit dem Schlachtruf *Sharra* ausschwärmten. Sharra – die Legende nannte sie eine Göttin, die zum Dämon geworden war, gefesselt mit goldenen Ketten, herbeizurufen durch Feuer. Ich hatte vor einem solchen Feuer gestanden und meine telepathischen Gaben benutzt, die Macht Sharras heraufzubeschwören.

Mittelpunkt der Rebellion waren die Aldarans gewesen, die Comyn-Familie, die wegen ihrer Bündelei mit den Terranern ausgestoßen worden war. Ich war ein Verwandter Beltrans, des Lords von Aldaran.

Gesichter, die ich hatte vergessen wollen, zogen erbarmungslos vorbei, um mich zu quälen. Der Mann, der sich Kadarin nannte und mich überredet hatte, mich den Rebellen um Sharra anzuschließen. Der Säufer Zeb Scott, der die Talisman-Matrix Sharras gefunden hatte, und seine Kinder. Der kleine Rafe, der mir als seinem Helden auf Schritt und Tritt nachlief, Thyra mit dem Gesicht eines Mädchens und den Augen eines wilden Tieres – und Marjorie . . .

Marjorie! Ich war wieder in der Vergangenheit. Ein verängstigtes Mädchen mit weichem braunem Haar und goldgefleckten Bernsteinaugen stahl sich in dem seltsamen Feuerlicht an meine Seite. Lachend wanderte sie durch die Straßen einer Stadt, die jetzt Schutt und Asche war, eine Girlande aus goldenen Blumen in der Hand . . .

Ich verbannte die Erinnerungen. Das tat mir nicht gut. Das Donnern der bremsenden Düsen schmerzte mir in den Ohren. Durch das Fenster erkannte ich die gedrungenen Türme von Thendara, rosig im ersten Sonnenlicht, ein heller Fleck auf der dunklen, mit Wäldern und niedrigen Hügeln besetzten Ebene. Wir kamen tiefer und tiefer. Ich sah die Seen wie Silberspiegel aufblitzen, dann raste der Wolkenkratzer des terranischen Hauptquartiers am Fenster vorbei, das viele Weiß des Raumhafens gleißte, die Maschine setzte holpernd auf, und wir waren unten. Ich zog an meinem Gurt. Jetzt wollte ich mir Dyan kaufen . . .

Aber ich verfehlte ihn. Das Raumhafenfeld war ein Durcheinander aus Menschen von dreißig Planeten, die in hundert Sprachen babbelten, und als ich mich durch die Menge drängte, stieß ich mit einem dünnen, weißgekleideten Mädchen zusammen.

Sie schwankte und fiel, und ich bückte mich, um ihr aufzuhelfen. »Entschuldigen Sie«, bat ich auf Standard, »ich hätte auf meinen Weg achten sollen ...« und dann erst sah ich ihr Gesicht.

»Linnell!« rief ich freudig. »Wie herrlich!« Unbeholfen umarmte ich sie. »Wolltest du mich abholen? Was bist du gewachsen, Cousinchen!«

»Verzeihung?« Die Stimme des Mädchens klirrte vor Eis. Verblüfft stellte ich sie auf die Füße. Sie sprach jetzt Darkovanisch, aber noch nie hat ein darkovanisches Mädchen einen solchen Akzent gehabt. Ich starrte sie an.

»Es tut mir leid«, brachte ich schließlich heraus. »Ich dachte ...« und starrte weiter. Sie war ein hochgewachsenes Mädchen, sehr hell, mit einem herzförmigen Gesicht, weichem dunkelbraunem Haar und sanften grauen Augen. Nur jetzt waren sie nicht sanft; sie flammten vor Zorn.

»Nun?«

»Es tut mir leid«, wiederholte ich tölpelhaft, »ich hielt Sie für eine meiner Cousinen.«

Sie zuckte kühl die Schultern, murmelte etwas und ging weiter. Ich folgte ihr mit den Augen. Die Ähnlichkeit war phantastisch. Es war nicht nur eine oberflächliche Übereinstimmung von Farben und Größe. Das Mädchen war das Spiegelbild meiner Cousine Linnell Aillard. Sogar ihre Stimme klang wie die Linnells.

Eine leichte Hand berührte meine Schulter, und eine fröhliche Stimme rief: »Pfui, Lew! Was mußt du die arme Linnell in Verlegenheit gebracht haben! Sie ist eben ohne ein Wort an mir vorbeigerannt. Bist du so lange weggewesen, daß du deine guten Manieren ganz vergessen hast?«

»Dio Ridenow!« stellte ich überrascht fest.

Das Mädchen, das vor mir stand, war klein und keck.

Flachsblondes Haar flatterte ihr um die Schultern, und in ihren graugrünen Augen saß der Schalk. »Ich dachte, du wärst auf Vainwal!« stotterte ich.

»Und als du mir dort Lebewohl sagtest, dachtest du, ich würde dableiben und mir die Augen ausweinen«, entgegnete sie schnippisch. »Ich nicht! Der Raum steht den Frauen ebenso offen wie den Männern, Lew Alton, und auch ich habe einen Sitz im Comyn-Rat, wenn ich Lust habe, ihn einzunehmen. Warum sollte ich dort bleiben und allein schlafen?« Sie kicherte. »O Lew, wenn du dein Gesicht sehen könntest! Was ist denn los?«

»Es war nicht Linnell«, erklärte ich, und Dio riß die Augen auf.

»Wer dann?« Sie sah sich um, aber das Mädchen, das wie Linnell aussah, war in der Menge verschwunden. »Und wo ist mein Onkel? Hast du wieder mit deinem Vater gestritten, Lew?«

»Nein.« Meine Stimme war rauh. »Er ist auf Vainwal gestorben.« Wußte das auf Darkover noch *niemand?* »Glaubst du, eine geringere Ursache hätte mich nach hier zurückgebracht?«

Die Fröhlichkeit verschwand aus Dios Gesicht. »O Lew! Das tut mir leid! Ich hatte ja keine Ahnung!«

Wieder berührte sie meinen Arm. Ich zuckte vor ihrem Mitgefühl zurück. Was mich betraf, war Dio Ridenow Dynamit. Auf Vainwal war das alles in Ordnung gewesen. Aber von uns beiden wußte zumindest ich, wie schnell aus der alten Affäre wieder Leidenschaft werden konnte. Und ich hatte schon ohne das genug Probleme.

Von neuem war es mir mißlungen, meine Gedanken abzuschirmen. Dios helles Gesicht lief blutrot an. Sie biß sich auf die Unterlippe, drehte sich um und rannte fast auf die Raumhafenschranken zu.

»Dio!« schrie ich ihr nach, doch in diesem Augenblick hörte ich meinen Namen. Und da machte ich meinen ersten Fehler. Ich folgte ihr nicht – fragte mich nicht, warum. Zum zweiten Mal wurde mein Name gerufen.

»Lew! Lew Alton!«

Und im nächsten Augenblick lächelte ein schlanker, dunkelhaariger Junge in terranischer Kleidung zu mir hoch.

»Lew! Willkommen daheim!«

Und ich konnte mich nicht um mein Leben an seinen Namen erinnern.

Er war mir bestimmt nicht fremd. Er kannte mich, und ich kannte ihn. Trotzdem wartete ich vorsichtig ab, denn schließlich hatte ich auch Linnell *erkannt*. Der Junge lachte.

»Kennst du mich nicht mehr?«

»Ich bin zu lange weggewesen, um mir noch bei irgend jemandem sicher zu sein«, sagte ich. Ich wollte einen telepathischen Kontakt herstellen, aber die Droge verwirrte immer noch mein Gehirn, und ich spürte nur eine vage Vertrautheit. Kopfschüttelnd betrachtete ich den Jungen. Er mußte noch ein Kind gewesen sein, als ich Darkover verließ; er war so jung, daß er sich wohl kaum schon rasierte.

»Zandrus Höllen«, entfuhr es mir, »du kannst doch nicht Marius sein?«

»Kann ich das nicht?«

Ich vermochte es immer noch nicht zu glauben. Mein Bruder Marius, der jüngere Bruder, der unsere terranische Mutter das Leben gekostet hatte – war es möglich, daß ich meinen eigenen Bruder nicht wiedererkannte?

Er grinste schüchtern zu mir hoch, und mein Argwohn legte sich. »Es tut mir leid, Marius. Du warst noch so jung, und du hast dich so sehr verändert. Nun ...«

»Wir können uns später unterhalten«, fiel er rasch ein. »Du mußt durch den Zoll und so weiter, aber ich wollte dich vorher begrüßen. Was ist los, Lew? Du siehst komisch aus. Krank?«

Ich stützte mich minutenlang auf seinen Arm, bis der Schwindel verging. »Prokalamin«, sagte ich kläglich, und als er mich verständnislos ansah, erläuterte ich: »Ein Sedativ, das Passagiere auf Sternenschiffen gespritzt bekommen, damit sie den Hyperantrieb aushalten, ohne daß ihnen der Kopf platzt. Es dauert eine Weile, bis die Wirkung nachläßt, und ich bin außerdem gegen das Zeug allergisch.«

Er musterte mich aus dem Augenwinkel, und mein Gesicht verhärtete sich. »Bin ich so abschreckend? Schon gut, du hast mich nicht gesehen, seit ich meine Hand verlor und mir das Gesicht zerschnitten wurde. Sieh es dir nur genau an.«

Er wandte die Augen ab, und ich legte ihm den Arm um die Schultern.

»Es macht mir nichts aus, wenn du mich anstarrst«, sagte ich freundlicher. »Aber, verdammt noch mal, schiele nicht nach mir hin, wenn du meinst, ich merkte es nicht, denn ich merke es immer. Verstanden?«

Er entspannte sich und betrachtete mich eine Minute lang ohne Scheu. Dann grinste er. »Nicht hübsch, aber du bist nie eine Schönheit gewesen, soviel ich mich erinnnere. Gehen wir.«

Ich sah zu dem Wolkenkratzer des HQ und den hohen Gebäuden der Handelsstadt hinüber. Jenseits davon erhoben sich die gesplitterten Zähne der Berge, und hoch über der Ebene thronte die Comyn-Burg, auf der sich der Turm der Bewahrerin in den Himmel reckte.

»Haben sich die Comyn schon in Thendara versammelt?«

Marius schüttelte den Kopf. Ich hatte mich immer noch nicht an den Gedanken gewöhnt, daß dies mein Bruder war. Er gab mir einfach nicht das richtige Gefühl. »Nein«, antwortete er, »sie – wir treffen uns draußen in der Verborgenen Stadt. Lew, hast du irgendwelche Schußwaffen von Terra mitgebracht?«

»Hölle, nein. Was tue ich mit Schußwaffen? Und die Einfuhr ist sowieso verboten.«

»Dann bist du überhaupt nicht bewaffnet?«

»Nein. Auf den meisten Planeten des Imperiums ist es nicht erlaubt, Handwaffen zu tragen, und so habe ich die Gewohnheit abgelegt. Warum?«

Er blickte finster. »Ich habe mir voriges Jahr eine Pistole besorgt. Ich habe dafür viermal soviel bezahlt, wie sie wert ist, und sie trägt die Schmuggelmarke. Ich dachte – halt, da wird dein Name aufgerufen.«

So war es. Langsam ging ich auf das niedrige weiße Zollgebäude zu, und Marius folgte mir. Er ging mit einer verneinenden Kopfbewegung an dem diensttuenden Beamten vorbei. Mein Gepäck war auf das Förderband gelegt worden, und der Beamte sah mich ohne viel Interesse an.

»Lewis Alton-Kennard-Montray-Alton? Mit der *Southern Cross* auf Port Chicago gelandet? Matrix-Techniker?«

Ich gestand das alles ein und schob ihm die Plastikmarke zu, die mich als lizenzierten Matrix-Mechaniker auswies.

»Das müssen wir anhand des Hauptspeichers überprüfen«, sagte der Terraner. »Es wird eine oder zwei Stunden dauern. Wir setzen uns mit Ihnen in Verbindung.«

Sein Blick wanderte über die Zeile eines Vordrucks. »Erklären – Sie – daß – Sie – nach – bestem – Wissen – und – Gewissen – keine – Energie- – oder – Projektilwaffen – in – Ihrem – Besitz – haben – Pistolen – Desintegratoren – oder – Blaster – atomare – Isotope – Narkotika – Drogen – Rauschmittel – oder – Brandstoffe?«

Ich unterschrieb. Er hielt mein Gepäck unter das Prüfgerät. Der Schirm blieb leer, wie ich ihm gleich hätte sagen können. Die genannten Artikel waren alle terranische Fabrikate, und ein feierlicher Vertrag mit den Hasturs verpflichtet das Imperium, nicht zuzulassen, daß sie in die darkovanische Zone oder sonstwohin außerhalb der Handelsstädte gebracht werden. Solche Gegenstände, Schmuggelware auf unserem Planeten, werden vor ihrer Verschiffung nach Darkover mit einem Tupfen aus einer radioaktiven Substanz versehen, harmlos, aber nicht wieder zu entfernen.

»Sonst etwas zu deklarieren?«

»Ich habe ein auf der Erde hergestelltes Fernglas, eine terranische Kamera und eine halbe Flasche *Firi* von Vainwal«, informierte ich ihn.

»Zeigen Sie her.«

Er öffnete die Koffer, und ich verkrampfte mich. Das war der Augenblick, den ich gefürchtet hatte.

Ich hätte versuchen sollen, ihn zu bestechen. Aber wenn ich an einen ehrlichen Mann geriet, hätte mir das eine Geldstrafe eingetragen und meinen Namen auf die schwarze Liste gebracht. Das wollte ich nicht riskieren.

Er warf einen Blick auf die Kamera und das Fernglas. Terranische Linsen sind ein Luxusartikel, auf denen ein hoher Zoll liegt.

»Zehn *Reis*«, sagte er und schob Kleidungsstücke beiseite. »Wenn in der *Firi*-Flasche weniger als zehn Unzen sind, ist sie zollfrei. Was ist das?«

Ich fürchtete, meine Zunge durchzubeißen, als seine Hand danach griff. Mir war, als quetsche eine Faust mein Herz zusammen.

»Fassen Sie das nicht an!« zwängte es sich aus meiner wie zugeschnürten Kehle.

»Was im ...« Er zog es heraus, und ich hatte das Gefühl, ein Nagel kratze an einem Nerv entlang. Er fing an, es auszuwickeln. »Eine geschmuggelte Waffe, he? Sie – Teufel, das ist ein *Schwert!*«

Ich konnte nicht atmen. Die blauen Kristalle im Griff blinzelten zu mir hoch, und seine Hand, die den Griff umfaßt hielt, war eine unerträgliche Qual.

»Das ist ein – ein Erbstück meiner Familie.«

Er sah mich merkwürdig an. »Nun, ich beschädige es ja nicht. Wollte mich nur vergewissern, daß es kein Blaster oder so etwas ist.« Er wickelte es wieder in das seidene Tuch, und ich erinnerte mich, wie man atmet. Dann nahm er die halbleere Flasche mit dem teuren Vainwal-Likör und maß den Inhalt mit den Augen. »Etwa sieben Unzen. Unterschreiben Sie eine Erklärung, daß Sie das zum eigenen Verbrauch und nicht zum Weiterverkauf mitbringen, und es ist zollfrei.«

Ich unterschrieb. Er ließ das Kofferschloß zuschnappen, und ich entfernte mich mit schwankenden Schritten von der Zollschranke.

Eine Hürde genommen. Und ich hatte es fertiggebracht, am Leben zu bleiben – diesmal.

Ich holte Marius ein und winkte ein Lufttaxi heran.

2

Das Sky-Harbor-Hotel war eine Neppbude, und es gefiel mir gar nicht. Aber hier würde ich wahrscheinlich keinem anderen Comyn begegnen, und das war die Hauptsache. Man wies uns zwei der Zellen zu, die die Terraner Zimmer nennen. Ich hatte mich auf Terra und Vainwal an die Enge gewöhnt, und sie störte mich nicht mehr. Doch als ich die Tür schloß, wandte ich mich bestürzt Marius zu.

»Zandrus Höllen, das hatte ich vergessen! Macht es dir etwas aus?«

Ich wußte, welche verheerende Wirkung Türen, Wände und Schlösser auf einen Darkovaner haben können. Dies schreckliche Gefühl, ersticken zu müssen, hatte ich in meinen ersten Jahren auf der Erde gründlich kennengelernt. Mehr als alles andere unterscheidet das den Darkovaner vom Terraner; darkovanische Räume haben durchscheinende Wände und sind mit dünnen Paneelen oder Vorhängen oder Lichtschranken unterteilt.

Marius schien sich jedoch ganz wohl zu fühlen. Er rekelte sich auf einem so modernistischen Möbelstück, daß ich nicht sagen konnte, ob es ein Bett oder ein Sessel war. Ich zuckte die Schultern. Wenn ich es gelernt hatte, mit der Klaustrophobie fertigzuwerden, dann er vermutlich auch.

Ich badete, rasierte mich und knäulte die terranische Kleidung, die ich auf dem Sternenschiff getragen hatte, achtlos zusammen. So bequem die Sachen waren, ich konnte darin nicht im Comyn-Rat erscheinen. Deshalb zog ich eine wildlederne Hose und knöchelhohe Stiefel an. Beim Zuschnüren der roten Weste stellte ich meine Geschicklichkeit mit einer

Hand absichtlich zur Schau; ich war in dem Punkt immer noch zu empfindlich. Der kurze Mantel in den Alton-Farben verbarg die Hand, die nicht mehr da war. Ich fühlte mich, als hätte ich die Haut gewechselt.

Marius streifte ruhelos im Zimmer umher. Er kam mir immer noch fremd vor. Seine Stimme und sein Benehmen waren mir vage vertraut, und trotzdem fehlte die Verbundenheit, die zwischen Telepathen in einer Comyn-Familie normal ist. Ich fragte mich, ob auch er es spürte. Vielleicht lag es an der Droge.

Ich legte mich hin, schloß die Augen und versuchte zu schlafen. Es ging nicht. Nach acht Tagen im Raum, wo das unablässige Dröhnen des Antriebs auch durch den Drogenschleier wahrnehmbar ist, störte mich die Stille. Schließlich setzte ich mich auf und zog ein kleineres Gepäckstück an mich heran.

»Tust du mir einen Gefallen, Marius?«

»Klar.«

»Ich bin immer noch benommen – kann mich nicht konzentrieren. Kannst du ein Matrix-Schloß öffnen?«

»Wenn es ein einfaches ist.«

Das war es. Jeder Nichttelepath hätte sich auf das psychokinetische Muster einstimmen können, das der Matrix-Verschluß aussandte. »Es ist einfach, aber auf mich abgestimmt. Berühre meine Gedanken, und ich gebe dir das Muster.«

Die Bitte war in einer Telepathen-Familie nicht ungewöhnlich. Warum starrte der Junge mich wie in Panik an? Ich gab ihm den Blick erstaunt zurück; dann grinste ich. Schließlich kannte Marius mich kaum. Er war bei meiner Abreise ein kleiner Junge gewesen, und nun sah er in mir beinahe einen Fremden. »Oh, schon gut, dann berühre ich deine Gedanken.«

Ich stellte einen leichten telepathischen Kontakt her und sandte das Bild des Matrix-Musters. Sein Geist war so völlig abgeschirmt, daß er ein Fremder, sogar ein Nichttelepath hätte sein können. Es war mir peinlich; ich fühlte mich nackt und aufdringlich. Schließlich wußte ich nicht einmal, ob Marius Telepath war. Die Gabe zeigte sich erst in der Pubertät, und er war ein Kind gewesen, als ich wegging. In allem anderen hatte er die terranischen Merkmale geerbt, warum sollte er dies eine darkovanische Talent besitzen?

Er legte das geöffnete Köfferchen auf das Bett. Ich nahm eine kleine, viereckige Schachtel heraus und reichte sie ihm.

»Kein großes Geschenk«, sagte ich, »aber wenigstens habe ich daran gedacht.«

Zögernd öffnete er die Schachtel und betrachtete das Fernglas, das schimmernd und fremdartig darin lag. Merkwürdig, wie verlegen er es in die Hand nahm! Dann legte er es kommentarlos in die Schachtel zurück. Es ärgerte mich ein bißchen. Wenn ich auch nicht mit überschäumender Dankbarkeit gerechnet hatte, bedanken hätte er sich immerhin können. Er hatte auch nicht nach Vater gefragt.

»In Linsen sind die Terraner unschlagbar«, sagte er nach einer Minute.

»Aufs Linsenschleifen verstehen sie sich. Und auf den Bau von Raumschiffen. Soviel ich weiß, ist das alles, was sie fertigbringen.«

»Sie können auch Kriege führen«, stellte er fest. Ich ging nicht darauf ein. »Jetzt zeige ich dir noch die Kamera. Ich erzähle dir gar nicht erst, was ich dafür bezahlt habe – du würdest mich für verrückt halten.« Ich kramte in den Koffern herum, und Marius saß neben mir, sah sich die Dinge an und stellte schüchtern Fragen. Offensichtlich interessierte ihn das alles, aber aus irgendeinem Grund bemühte er sich, es nicht zu zeigen. Warum?

Zuletzt zog ich das lange Schwert heraus. Und als ich es berührte, fühlte ich die vertraute Mischung aus Widerwillen und Lust …

Die ganze Zeit, die ich Darkover fern war, hat es geschlafen. Die Nähe der starken Matrix, verborgen zwischen Klinge und Griff, ließ mich erschauern. Anderswo als auf Darkover war sie ein lebloser Kristall. Jetzt hatte sie eine seltsame, lebendige Wärme.

Die meisten Matrices sind harmlos. Stückchen aus Metall, Kristall oder Stein, die auf die psychokinetischen Wellenlängen der Gedanken reagieren und sie in Energie umwandeln. Bei dem gewöhnlichen Matrix-Mechaniker – und was die Terraner auch glauben mögen, die Matrix-Mechanik ist eine Wissenschaft, die jeder erlernen kann – wird diese psychokinetische Fähigkeit unabhängig von der Telepathie entwikkelt. Aber Telepathen sind besser darin, besonders bei den Matrices höherer Ebenen.

Dagegen war die Sharra-Matrix auf die telepathischen Zentren abgestimmt, auf das ganze Nervensystem, Körper und Gehirn. Der Umgang mit ihr war gefährlich. Die Tradition schrieb vor, daß Matrices dieser Art in irgendeiner Waffe verborgen werden. Sharras Matrix war die furchtbarste je erfundene Waffe. Sinnvollerweise war sie in einem Schwert versteckt. Eine Lithiumbombe wäre besser gewesen. *Und am besten eine, die explodiert und die Matrix und alles übrige vernichtet . . . und mich mit.*

Marius' Gesicht war von Entsetzen verzerrt. Er zitterte.

»Sharras Matrix!« flüsterte er mit steifen Lippen. »Warum, Lew? Warum?«

Mit heiserer Stimme fuhr ich ihn an: »Woher weißt du –?«

Niemand hatte es ihm gesagt. Und unser Vater wollte nicht, daß er es erfuhr. Ich stand auf, von Argwohn ergriffen. Bevor ich die Frage stellen konnte, summte der Interkom. Marius faßte an mir vorbei nach dem Apparat und lauschte. Dann hielt er mir den Hörer hin und machte seinen Platz für mich frei. »Amtlich«, flüsterte er.

»Abteilung drei«, meldete sich eine spröde, gelangweilte Stimme, nachdem ich mich identifiziert hatte.

»Zandru!« murmelte ich. »Schon? Nein – Entschuldigung – sprechen Sie.«

»Amtliche Mitteilung«, sagte die gelangweilte Stimme. »Gegen Lewis Alton-Kennard-Montray-Alton ist die Absicht einer Tötung in fairem Kampf eingetragen worden. Der erklärte Gegner ist identifiziert als Robert Raymon Kadarin, Anschrift nicht registriert. Sie sind dem Gesetz entsprechend benachrichtigt worden; bitte bestätigen Sie den Empfang oder geben Sie einen vom Gesetz anerkannten Grund für die Empfangsverweigerung an.«

Ich schluckte schwer. »Ich bestätige den Empfang«, sagte ich schließlich und legte den Hörer hin. Ich schwitzte. Der Junge kam und setzte sich neben mich. »Was ist passiert, Lew?«

Mir tat der Kopf weh, und ich rieb ihn mit meiner guten Hand.

»Ich bin gerade über eine Tötungsabsicht informiert worden.«

»Hölle«, sagte Marius, »schon? Von wem?«

»Von niemandem, den du kennst.« Meine Narbe zuckte. Kadarin – Anführer der Sharra-Rebellen, einst mein Freund, jetzt mein geschworener, unerbittlicher Feind. Er hatte keine Zeit verloren, um mich zur Erledigung unseres alten Streits aufzufordern. Ob er überhaupt wußte, daß ich meine Hand eingebüßt hatte? Zu spät fiel mir ein – als sei das etwas, das jemand anders zugestoßen war –, daß es ein vom Gesetz anerkannter Grund für eine Empfangsverweigerung gewesen wäre. Ich versuchte, den mich anstarrenden Jungen zu beruhigen.

»Nimm es nicht so schwer, Marius. In einem fairen Kampf brauche ich keine Angst vor Kadarin zu haben. Er war nie gut mit dem Schwert. Er ...«

»Kadarin!« stammelte er. »Aber, aber Bob hat versprochen ...«

»Bob?« Meine Finger schlossen sich um seinen Arm. »Woher kennst *du* Kadarin?«

»Ich will es dir erklären, Lew. Ich bin nicht ...«

»Du wirst mir eine Menge zu erklären haben, Bruder«, sagte ich kalt. Und dann fing irgendwer an, entschlossen gegen die Tür zu hämmern.

»Mach nicht auf!« beschwor mich Marius.

Aber ich ging zur Tür und schob den Riegel zurück. Dio Ridenow stürzte ins Zimmer.

Sie hatte sich nach unserem Wiedersehen auf dem Raumhafen umgezogen und trug jetzt Reitkleidung für einen Mann, die ihr ein bißchen zu groß war, und sie sah aus wie ein kriegerisches Kind. Nach einem oder zwei Schritten blieb sie stehen und heftete den Blick auf den Jungen hinter mir.

»Was ...«

»Du kennst meinen Bruder«, sagte ich ungeduldig.

Dio stand wie angewurzelt da. »Deinen *Bruder?*« keuchte sie endlich. »Hast du den Verstand verloren? Das ist ebensowenig Marius, wie ... wie ich es bin!« Ich trat ungläubig zurück, und Dio stampfte wütend mit dem Fuß auf. »Seine Augen! Lew, du Idiot, *sieh dir seine Augen an!*«

Mein angeblicher Bruder sprang vor und brachte mich aus dem Gleichgewicht. Er warf sein ganzes Gewicht gegen uns. Dio taumelte, und ich fiel auf ein Knie nieder. *Augen.* Marius – jetzt fiel es mir wieder ein – hatte die Augen unserer terranischen Mutter. Dunkelbraun. Kein Darkovaner hat braune oder schwarze Augen. Und dieser – dieser Betrüger, der *nicht* Marius war, sah mich mit den goldgefleckten Bernsteinaugen eines Fremden an. Nur zweimal hatte ich solche Augen gesehen. Marjorie. Und ...

»Rafe Scott!«

Marjories Bruder! Kein Wunder, daß er mich erkannt hatte, kein Wunder, daß er mir irgendwie bekannt vorgekommen war. Auch an ihn erinnerte ich mich nur als kleinen Jungen!

Er versuchte, an mir vorbeizugelangen. Ich packte ihn, und wir schwankten kämpfend in einem knochenbrechenden Clinch hin und her. *»Wo ist mein Bruder?«* schrie ich. Ich hakte meinen Fuß hinter seinen Knöchel, und wir krachten zusammen auf den Fußboden.

Er hat nie behauptet, Marius zu sein, schoß es mir durch den Kopf. *Er hat es nur nicht geleugnet, als ich ihn dafür hielt ...*

Ich bekam ein Knie auf seine Brust und hielt ihn am Boden fest. »Was hast du dir dabei gedacht, Rafe? Sprich!«

»Laß mich aufstehen, verdammt! Ich kann es erklären!«

Daran zweifelte ich nicht im geringsten. Wie schlau hatte er festgestellt, daß ich unbewaffnet war! Aber ich hätte es mir denken können. Ich hätte meinem Instinkt vertrauen sollen; er vermittelte mir nicht das gleiche *Gefühl* wie mein Bruder. Er hatte nicht nach Vater gefragt. Es war ihm peinlich gewesen, daß ich ihm ein Geschenk gab.

Dio sagte: »Lew, vielleicht ...« Bevor ich antworten konnte, rollte Rafe sich plötzlich zur Seite und schüttelte mich ab. Er gab Dio einen Stoß, und die Tür knallte hinter ihm zu.

Schwer atmend stand ich auf, und Dio kam zu mir. »Bist du verletzt? Willst du nicht versuchen, ihn zu fangen?«

»Nein – auf beide Fragen.« Bis ich herausgefunden hatte, warum Rafe dies ungeschickte und tollkühne Täuschungsmanöver durchgeführt hatte, war es sinnlos, ihm nachzujagen. Und wo war Marius?

»Die Lage wird von Minute zu Minute verrückter«, sagte ich, nicht unbedingt zu Dio. »Und wie paßt du ins Bild?«

Sie setzte sich auf das Bett und funkelte mich an.

»Was meinst du wohl?«

Jetzt bedauerte ich, daß ich ihre Gedanken nicht lesen konnte. Es gab dafür einen Grund – aber lassen wir das vorerst.

Dio bedeutete Ärger in einem hübschen blonden Päckchen. Ich war hier auf Darkover, und ich mußte mindestens eine Weile bleiben.

Die gesellschaftlichen Regeln auf Vainwal – wo Dio unter dem laxen Schutz ihres Bruders Lerrys die letzten beiden Jahre verbracht hatte – waren sehr viel weniger streng als auf Darkover. Ihr Bruder hatte Verstand genug gehabt, sich nicht einzumischen.

Aber hier auf Darkover war Dio *Comynara* und besaß *Laran*-Rechte auf dem großen Besitztum der Ridenows. Und was war ich? Ein Halbblut der verhaßten Terraner! Eine Affäre mit Dio würde mir sämtliche Ridenows auf den Hals bringen, und es gab eine Menge von ihnen.

Ich würde Dio mein ganzes Leben lang dankbar sein. In

den Schrecken jener letzten Nacht, als Sharra in den Bergen jenseits des Flusses wütete, war mir mit Marjorie ein Teil meines Ichs entrissen worden, nicht sauber losgetrennt wie meine Hand, sondern innerlich schwärend und eiternd. Es hatte keine anderen Frauen, keine andere Liebe gegeben, nichts als leeres schwarzes Entsetzen, bis Dio kam. Sie hatte sich in mein Leben geworfen, ein bezauberndes, leidenschaftliches, eigenwilliges Mädchen, sie war ohne Zögern in dies Entsetzen hinabgestiegen, und danach war die Wunde irgendwie verheilt.

Liebe? Nicht wie ich das Wort auffaßte. Aber Verständnis und unbeschränktes Vertrauen. Ich hätte ihr alles anvertraut – meinen Ruf, mein Vermögen, meine geistige Gesundheit – mein Leben.

Ihren Brüdern vertraute ich dagegen ungefähr so weit, wie ich durch die Hülle der *Southern Cross* sehen konnte. Und ich durfte mich nicht mit ihnen anlegen – noch nicht. Das versuchte ich, Dio klarzumachen, ohne ihre Gefühle zu verletzen. Es war nicht leicht. Mißmutig saß sie da und baumelte mit den Beinen, während ich hin und her lief wie ein Tier im Käfig. Schon daß sie sich hier in meinem Zimmer befand, konnte gefährlich sein, falls ihre Familie Wind davon bekam – und wenn es noch so unschuldig war. Und ich wußte, bei längerem Zusammensein würde es nicht unschuldig bleiben. Dios gemurmeltes »Ich verstehe« machte mich wütend, weil ich merkte, daß sie in Wirklichkeit gar nichts verstand.

Ihr unruhiger Blick fiel auf die Schwert-Attrappe, die auf dem Bett lag. Geistesabwesend nahm sie sie in die Hand.

Kein richtiger Schmerz, nur eine Spannung, ein Zerren an meinen Nerven. Ich schrie wortlos auf. Dio ließ das Schwert fallen, als habe es sie verbrannt, und sah mich mit offenem Mund an.

»Was ist los?«

»Ich – kann es nicht erklären.« Ich stand da und betrachtete das Ding minutenlang. »Als erstes sollte ich etwas tun, um die Gefahr abzuschalten, wenn man es anfaßt – für den, der es anfaßt, und für mich.«

Ich suchte in meinem Gepäck nach der Werkzeugtasche, die ich als Matrix-Techniker brauchte. Von dem speziellen Isolierstoff war nur noch wenig da, aber nun war ich wieder auf Darkover und konnte ihn für mich herstellen lassen. Ich wickelte das Zeug um und über die Verbindung zwischen Griff und Klinge, bis ich die Wärme und das Prickeln nicht mehr spürte. Stirnrunzelnd hielt ich das Schwert ein Stück von mir ab. Ich war nicht einmal sicher, ob gewöhnliche Sicherheitsmaßnahmen bei dieser Matrix etwas nützten.

Ich reichte Dio das Schwert. Sie biß sich auf die Lippen, aber sie nahm es. Der Schmerz ließ sich aushalten. Ich spürte ein kleines, quälendes Ziehen, mehr nicht.

»Warum in aller Welt hast du die Matrix einer hohen Ebene ohne Isolierung herumliegen lassen?« wollte Dio wissen. »Und warum hast du es zugelassen, daß du auf diese Weise darauf abgestimmt worden bist?«

Das waren sehr gute Fragen, besonders die letzte. Aber die ignorierte ich. »Ich wagte nicht, sie isoliert durch den Zoll zu bringen«, antwortete ich nüchtern. »Die Erdleute wissen heutzutage, wonach sie suchen müssen. Solange das nichts weiter als ein Schwert ist, wird es sich keiner zweimal ansehen.«

»Lew, das alles verstehe ich nicht«, sagte Dio hilflos.

»Versuch es erst gar nicht, Liebling. Je weniger du weißt, desto besser ist es für dich. Hier ist nicht Vainwal, und ich – ich bin nicht der Mann, den du dort gekannt hast.«

Ihre weichen Lippen zitterten, und in der nächsten Minute hätte ich sie in die Arme genommen. Aber da ballerte schon wieder jemand gegen die Tür.

Und ich hatte geglaubt, hier ungestört zu sein!

Ich trat von Dio zurück. »Das sind vermutlich deine Brüder«, meinte ich bitter, »und ich werde bald über eine weitere Tötungsabsicht informiert werden.«

Als ich zur Tür gehen wollte, hielt sie mich am Arm fest. »Warte! Nimm das«, drängte sie.

Verständnislos sah ich das Ding an, das sie mir hinhielt. Es war eine kleine Projektil-Pistole, eine der terranischen Pulverwaffen, die im Vergleich zu ihrer Größe und Einfachheit unglaublichen Schaden anrichten. Ich zog meine Hand davor zurück, aber Dio steckte sie mir in die Tasche. »Du brauchst sie nicht zu *benutzen*«, sagte sie. »Trag sie nur bei dir. *Bitte*, Lew.«

Das Klopfen an der Tür wiederholte sich, und Dio hielt mich flehend fest, bis ich ungeduldig nickte. Ich öffnete die Tür einen Spalt und stellte mich so in die Öffnung, daß man das Mädchen nicht sehen konnte.

Der Junge im Flur war untersetzt und dunkel, und seine braunen Augen funkelten belustigt. Er fragte: »Nun, Lew?«

Und dann spürte ich seine Anwesenheit. Ich kann nicht genau erklären, wie, aber ich *wußte* es. Mit einem Mal kam es mir unglaublich vor, daß Rafe mich auch nur eine Minute lang hatte täuschen können. Ein Beweis, wenn der noch notwendig war, daß ich gleich nach der Landung mit Minus-Kapazität funktioniert hatte. »Marius«, sagte ich heiser und zog ihn ins Zimmer.

Er sprach nicht viel, doch er drückte mir fest die Hand. »Lew – Vater?«

»Auf Vainwal. Es gibt da ein Gesetz, nach dem es verboten ist, Leichen durch den Raum zu transportieren.«

Er schluckte und senkte den Kopf. »Unter einer Sonne, die ich nie gesehen habe ...« flüsterte er. Ich legte ihm meinen guten Arm um die Schultern, und nach einer Weile sagte er mit schwerer Zunge: »Wenigstens bist du hier. Du bist gekommen. Man hat mir gesagt, du kämst nicht.«

Gerührt und ein bißchen beschämt ließ ich ihn los. Ein Befehl war notwendig gewesen, um mich zurückzubringen, und darauf war ich gar nicht stolz. Ich sah mich um – Dio war gegangen. Offenbar hatte sie das Zimmer durch die andere Tür verlassen. Ich war erleichtert; es ersparte mir Erklärungen.

Gleichzeitig ärgerte ich mich. Schon zu viele Leute waren aufgetaucht und wieder verschwunden. Lauter verkehrte Leute und aus verkehrten Gründen. Dyan Ardais – der im Flugzeug meine Gedanken gelesen hatte. Das Mädchen auf dem Raumhafen, das aussah wie Linnell und es nicht war. Rafe, der sich als mein Bruder ausgab. Dio, die ohne vernünftigen Grund bei mir eindrang und sich wieder davonschlich. Und nun war Marius selbst gekommen! Zufall? Vielleicht, aber es verwirrte mich.

»Können wir gehen?« fragte Marius. »Ich habe alles erledigt. Oder hast du einen Grund, hierzubleiben?«

»Ich muß mein Matrix-Zertifikat in der Legation abholen«, antwortete ich. »Dann gehen wir.« Je eher ich das Hotel verließ, desto besser – sonst platzte noch halb Darkover herein, um mich an der Nase herumzuführen!

»Lew«, erkundigte sich Marius unvermittelt, »hast du eine Schußwaffe?«

Rafes Frage – und sie nervte mich. Ich ordnete meine Gedanken neu, entfernte aus ihnen den falschen Marius – Rafe – und brachte meinen Bruder unter, wo er hingehörte. »Ja«, antwortete ich kurz und ließ es dabei bewenden. »Willst du mit mir zur Legation kommen?«

»Ich möchte gern mit dir durch die Stadt gehen.« Marius sah sich in dem engen Raum um und schüttelte sich. »In diesem Käfig könnte ich nicht bleiben. Du wolltest heute nacht doch nicht etwa hier schlafen?«

Die Handelsstadt war während meiner Abwesenheit gewachsen. Sie war größer, schmutziger und überfüllter geworden. Es kam mir schon natürlicher vor, sie als Handelsstadt als bei ihrem darkovanischen Namen Thendara zu nennen. Marius ging schweigend neben mir her. Endlich fragte er: »Lew, wie ist es auf Terra?«

Die Frage hatte ich erwartet. Die Erde, Heimat der unbekannten Vorfahren, denen er so sehr ähnelte. Ich hatte mich meines terranischen Blutes wegen immer gegrämt. Er sich auch?

»Man braucht ein Menschenalter, um Terra kennenzulernen. Ich war nur drei Jahre dort. Ich habe eine Menge Wissenschaft und etwas Mathematik gelernt. Die technischen Schulen sind gut. Es gab zuviel Maschinerie, zuviel Lärm.

Ich habe mich in den Bergen aufgehalten; ein Versuch, auf Meeresniveau zu leben, machte mich krank.«

»Dann hat es dir dort nicht gefallen?«

»Doch, schon. Man hat mir auf Terra sogar eine mechanische Hand verpaßt.« Ich verzog das Gesicht. »Da ist die Legation.«

Marius sagte: »Gib die Pistole lieber mir«, und ich sah ihn nur an. »Was ist los, Lew?«

»Es geht etwas sehr Komisches vor«, antwortete ich, »und ich werde allmählich argewöhnisch gegen Leute, die mich unbewaffnet haben wollen. Sogar gegen dich. Kennst du einen Mann namens Robert Kadarin?«

Dies dunkle Gesicht konnte ein Meisterstück gespielter Verständnislosigkeit sein, es enthüllte so wenig wie ein Pudding. »Ich glaube, ich habe den Namen gehört. Warum?«

»Er hat eine Tötungsabsicht gegen mich eintragen lassen.« Ich zog die Pistole kurz aus meiner Tasche. »Ich werde sie nicht benutzen. Nicht gegen ihn. Aber ich werde sie bei mir tragen.«

»Du solltest besser mich ...« Marius brach ab und zuckte die Schultern. »Ich verstehe. Vergiß, daß ich gefragt habe.«

Ich fuhr im Aufzug das HQ-Gebäude hinauf, vorbei an den Unterkünften der Raumpolizei, dem Volkszählungsbüro, den Stockwerken voll von Maschinen, Aufzeichnungen, Geschäftigkeit, dem ganzen Apparat des Imperiums. In der obersten Etage ging ich einen Flur entlang bis zu einer Tür, auf der zu lesen stand: DAN LAWTON – Legat für darkovanische Angelegenheiten.

Ich hatte Lawton kurz kennengelernt, bevor ich Darkover verließ. Seine Geschichte war ein bißchen wie meine; ein terranischer Vater, eine Mutter vom Comyn. Wir waren entfernt verwandt – ich hatte nie nachgeprüft, wie. Er war ein großer, drahtiger Rotkopf, der wie ein Darkovaner aussah und einen Sitz im Comyn-Rat hätte einnehmen können, wenn er gewollt hätte. Er wollte aber nicht. Er hatte sich für das Imperium entschieden und war einer der ranghöchsten Verbindungsleute zwischen Terranern und Darkovanern.

Kein Mann, der nach dem terranischen Kodex lebt, kann ehrlich sein, doch war er ehrlicher als die meisten anderen.

Wir schüttelten uns nach terranischer Sitte die Hand – was ich verabscheue –, und ich setzte mich. Sein Lächeln war freundlich, nicht übertrieben, und er wich meinen Augen nicht aus. Es gibt nicht viele Leute, die einem Telepathen gerade in die Augen sehen können oder wollen.

Lawton schob mir die Plastikmarke über den Tisch zu. »Hier. Ich habe sie nicht gebraucht; ich suchte nur einen Vorwand, um mit Ihnen zu reden, Alton.«

Ich steckte die Marke wortlos ein.

»Sie sind auf Terra gewesen, wie ich hörte. Hat es Ihnen dort gefallen?«

»Der Planet ja. Die Menschen – nichts für ungut – nicht.«

Er lachte. »Sie brauchen sich nicht zu entschuldigen. Ich bin auch weggegangen. Nur die Fußkranken bleiben. Jeder mit etwas Unternehmungsgeist oder Intelligenz zieht hinaus ins Imperium. Alton, warum haben Sie nie einen Antrag auf die Staatsbürgerschaft des Imperiums gestellt? Ihre Mutter war Terranerin – Sie hätten dadurch alles zu gewinnen und nichts zu verlieren.«

»Warum haben Sie nie Anspruch auf einen Sitz unter den Hasturs erhoben?« konterte ich.

Er nickte. »Ich verstehe.«

»Lawton, ich kämpfe nicht gegen Terra. Es gefällt mir nicht sehr, daß das Imperium hier ist, aber Darkover kämpft einfach nicht im Verband von Städten und Völkern und Planeten. Wäre ein Erdmann mein Feind, würde ich eine Tötungsabsicht eintragen lassen und ihn töten. Würde ein Dutzend Erdleute mein Haus niederbrennen oder meine Zuchtstuten stehlen, riefe ich meine *Com'ii* zusammen, und wir würden *sie* töten. Aber ich kann mir einfach nicht vorstellen, daß ich ein paar tausend Menschen, die mir weder etwas Gutes noch etwas Böses getan haben, vernichten möchte, nur weil sie *hier* sind. Das ist nicht unsere Art. Wir hassen pro Person, nicht pro Million.«

»Ich bewundere diese Einstellung, aber sie bringt Sie in

Nachteil gegenüber dem Imperium. Nun, ich will Sie nicht aufhalten – es sei denn, ich kann sonst noch etwas für Sie tun.«

»Vielleicht. Kennen Sie einen Mann, der den Namen Kadarin benutzt?«

Lawton fuhr auf. »Erzählen Sie mir nicht, er sei in Thendara!«

»Sie kennen ihn?«

»Ich wünschte, es wäre nicht so! Nein, ich kenne ihn nicht persönlich, ich habe ihn nie vor Augen bekommen. Aber er taucht überall auf. In der Terranischen Zone behauptet er, Bürger von Darkover zu sein, und kann das sogar beweisen, und wie ich hörte, gibt er sich draußen als Terraner aus und beweist auch das.«

»Und?«

»Und wir können ihm seine Dreizehn Tage nicht verweigern.« Ich lachte vor mich hin. Schon mancher Terraner war verdutzt gewesen, wenn er von diesem Brauch erfuhr. Ein Ausgestoßener, ein Gesetzloser, sogar ein Mörder hat seit grauer Vorzeit das unabdingbare Recht, dreizehnmal im Jahr einen Tag in Thendara zu verbringen und legalen Tätigkeiten nachzugehen. Während dieser Zeit genießt er Immunität, vorausgesetzt, er begeht kein Verbrechen.

»Bliebe er eine Sekunde länger, als er darf, würden wir ihn uns schnappen. Aber er ist vorsichtig. Wir können ihn nicht einmal wegen Spuckens auf den Bürgersteig festnehmen. Der einzige Ort, den er aufsucht, ist das Raumfahrer-Waisenhaus. Danach löst er sich scheinbar in Luft auf.«

»Vielleicht sind Sie ihn bald los«, sagte ich. »Verfolgen Sie mich nicht, wenn ich ihn umbringe. Er hat eine Tötungsabsicht gegen mich eintragen lassen.«

»Wenn ich nur sicher sein könnte, daß es nicht umgekehrt kommt«, lächelte Lawton.

Ich verabschiedete mich, doch als ich die Schwelle überschritt, rief er mich plötzlich zurück. Die Freundlichkeit war verschwunden; zornig kam er auf mich zu.

»Sie tragen Schmuggelware bei sich. Geben Sie sie heraus!«

Ich reichte ihm die Pistole. Natürlich war dort ein Durchleuchtungsschirm gewesen. Lawton öffnete das Magazin. Dann guckte er dumm, runzelte die Stirn und gab mir die Waffe zurück.

»Da. Nehmen Sie sie. Das wußte ich nicht.«

Ungeduldig drängte er mir die Pistole auf. »Nun nehmen Sie sie schon! Aber machen Sie, daß Sie hier wegkommen, bevor Sie jemand anders damit erwischt. Und geben Sie sie zurück. Wenn Sie einen Waffenschein wollen, werde ich versuchen, Ihnen einen zu besorgen. Bloß laufen Sie nicht mit Schmuggelware herum.« Er drückte mir die Pistole in die Hand und schob mich aus dem Büro. Auf dem Weg zum Aufzug drehte ich das Ding verwundert herum. Dann fiel mein Blick auf ein kleines Namensschild: RAFE SCOTT.

Und plötzlich war mir klar, daß ich weder Dio noch Marius um eine Erklärung bitten würde.

3

»Nun gut, meine Lords. Ich werde tun, was Ihr wünscht!«

Ich hatte gerade den Vorhang geöffnet und trat in die Abteilung der Altons in der Ratshalle des Comyn. Die Stimme der Frau ließ mich erstarren.

Wir waren spät in der Verborgenen Stadt eingetroffen, so spät, daß keine Zeit mehr gewesen war, dem alten Hastur eine Nachricht zu schicken oder auch nur Linnell von meiner Ankunft zu benachrichtigen, wie es ihr als meiner nächsten Verwandten und Pflegeschwester zustand. Marius, der nie in den Comyn-Rat aufgenommen worden war, hatte sich außerhalb der Halle von mir getrennt und seinen Platz im unteren Teil zwischen den geringeren Adligen und jüngeren Söhnen eingenommen. Ich war die Stufen zu der langen Galerie hochgestiegen und hatte beabsichtigt, leise durch die Vorhänge in die umschrankte Abteilung zu schlüpfen, die den Altons von der Comyn-Hierarchie zugewiesen war.

Nun stand ich wie angewurzelt da, denn die Frau, die gesprochen hatte, war Callina Aillard.

Natürlich hatte ich sie mein ganzes Leben gekannt. Auch sie war meine Cousine; Linnell war ihre Halbschwester. Aber als ich sie das letzte Mal vor sechs Jahren gesehen hatte – mir grauste vor der Erinnerung –, war sie ein Mädchen gewesen, still, farblos. Jetzt sah ich, daß sie eine Frau war, und schön.

Sie stand mit zurückgeworfenem Kopf, vor dem Hochsitz, eine schlanke Frau mit einem hellen, zarten Gesicht, gekleidet in eine dunkle Robe. Edelsteine waren in ihr Haar geflochten, goldene Ketten lagen um ihren Hals und ihre Taille und gaben ihr irgendwie das Aussehen einer Gefangenen, die in Fesseln noch stolz ist. Wieder erklang ihre Stimme, klar und zornig.

»Wann ist eine Bewahrerin schon einmal den Launen des Rats unterworfen worden?«

Also das war es!

Marius hatte mir nicht erzählt, daß eine neue Bewahrerin im Comyn-Rat war, und ich hatte nicht daran gedacht, ihn zu fragen.

Im Grunde hatte er mir überhaupt nicht viel erzählt. Ich ließ mich auf meinen Platz hinter dem Geländer gleiten und blickte in die Ratshalle des Comyn hinunter.

Es war ein hoher Raum mit Gewölbedecke, voll von Schatten und Sonnenschein. Im unteren Teil saßen die geringeren Adligen, entlang der Estrade oder Galerie, wo die Comyn, jede Familie in ihrer eigenen Abteilung, einen Halbkreis bildeten. Im Mittelpunkt, vor dem Hochsitz stand der alte Danvan von Hastur, Regent des Comyn. Hinter ihm hielt sich ein junger Mann, den ich nicht deutlich sehen konnte, im Schatten. Neben ihm erkannte ich den jungen Derik Elhalyn, Lord des Comyn – er regierte unter Hastur, bis er im nächsten Jahr volljährig werden würde. Derik lümmelte sich in seinem Sessel und wirkte gelangweilt.

Ich ließ meinen Blick wandern und fand mich schnell zurecht. Dyan Ardais hob mit rätselhaftem Grinsen den Kopf, als spüre er meine Anwesenheit. Dio Ridenow saß zwischen ihren Brüdern. Ich entdeckte meine Cousine Linnell, aber sie konnte mich von ihrem Platz aus nicht sehen.

Meine Augen wanderten zurück zu Callina. Eine Bewahrerin!

Jahrelang hatte es keine Bewahrerin mehr im Rat gegeben. Die alte Ashara war in ihrem Turm geblieben, solange ich lebte und solange mein Vater gelebt hatte. Sie mußte jetzt unglaublich alt sein. Während meiner Kinderzeit war für kurze Zeit ein zartes, flammenhaariges Mädchen dagewesen, verschleiert wie ein hinter Wolken verborgener Stern, und sogar die Hasturs hatten ihr Ehrerbietung erwiesen. Sie starb oder zog sich in die Einsamkeit zurück, als ich noch ein Junge war, und von dem Tag an waren keine Mädchen mehr in den Geheimnissen der Hauptschirme ausgebildet worden. Ein paar Unter-Bewahrerinnen und Matrix-Mechaniker – ich war einer, und ich hätte meinen Platz unter ihnen wieder einnehmen können, wenn ich gewollt hätte – hielten die Relais in Betrieb. Mir fiel die Vorstellung schwer, daß meine Cousine Callina die Bewahrerin war und in ihren zarten Händen die ganze unglaubliche Macht Asharas hielt.

Doch ich kannte ihren Mut. Der Gedanken weckte schmerzliche Erinnerungen. Ich wollte nicht daran denken, wie und wann ich Callina das letzte Mal gesehen hatte.

Der alte Hastur erwiderte Callina streng:

»Meine Dame, die Zeiten haben sich geändert. Heutzutage ...«

»Sie haben sich in der Tat geändert ...« – sie warf den Kopf in den Nacken, und ihr Schmuck klingelte silbrig – »... wenn wir Sklaverei auf Darkover haben und eine Bewahrerin wie eine Stute auf dem Markt verkauft werden kann! Nein, hört mich zu Ende an! Ich sage Euch, wir täten besser daran, alle unsere Geheimnisse den verfluchten Terranern auszuhändigen, als uns mit den Renegaten von Aldaran zu verbünden!«

Ihre Augen suchten in den Schatten, trafen auf meine, und überraschend hob sie den Arm und zeigte mit einem schlanken Finger auf mich.

»Und da sitzt einer, der beweisen kann, was ich sage!«

Ich stand bereits. *Ein Bündnis mit Aldaran?* Ich hörte meine eigene Stimme gellen:

»Ihr verdammten, unglaublichen Narren!«

Plötzlich war es still. Dann klang Stimmengemurmel auf, das sich zum Grollen steigerte, und bestürzt erkannte ich, was ich getan hatte. Ich war mit beiden Beinen zugleich in eine Angelegenheit gesprungen, von der ich absolut nichts wußte. Aber der Name Aldaran genügte. Ich sah dem alten Hastur ins Gesicht und bot ihm Trotz.

»Habe ich richtig gehört, daß Ihr von einem Bündnis mit Aldaran spracht? Mit diesem Renegaten-Clan, dessen Name über ganz Darkover Gestank verbreitet? Mit den Männern, die unsere Welt an die Terraner verkauft haben?« Meine Stimme schnappte über wie die eines Knaben.

Der junge Derik Elhalyn neben Hastur stand auf. Er machte Hastur ein Zeichen und sprach inoffiziell.

»Lew, du vergißt dich.« Er beugte sich vor. Die Sonnenstrahlen schimmerten auf seinem rotgoldenen Haar. Mit einem charmanten Lächeln wandte er sich an den ganzen Rat. »Seht! Ein Comyn-Lord kommt nach sechs Jahren zu uns zurück, und wir heißen ihn nicht willkommen, sondern lassen ihn wie eine Maus in ihr Loch kriechen. Willkommen daheim, Lew Alton!«

Ich schnitt den Applaus ab, den er hatte einleiten wollen. »Das ist jetzt unwichtig«, sagte ich. »Lord Hastur – und Ihr, mein Prinz, bedenkt folgendes: Die Männer von Aldaran waren einst Comyn und hatten eine Stimme hier im Rat. Warum wurden sie verbannt? Fragt Euch das selbst! Oder ist aus der alten Schande ein Kindermärchen geworden? Wer hat den Terranern einen Stützpunkt auf Darkover gegeben? Sind wir hier alle wahnsinnig? Oder habe ich jemanden *ein Bündnis mit Aldaran* erwähnen hören?«

Ich drehte mich nach links und rechts und forschte in den

Gesichtern nach einem Zeichen des Verständnisses. »*Wollen* wir die Terraner auf unserer Türschwelle haben?«

Verzweifelt appellierte ich zum letzten Mal an sie. Ich hob den Arm, der in einem festgesteckten Ärmel endet. Meine Stimme zitterte.

»Wollen wir *Sharra*?«

Ihr Schweigen verriet nichts Gutes. Dann begannen alle auf einmal zu reden. Darüber wollten sie nichts hören. Die Stimme von Dyan Ardais erhob sich klar und zuversichtlich über die anderen.

»Da spricht dein Haß, Lew, nicht dein gesunder Menschenverstand. Freunde, ich denke, wir können Lew Alton seine Worte nachsehen. Er hat Grund für sein Vorurteil. Aber jene Zeit liegt lange zurück; wir müssen nach den heutigen Tatsachen urteilen, nicht nach den Ärgernissen von gestern. Setz dich, Lew. Du bist lange Zeit weggewesen. Wenn du mehr darüber erfahren hast, wirst du deine Meinung vielleicht ändern. Hör dir die Argumente unserer Seite wenigstens an.«

Das allgemeine Gemurmel drückte Zustimmung aus. Verdammt, verdammt sollte er sein! Bebend setzte ich mich. Er hatte angedeutet – nein, er hatte es deutlich ausgesprochen –, daß ich zu bemitleiden sei, ein Krüppel mit einem alten Groll, der heimgekehrt war und die verjährte Fehde da wiederaufnehmen wollte, wo er sie verlassen hatte. Indem er ihre unausgesprochenen Gefühle geschickt fokussierte, hatte er ihnen einen guten Grund gegeben, meine Worte unbeachtet zu lassen.

Aber die Aldarans waren der Mittelpunkt der Sharra-Rebellion gewesen! Wußten sie nicht einmal das?

Oder wollten sie es nicht wissen? Die Sharra-Rebellion war wie alle Bürgerkriege nur ein Symptom für innere Schwierigkeiten. Die Aldarans waren nicht die einzigen auf Darkover, die sich von dem Terranischen Imperium verlokken ließen. Der Comyn stand fast allein gegen die magnetische Anziehungskraft der sternenumspannenden Föderation.

Und ich war für beide Seiten der geeignetste Sündenbock. Die Konservativen im Comyn mißtrauten mir, weil ich Halbterraner war, und die Anti-Comyn-Fraktion mißtraute mir, weil Kennard Alton, mein Vater, der zuverlässigste Führer des Comyn gewesen war. Und beide fürchteten, was ich über Sharra wußte. In ihrer Vorstellung war ich immer noch Teil jener Schrecken, die das Land überschwemmt hatten mit Terranern in ledernen Uniformen, Blaster statt ehrlicher Schwerter in der Hand, die saubere Nacht mit dem Auswurf ihrer Raketen verpestend. Das hatten sie nie vergessen oder vergeben. Warum sollten sie auch?

»Unsere Vorväter vertrieben die Aldarans«, sagte Lerrys Ridenow. »Es ist höchste Zeit, daß wir ihren abergläubischen Unsinn vergessen.«

Aus der Dunkelheit hinter dem alten Hastur erklang eine junge und schüchterne Stimme. »Warum hören wir uns nicht an, was Lew Alton zu sagen hat? Er kennt die *Terranan*; er hat unter ihnen gelebt. Und er ist mit Aldaran verwandt. Würde er ohne guten Grund gegen seine eigenen Verwandten sprechen?«

»Laßt es uns wenigstens unter uns diskutieren«, sagte Callina, und nun nickte Hastur. Er sprach die Formel, die die Außenseiter entließ. Vom unteren Teil der Halle kam Murren, das allmählich verstummte. Zu zweit und zu dritt standen die Zuschauer auf und gingen.

Mein Kopf begann zu schmerzen, wie immer in der Halle. Sie war natürlich voll von telepathischen Dämpfern, die mentale Interferenzen verhinderten – eine notwendige Vorsichtsmaßnahme, wenn eine große Zahl von Comyn versammelt war. Ein Dämpfer war genau über meinem Kopf angebracht. Das Gesetz sah vor, daß sie zufällig verteilt wurden, aber irgendwie tauchten sie immer im Schoß der Altons auf.

Jede Comyn-Familie besitzt ihre besondere Gabe, ihr spezifisches Talent. Bei den Altons ist es die überentwickelte telepathische Kraft, die einen ungewünschten Rapport erzwingen und den menschlichen Geist lähmen kann. Der Comyn hatte immer ein bißchen Angst vor den Altons gehabt. Heute sind die Gaben größtenteil rezessiv, durch Generationen von Heiraten mit Nichttelepathen verschwunden. Doch die Tradition ist geblieben, und immer stellt man den Altons telepathische Dämpfer genau vor die Nase. Die unaufhörlichen arhythmischen Wellen – teils Schall, teils Energonen – gingen mir auf die Nerven.

Der Junge neben Hastur, der meine Partei ergriffen hatte, kam auf mich zu. Inzwischen hatte ich erraten, wer er war: Regis Hastur, der Enkel des alten Regenten. Als er an Callina Aillard vorbeiging, stand sie auf und folgte ihm zu meinem Erstaunen.

»Was passiert jetzt?« fragte ich.

»Nichts, hoffe ich.« Regis lächelte mir freundschaftlich zu. Er war einer dieser Rückschläge auf den reinen Comyn-Typ, die in alten darkovanischen Familien immer noch auftauchen, mit hellem Teint, dem dunkelroten Haar der meisten Comyn und Augen von einer fast metallischen Farblosigkeit. Er war schmal gebaut, und wie Callina wirkte er zerbrechlich. Doch es steckte die elastische Härte eines Dolchs dahinter.

Er sagte: »Du bist also im Raum gewesen und zurückgekehrt. Willkommen, Lew.«

»Es sieht mir ganz nach einem Willkommen aus«, bemerkte ich trocken. »Was ist das für eine Geschichte mit Aldaran? Ich war erst vor ein paar Sekunden eingetreten, als Callina auf mich zeigte.«

Regis wies mit dem Kopf auf die leeren Sitze in der unteren Halle. »Politik. *Sie* wollen, daß Aldaran wieder unter die Comyn aufgenommen wird.«

Callina unterbrach: »Und Beltran von Aldaran hat einen Wunsch geäußert. In seiner Unverschämtheit, seiner – verdammten Frechheit – will er durch Heirat Comyn werden. Durch Heirat – mit mir!«

Ich pfiff vor Erstaunen. Das war wirklich eine Frechheit! O ja, Außenseiter können in den Comyn-Rat einheiraten. Der Mann, der eine *Comynara* ehelicht, erhält sämtliche

Privilegien seiner Frau. Aber die Bewahrerinnen, jene Frauen, die zur Arbeit an den Hauptschirmen ausgebildet werden, müssen nach uraltem darkovanischem Brauch Jungfrau bleiben, solange sie ihr hohes Amt versehen. Beltrans Ersuchen war an sich bereits eine Beleidigung; es hätte für den Mann, der es aussprach, blutigen Tod bedeuten sollen. Auf Darkover hat es Kriege schon aus wesentlich geringfügigeren Ursachen gegeben. Und jetzt diskutierten sie ungerührt im Rat darüber!

Regis streifte mich mit einem ironischen Blick. »Wie mein Großvater sagte, die Zeiten haben sich geändert. Die Comyn legen gar keinen Wert mehr darauf, eine Bewahrerin im Rat zu haben.«

Ich dachte darüber nach. Vierunddreißig Jahre ohne Ashara hatten dem Rat wahrscheinlich alle Lust genommen, von neuem unter die Hand einer Frau zu geraten.

Bei objektiver Betrachtung war es logisch. Wie Hastur gesagt hatte: Die Zeiten hatten sich geändert. Ob es uns paßte oder nicht, sie änderten sich. Das Amt einer Bewahrerin war früher eine gefährliche und heilige Sache gewesen. Einst, so hatte mein Vater mir erzählt, waren auf Darkover alle technischen Arbeiten durch die Hauptschirme erfolgt, betrieben von den vereinigten Geisteskräften der Bewahrerinnen. Bergbau, Transport, Energieversorgung – sogar atomarer Art – beruhten auf den Energon-Ringen, von denen jeder mit dem Geist eines dieser jungen Mädchen verbunden war.

Veränderungen in der Technologie haben das heute überflüssig gemacht. Es ist nicht mehr notwendig, daß die Bewahrerinnen völlig auf menschliche Kontakte verzichten und hinter Mauern leben, um ihr Kräfte in dieser Abgeschlossenheit zu erhalten. Folglich werden sie auch nicht mehr verehrt.

Callina erriet meine Gedanken und lächelte schief. »So ist es«, bestätigte sie, »und ich giere nicht nach Macht.« Sie sah mir gerade in die Augen. »Trotzdem bin ich gegen das Bündnis, und du weißt, warum, Lew. Ich wollte es im Rat nicht vorbringen, weil es deine Angelegenheit ist. Ich bitte dich nicht gern darum, aber ich muß. Willst du ihnen von Sharra und den Aldarans erzählen?«

Unfähig zu sprechen, beugte ich mich über ihre Hand.

Um meine geistige Gesundheit nicht zu gefährden, hatte ich mich stets bemüht, niemals davon zu sprechen oder daran zu denken, was die Aldarans und ihre Rebellenhorde mir – und Marjorie – angetan haben.

Jetzt mußte ich. Ich stand so hoch in Callinas Schuld, daß ich es ihr nie vergelten konnte. Als das schreckliche Ende kam, als ich mit Marjorie floh – wir beide verwundet, Marjorie dem Tod nahe –, war es Callina gewesen, die uns die Verborgene Stadt öffnete. In jener Nacht, als die Schwerter Darkovers und die Blaster der Terraner uns gleichermaßen jagten, setzte sich Callina der Radioaktivät auf dem Landeplatz der alten Sternenschiffe aus und nahm die Gefahr eines furchtbaren Todes auf sich, um Marjorie noch eine Chance zu geben. Auch wenn es für Marjorie zu spät gewesen war, würde ich es Callina nie vergessen.

Trotzdem – das alles vor dem Rat auszubreiten ... Meine Stirn bedeckte sich mit Schweiß.

Regis gab ruhig zu bedenken: »Eine andere Chance haben wir nicht, Lew. Vielleicht hören sie dich an.«

Ich schluckte. Endlich antwortete ich: »Ich will es ... versuchen.«

»Was versuchen? Lange genug nüchtern zu bleiben, um uns alle zu begrüßen?« Derik Elhalyn drängte sich vergnügt zwischen Regis und Callina durch und faßte meine Schultern. »Lew, alter Junge, ich wußte gar nicht, daß du auf Darkover bist, bevor du hochsprangst wie eins von den Spielzeugen, die dein Vater für uns machte! Dyan hat es schon gesagt, und ich will es noch einmal sagen: Willkommen zu Hause!« Er trat zurück und wartete darauf, daß ich die Umarmung erwiderte. Dann fiel sein Blick auf meinen leeren Ärmel. Um den peinlichen Augenblick zu überspielen, fuhr er schnell fort: »Ich freue mich, daß du wieder da bist. Wir haben schöne Zeiten miteinander verlebt.«

Ich nickte. Seine Verwirrung schuf mir Unbehagen, und

gleichzeitig war ich froh über die angenehmeren Erinnerungen. »Und es werden wieder schöne Zeiten kommen, hoffe ich. Sind die Elhalyn-Falken immer noch die besten in den Bergen? Steigst du immer noch die Klippen hinauf, um dir deine Nestlinge selbst zu holen?«

»Ja, obwohl ich nicht mehr soviel Zeit habe«, lachte Derik. »Weißt du noch, wie wir die Nordwand von Nevarsin erstiegen und an unsern Augenbrauen hingen?« Erneut brach er ab. Es war zu offensichtlich, daß zumindest ich nie mehr klettern würde. Ich wiederum überlegte, was aus dem Comyn werden sollte, wenn dieser Wirrkopf den ihm rechtmäßig zustehenden Platz eingenommen hatte. Der alte Hastur war Staatsmann und Diplomat. Aber Derik? Dies eine Mal war ich froh über die telepathischen Dämpfer, die es den anderen unmöglich machten, meinen Gedanken zu folgen.

Derik schob mich, eine Hand auf meiner Schulter, zum Hochsitz. »Es war alles schon vorbereitet, ehe dein Vater starb, weißt du. Linnell wollte jedoch nichts von der Festlegung unseres Hochzeitstages hören, bis du wieder zu Hause wärst! Deshalb habe ich zwei Gründe, mich über deine Rückkehr zu freuen«, plauderte er.

Ich erwiderte sein freundschaftliches Grinsen. Also war ich doch nicht ganz allein. Ich hatte Verwandte, Freunde. Diese Heirat hatte in der Luft gelegen, seit Linnell ihre Puppen weggeräumt hatte, aber ich mußte meine Zustimmung dazu geben. »Ich habe Linnell bisher nicht einmal gesehen«, sagte ich. »Ich habe nur eine Fremde mit ihr verwechselt.«

Ob Linnell wußte, daß sie eine Doppelgängerin in der Terranischen Zone hatte? Das mußte ich ihr erzählen – es würde sie amüsieren.

Hastur rief zur Ordnung, und ich nahm zwischen Regis und Derik Platz. Die kleine Zahl von Personen, denen ihr Blut das Recht auf einen Sitz im Rat gab, erschreckte mich. Männer und Frauen zusammengezählt, waren es nicht mehr als drei Dutzend. Dessenungeachtet wirkten sie wie eine feindliche Armee, als ich mich auf Hasturs Zeichen hin erhob.

Ich begann langsam, denn ich mußte meine Sache ohne Hitze vortragen.

»Wenn ich dies recht verstehe, möchtet ihr euch mit Aldaran verbünden und die alte Siebte Domäne dem Comyn von neuem eingliedern. Diese Allianz soll euch Frieden mit Aldarans Berglords bringen und den Aufständen und Scharmützeln an der Grenze ein Ende bereiten. Die Aldarans sollen euch helfen, die Gesetzlosen und Renegaten und Waldläufer da zu halten, wo sie hingehören – auf der anderen Seite des Kadarin-Flusses. Vielleicht denkt ihr auch an ein bißchen Handel mit den Terranern und Genehmigungen für Maschinen und Flugzeuge, ohne daß ihr den Terranern selbst zu viele Zugeständnisse machen müßt.«

Lerrys Ridenow stand auf. »Bis dahin bist du korrekt informiert«, stellte er fest. »Kannst du uns etwas Neues sagen?«

»Nein.« Ich musterte ihn. Er war der einzige von Dios Brüdern, den man im weitesten Sinn als Mann bezeichnen konnte. Ich hatte alle drei auf dem Vergnügungsmond von Vainwal kennengelernt. Sie waren alle zart, feminin, von katzenhafter Anmut – und gefährlich wie Tiger. Sie versuchten, sich das Beste von beiden Welten zu nehmen, indem sie von ihrem großen Reichtum und der Comyn-Immunität gegen die gewöhnlichen darkovanischen Gesetze Gebrauch machten. Aber Lerrys schien die Kraft eines Mannes hinter dieser weiblichen Maske zu besitzen und verdiente eine Antwort.

»Nein, doch ich kann euch etwas Altes erzählen. Es wird nicht funktionieren. Beltran von Aldaran selbst ist ein anständiger Bursche. Nur hat er sich so sehr mit Renegaten und Rebellen und Waldläufern und halbblütigen Spionen eingelassen, daß er mit uns keinen Frieden schließen kann, auch wenn er es möchte. Und ihr wollt ihn wieder unter die Comyn aufnehmen?« Ich spreizte die Hände. »Nur zu! Holt Beltran von Aldaran herein. Holt den Mann herein, den man Kadarin nennt, und Lawton von Thendara und den terranischen Koordinator von Port Chicago, wenn ihr schon einmal dabei seid!«

Hastur runzelte die Stirn. »Wer ist dieser Kadarin?«

»Hölle, ich weiß es nicht. Er soll mit den Aldarans verwandt sein.«

»Wie du«, murmelte Dyan.

»Ja. Vielleicht zur Hälfte Terraner. Ein Unruhestifter auf jeder Welt, die er besucht hat. Er ist von mindestens zwei anderen Planeten deportiert worden, bevor er nach hier zurückkehrte. Und dieser Mann Beltran von Aldaran, dieser Mann, den ihr mit einer Bewahrerin verheiraten wollt, hat Burg Aldaran zu einem Schlupfwinkel für alle verdammten Mitläufer und Renegaten Kadarins gemacht!«

»Kadarin ist kein Menschenname«, bemerkte Lerrys.

»Und ich bin mir auch gar nicht sicher, daß er ein Mensch ist«, gab ich zurück. »Die Berge um Aldaran – du weißt, was dort lebt – alle möglichen Wesen, die man kaum menschlich nennen kann. Er sieht ganz menschlich aus, solange man ihm nicht in die Augen blickt.« Ich verstummte. Innerlich wand ich mich vor Entsetzen. Dann erinnerte ich mich, wo ich war, und die Räder meines Gehirns setzten sich wieder in Gang.

»Der Name Kadarin ist als Herausforderung gedacht«, fuhr ich fort. »In den Bergen jenseits des Kadarin-Flusses wird jeder Bastard ein Sohn Kadarins genannt. Es heißt, er wisse nicht, wer und was sein Vater war. Als die Terraner ihn zur Befragung einfingen, gab er als seinen Namen Kadarin an. Das ist alles.«

»Dann arbeitet er also auch gegen die Terraner«, sagte Lerrys.

»Vielleicht. Vielleicht auch nicht. Aber er war in die Sharra-Sache verwickelt . . .«

»Du auch«, sagte Dyan Ardais leise. »Und doch bist du hier.«

Mein Stuhl kippte krachend nach hinten um. »Ja, verdammt noch mal! Warum sollte ich das alles auf mich nehmen, wenn nicht aus dem Grund, daß ich die Gefahr kenne? Ihr glaubt, sie sei vorbei? Wenn ich euch *zeige*, wo Sharra immer noch außer Kontrolle ist – keine zehn Meilen von hier entfernt –, werdet ihr dann auf dieses wahnsinnige Bündnis verzichten?«

Hastur, der besorgt wirkte, winkte Dyan und Lerrys zu schweigen. »Kannst du das, Lew? Du bist ein Alton und Telepath. Trotzdem schaffst du so etwas nicht allein. Du würdest einen mentalen Brennpunkt brauchen ...«

»Er verläßt sich darauf, daß es keinen gibt«, höhnte Dyan. »Das ist ein Bluff ohne Risiko für ihn! Er ist der letzte lebende Alton!«

Aus den Schatten sagte eine Stimme: »O nein, das ist er nicht.«

Marius stand langsam auf, und ich starrte meinen Bruder verblüfft an. Ich hatte gedacht, er habe die Halle mit den anderen verlassen. War er fähig – würde er es wagen, sich der fürchterlichsten der Comyn-Kräfte zu stellen?

Dyan lachte laut auf. »Du? Du – *Terraner!*« Wie er es aussprach, war das Wort eine Beleidigung.

Ich war noch nicht bereit, mich geschlagen zu geben. »Sollen wir die Dämpfer abstellen – und es an *Euch* beweisen, Lord Ardais?«

Jetzt bluffte ich wirklich. Ich hatte nicht die leiseste Ahnung, ob Marius die Alton-Gabe besaß oder ob er schreiend zusammenbrechen würde, wenn ich seinen Geist gewaltsam öffnete. Aber Dyan wußte es auch nicht, und sein Gesicht wurde blaß, bevor er es senken konnte.

»Und doch ist es ein Bluff«, ließ sich Lerrys hören. »Wir alle wissen, daß die Sharra-Matrix zerstört worden ist. Mit welchem Popanz willst du uns ängstigen, Lew? Wir sind keine Kinder, die vor Schatten zittern! Sharra? *Soviel* für Sharra!« Er schnippte mit den Fingern.

Ich ließ alle Vorsicht fahren. »Zerstört?« schrie ich. »Sie befindet sich in diesem Augenblick in meinem Zimmer!«

Ich hörte das Keuchen, das den Kreis umlief. »*Du* hast sie?«

Ich nickte langsam. Sie würden mich nicht noch einmal einen Lügner nennen.

Und dann bemerkte ich das höhnische Glitzern in Dyans Augen.

Plötzlich erkannte ich, daß ich alles andere als klug gewesen war.

4

Ich legte das isolierte Schwert über den Sattelknopf, und Marius beugte sich zu mir herüber.

»Willst du es hier auswickeln?«

Die dünne Morgenluft war so ausdruckslos wie sein Gesicht. Hinter uns erhoben sich die Vorberge. Von den Hellers wurde der dünne, stechende Geruch der von Waldbränden heimgesuchten Hänge bis zu uns heruntergetrieben. Weiter hinten auf der Lichtung warteten die anderen Comyn.

Ich hatte meine Barrieren gesenkt, und ihre Emotionen trafen mich mit voller Wucht; Feindseligkeit, Neugier, Unglauben und Verachtung von den Ardais- und Aillard- und Ridenow-Männern, Interesse und Sympathie von den Hasturs und merkwürdigerweise von Lerrys Ridenow.

Lieber hätte ich es getan, wenn ich mit meinem Bruder allein war. Der Gedanke an feindselige Zuschauer enervierte mich. Es nützte gar nichts, mir vorzuhalten, daß das Leben meines Bruders von meiner Kraft und Selbstbeherrschung abhing. Ich erschauerte. Wenn Marius starb – und er würde sehr wahrscheinlich sterben –, standen nur diese Zeugen zwischen mir und einer Anklage wegen Mordes. Wir verließen uns auf etwas, dessen wir nicht sicher sein konnten, und ich hatte Angst.

Es ist gefährlich, mit der Alton-Gabe einen Kontakt herzustellen. Wenn die Versuchsperson informiert und willens ist, macht es das nicht leicht, auch nicht für zwei reife Telepathen, nur eben möglich.

Was wir vorhatten, war, unsere Gehirne zu verbinden – nicht im normalen telepathischen Kontakt und auch nicht in dem gewaltamen Rapport, den ein Alton – oder manchmal ein Hastur – einem anderen Menschen aufzwingen kann, sondern in einem vollständigen und *gegenseitigen* Rapport von Bewußtsein und Unterbewußtsein, telepathischem und psychokinetischem Nervensystem, Zeitsinn und energonischen Funktionen, so daß wir wie ein überentwickeltes Gehirn in zwei Körpern funktionieren würden.

Mein Vater hatte das mit mir gemacht – einmal, etwa dreißig Sekunden lang –, und ich war überzeugt gewesen, es werde mich umbringen. Er hatte es gewußt; es war die einzige Möglichkeit, dem Rat zu beweisen, daß ich ein echter Alton war. Es hatte die Comyn gezwungen, mich anzuerkennen. Ich war tagelang trainiert worden, und er hatte mich mit seiner ganzen Geschicklichkeit geschützt. Marius dagegen war so gut wie unvorbereitet.

Mir war, als sähe ich meinen Bruder zum ersten Mal. Der Altersunterschied zwischen uns, sein terranisches Gesicht, seine dunklen Augen hatten ihn zu einem Fremden gemacht. Das Wissen, daß er in ein paar Minuten durch mich sterben mochte, ließ ihn irgendwie weniger wirklich erscheinen, schattenhaft, traumhaft. Meine Stimme klang rauh.

»Möchtest du es sein lassen, Marius? Noch ist Zeit.«

Er sah mich belustigt an. »Eifersüchtig? Willst du die *Laran*-Privilegien für dich allein behalten?« fragte er leise. »Soll kein weiterer Alton im Comyn aufgenommen werden?«

Ich fragte unumwunden: »*Hast* du die Alton-Gabe, Marius?«

Er zuckte die Schultern. »Keine Ahnung. Ich habe nie versucht, es herauszufinden. Nicht zuletzt deswegen, weil man mir zu verstehen gegeben hatte, es wäre eine unerhörte Unverschämtheit von mir.«

Mir wurde kalt. Dieser Satz umriß meines Bruders ganzes Leben. Das durfte ich nicht vergessen. Es bestand die Möglichkeit, daß ich ihm nicht den Tod, sondern den vollen Comyn-Status als Alton gab. Wenn es ihm das Risiko wert war, welches Recht hatte ich dann, es ihm zu verweigern? Mein Vater hatte den hohen Einsatz in meinem Fall gewagt – und gewonnen. Ich senkte den Kopf und begann, das Schwert aus seiner schützenden Isolierung zu befreien.

Derik Elhalyn lenkte sein Pferd zu uns. »Ist das ein richtiges Schwert?«

Ich schüttelte den Kopf und drehte an dem Griff. Er löste sich, und ich nahm den in Seide gewickelten Gegenstand aus dem Hohlraum. Der bekannte Druck senkte sich auf meine Brust nieder.

»Nein«, antwortete ich, »das Schwert ist Tarnung. Du kannst es dir ansehen.« Ich hielt ihm die beiden Stücke hin, Griff und Klinge, aber er zuckte krampfhaft zurück. Ich bemerkte, daß die Männer ein unfreundliches Grinsen verbargen. Aber es war nicht komisch, daß Derik, Lord des Comyn, ein Feigling war. Hastur nahm die Stücke und schraubte sie wieder zusammen.

»Mit dem Platin und den Saphiren in dem Ding könnte man eine mittelgroße Stadt kaufen«, bemerkte er, »aber den gefährlichen Teil hält Lew in der Hand.«

Ich nahm die Matrix aus der Seide und spürte ihre lebendige Wärme. Sie war eiförmig, nicht ganz eigroß, ein Stück stumpfes Metall mit Adern aus einem glänzenderen Material und mit einem Muster aus blauen, zwinkernden Augen. »Das aus Saphiren gebildete Muster des Griffes – es ist sensitivierter Kohlenstoff – entspricht dem Muster der Matrix. Man hat meine nervösen Reaktionen ein bißchen geändert, damit sie ...« Ich hielt inne. Meine Kehle war trocken. Wie hatte ich so dumm sein und das Ding nach Darkover zurückbringen können? Auf eigenen Füßen marschierte ich in den Winkel der Hölle zurück, den Kadarin für mich geöffnet hatte.

»Was hast du eigentlich vor?« wollte Derik wissen.

Ich versuchte, es in Worte zu fassen, die er verstehen würde. »Überall in den Hellers sind bestimmte Stellen aktiviert worden – irgendwie magnetisiert –, so daß sie auf die

Schwingungen der Sharra-Matrix reagieren. Sie können benutzt werden, um die Kräfte Sharras zu erwecken.«

Niemand stellte die Frage, die ich fürchtete. *Was ist Sharra?* Ich hätte antworten müssen, ich wisse es nicht. Ich wußte, was sie *tun* konnte, aber ich wußte nicht, was sie war. Der Legende nach ist sie eine Göttin, die zum Dämon wurde. Ich wollte nicht über Sharra theoretisieren. Ich wollte mich von ihr fernhalten.

Und genau das durfte ich nicht.

Hastur erbarmte sich meiner. »Ist eine Stelle einmal auf die Sharra-Matrix und die Sharra-Kräfte abgestimmt – wie es vor Jahren geschehen ist –, bleibt ein Restbetrag der Energie, die man anzapfen kann. Lew hat die Matrix all diese Jahre in der Hoffnung behalten, daß er eine Chance bekommt, diese Stellen mittels des ursprünglichen Aktivators festzustellen und zu normalisieren. Wenn ihm das gelingt, kann die Matrix überwacht und danach vernichtet werden. Aber nicht einmal ein Alton-Telepath ist imstande, eine solche Arbeit ohne Brennpunkt zu tun. Ein einziger Körper erträgt die Vibrationen nicht.«

»Und ich werde den Brennpunkt abgeben, wenn ich so lange am Leben bleibe«, fiel Marius ungeduldig ein. »Können wir endlich anfangen?«

Ich sandte ihm einen raschen Blick zu. Dann stellte ich ohne weiteres Zögern den Kontakt mit seinem Geist her.

Es gibt keine Worte, die den ersten Schock des Rapports beschreiben. Die Beschleunigung einer Düsenmaschine, ein Boxhieb in den Solarplexus, ein Kopfsprung in flüssigen Sauerstoff entsprächen dem in etwa, wenn ein Mensch alle drei gleichzeitig überstehen könnte. Ich spürte körperlich, wie Marius unter der Wucht im Sattel zusammensackte und sämtliche Verteidigungen seines Geistes mobilisierte, um mich auszuschließen. Das menschliche Gehirn ist für so etwas nicht konstruiert. Blinder Instinkt schloß seine Barrieren gegen mich. Ein normaler Mensch würde an der Kraft sterben, die ich einsetzen mußte, um den Widerstand zu brechen.

Das war eben die Frage. Wenn er die Alton-Gabe geerbt hatte, starb er nicht. Wenn er sie nicht geerbt hatte, brachte ihn das Experiment um.

Während ich mich innerlich ganz auf Marius konzentrierte, nahmen meine äußeren Sinne jede Einzelheit unserer Umgebung wahr, als würden sie ihnen eingeätzt, den kalten Schweiß, der an meinem Körper hinablief, das Mitleid in den Augen des alten Regenten, die Gesichter der anderen Männer. Ich hörte Lerrys stöhnen: »Macht dem ein Ende! Es tötet sie beide!«

Einen Augenblick lang war die Qual so groß, daß ich glaubte, schreien zu müssen. Ein Bogen wurde gespannt – und noch stärker gespannt – bis zu dem Punkt, wo er brechen mußte, und das Brechen und der Tod wären eine unaussprechliche Erleichterung gewesen.

Regis Hastur bewegte sich wie ein geworfener Speer. Er riß dem Regenten den Schwertgriff aus der Hand und zwängte das der Matrix entsprechende Muster aus leuchtenden Steinen in Marius' geballte Fäuste. Ich sah und fühlte, wie der Schmerz aus meines Bruders Gesicht schwand. Das Gespinst fokussierter Gedanken breitete sich aus, schimmerte und verwob sich. Marius' Geist stand wie ein unerschütterlicher Felsen neben meinem eigenen.

Alton! Terranisches Blut in seinen Adern – aber ein echter Alton und mein Bruder!

Ich schluchzte fast vor Erleichterung. Worte waren nicht mehr nötig, doch ich sprach trotzdem. »Alles in Ordnung, Bruder?«

»Bestens.« Er sah auf den Schwertgriff in seiner Hand. »Verdammt noch mal, wie habe ich das in die Finger gekriegt?«

Ich reichte ihm die Sharra-Matrix. Als seine Hand sich darum schloß, hielt ich in Erwartung der bekannten Qual den Atem an. Aber da war nichts außer dem Gefühl des Rapports. Ich stieß den Atem wieder aus.

»Das wär's«, stellte ich fest. »Nun, Hastur?«

Der Regent verbeugte sich ernst vor Marius. Es war das

Zeichen der offiziellen Anerkennung. »Du mußt die Anweisungen geben.«

Ich sah mich unter den Berittenen um. »Einige der aktivierten Stellen sind ganz in der Nähe«, erklärte ich, »und je eher wir sie aufbrechen, desto eher sind wir sicher. Aber ...« Ich hielt inne. Meine Gedanken hatten sich so ausschließlich mit dem Schrecken beschäftigt, von dem ich besessen war, daß ich versäumt hatte, um eine größere Eskorte zu bitten. Außer den Hasturs, Dyan, Derik und den Ridenow-Brüdern waren es nur ein dürftiges halbes Dutzend Gardisten.

Ich sagte: »Manchmal kommen die Waldläufer bis hierher an die Verborgene Stadt heran ...«

»Nicht mehr seit dem Narr-Feldzug«, behauptete Lerrys. Sein unausgesprochener Gedanke war klar. *Du und deine Sharra-Freunde, ihr habt sie von neuem gegen uns gehetzt. Dann seid ihr abgehauen, und wir mußten sie zurückschlagen!*

»Trotzdem ...« Ich blickte zu den dicken Ästen hoch. War es nicht leichtsinnig, so weit mit so wenigen Männern zu reiten? Manche Waldläufer, hoch oben in den Hellers, sind friedliche baumbewohnende Humanoiden, ebenso harmlos wie Affen. Anders diejenigen, die aus dem Land rings um Aldaran hervorströmen, wo sich alle Arten von Menschen und Halbmenschen sammeln. Sie sind eine Mischrasse – und gefährlich.

Schließlich zuckte ich die Schultern. »Ich fürchte mich nicht, wenn ihr es nicht tut.«

Dyan spottete: »Du hast dich stark gemacht, zusammen mit deinem Bruder etwas zu tun, Alton. Hast du Angst, jemand könne dich beim Wort nehmen?«

Ich wußte, nichts hätte ihm besser gepaßt, als wenn Marius während der Herstellung des Rapports zusammengebrochen und gestorben wäre.

Fragend sah ich Marius an. Er nickte, und wir ritten in das Dunkel des Waldes hinein.

Vier Stunden lang ging es unter überhängenden Zweigen

dahin. Meine Gedanken waren scharf auf die Energiestellen konzentriert, die wir durch den lebenden Kristall sehen konnten. Körper und Gehirn schmerzten vor Anspannung. Ich war an eine langdauernde geistige Anstrengung dieser Art nicht mehr gewöhnt – und schlimmer noch, ich hatte, seit ich Darkover verließ, nicht mehr auf einem Pferd gesessen. Man redet soviel von der Macht des Geistes über die Materie. So einfach ist das nicht. Ein wunder Hintern stört die Konzentration ebenso wirksam wie alles mögliche andere.

Die rote Sonne begann, sich niederzusenken, als ich mein Pferd neben das Hasturs lenkte. »Wir werden gesteuert«, sagte ich leise. »Eigentlich dürfte niemand sonst auf Darkover wissen, daß ich die Matrix habe, aber es muß doch jemanden geben. Irgendwer entzieht den aktivierten Stellen Energie und lenkt uns damit.«

Er betrachtete mich ernst. »Ist das alles?«

»Ich weiß nicht, ob ...«

Er winkte Regis. Der Junge ritt zu uns heran und teilte uns mit: »Wer werden verfolgt. Den Verdacht hatte ich schon lange, aber jetzt bin ich sicher. Ich bin schon im Waldläuferland gewesen.«

Ich sah zu den dicken Ästen hoch, die über uns ein Dach bildeten. Dort oben verschlangen sich alte Baumpfade zu einem endlosen Labyrinth. Ich hatte jedoch angenommen, daß sie in diesen Breiten seit langem verlassen waren.

»Wir sind nicht in der Verfassung, einen bewaffneten Angriff abzuschlagen«, stellte der Regent fest. Beunruhigt sah er zu Regis und Derik hin, und ich folgte seinen Gedanken – meine Barrieren standen jetzt weit offen.

Die ganze Macht des Comyn ist hier. Ein einziger Angriff könnte uns auslöschen. Warum habe ich sie alle mitkommen lassen, ohne Vorsichtsmaßnahmen zu treffen? Und dann kam ein Gedanke, den er nicht verbergen konnte: *Führen diese Altons uns in eine Falle?*

»Ich mache Euch keinen Vorwurf«, sagte ich mit bitterem Lächeln. »Mit Absicht tue ich es nicht. Aber wenn irgendwer in der Nähe sein sollte, der mit der Sharra-Energie wirklich umzugehen versteht – was auf mich nicht zutrifft –, dann wäre ich nichts als eine Marionette und könnte genau diesem Zweck dienen.«

Der Regent forschte nicht weiter. Er drehte sich im Sattel um. »Wir reiten zurück.«

»Was ist los?« höhnte Corus Ridenow. »Sind die Altons zu Feiglingen geworden?«

Das Unglück wollte es, daß Marius neben ihm ritt. Er beugte sich aus dem Sattel und schlug Corus mit der flachen Hand ins Gesicht. Der Ridenow wurde zurückgeschleudert. Seine Hand fuhr an den Stiefel und riß das Messer aus der Scheide ...

Und in diesem Augenblick passierte es!

Corus erstarrte wie in Stein verwandelt, das Messer in der erhobenen Hand. Dann schrie Marius, ein gräßlicher Laut in der lähmenden Stille. Ich habe nie soviel Qual aus einer menschlichen Kehle dringen hören. Die volle Kraft der Quelle überflutete uns beide. Gott oder Dämon, Energie, Maschine oder Elementarwesen – es war Sharra, und es war die Hölle, und als ich einen zweiten Schrei hörte, war mir nicht einmal bewußt, daß ich ihn ausstieß.

Wildes Gebrüll brach rings um uns los, und auf allen Seiten fielen Männer aus den Bäumen auf den Weg. Eine Hand ergriff meinen Zügel – und ich wußte, wer uns in die Falle geführt hatte.

Der Mann auf dem Weg war groß und hager. Ein Wust hellen Haars erhob sich schief über einem verwitterten, ausgemergelten Gesicht und grauen Augen, die sich in meine bohrten. Er sah älter, gefährlicher aus als in meiner Erinnerung. *Kadarin!*

Mein Pferd bäumte sich auf und hätte mich fast abgeworfen. Rings um mich ging das Gebrüll in den Lärm des Nahkampfs über, Klirren von Eisen, Stampfen und Wiehern von verängstigten Pferden. Kadarin schrie in dem gutturalen Jargon der Waldläufer: »Weg von den Altons! Die will ich!«

Er zog meinen Zügel hierhin und dahin und hielt so den Körper des Tieres ständig zwischen uns. Ich schwang mich zur Seite, lag beinahe auf dem Pferdrücken und fühlte eine Kugel an meinem Ohr vorbeizischen. »Feigling!« rief ich, entriß ihm den Zügel und wendete das Pferd. Kadarin fiel zu Boden. In der nächsten Sekunde war er wieder auf den Füßen, aber diese Sekunde hatte mir genügt, abzuspringen und das Schwert zu ziehen – auch wenn es mir nicht viel nützen würde.

Früher hatte ich gut mit dem Schwert umgehen können, und Kadarin hatte nie Fechten gelernt. Terraner lernten so etwas nicht. Er pflegte ein Schwert zu tragen und benutzte es, wenn er mußte. Anders ging es nicht in den Bergen.

Aber ich hatte mir meine Geschicklichkeit erworben, als ich noch zwei Hände hatte, und ich trug nur einen leichten Galadegen. Wie dumm war ich gewesen! Ich hatte die Gefahr gerochen, die Luft hatte danach gestunken – und ich hatte nicht einmal eine taugliche Waffe mitgenommen!

Marius kämpfte in meinem Rücken mit einem der nichtmenschlichen Waldläufer, einem mageren, gebückten Ding in Lumpen, das ein langes, böses Messer hatte. Das Muster seiner Streiche dröhnte in unsern vereinigten Gehirnen, und ich unterbrach rauh den Kontakt. Mit dem einen Kampf hatte ich genug zu tun. Mein Stahl klirrte gegen den Kadarins.

Er war besser geworden. In ein paar Sekunden hatte er mich aus dem Gleichgewicht gebracht. Ich war nicht mehr fähig anzugreifen, ich konnte mich nur noch verteidigen.

Und trotzdem war es eine Art von Lust, obwohl mein Atem in kurzen Stößen ging und sich Blut in den Schweiß mischte, der mir über das Gesicht lief. Er war hier, und diesmal gab es keinen Mann – und keine Frau –, die uns hätten auseinanderreißen können.

Doch wer sich nur verteidigt, muß letzten Endes verlieren. Mein Verstand arbeitete schnell und verzweifelt. Kadarin hatte eine Schwäche: seine Unbeherrschtheit. Er konnte in flammenden Zorn geraten, und dann verlor er sein scharfes Urteilsvermögen und war minutenlang nichts als ein wildes Tier. Wenn es mir gelang, ihn für eine halbe Sekunde zu reizen, vergaß er seine inzwischen erworbene Geschicklichkeit im Schwertspiel. Es war eine schmutzige Art zu kämpfen. Aber ich konnte es mir nicht leisten, wählerisch zu sein.

»Sohn des Flusses!« beschimpfte ich ihn im Cahuenga-Dialekt. In keiner anderen Sprache gibt es solche Nuancen der Gemeinheit. »Sandalenträger! Diesmal kannst du dich nicht hinter den Unterröcken deiner kleinen Schwester verstecken!«

Die schnellen, tödlichen Schwerthiebe veränderten sich nicht. Ich hatte auch kaum damit gerechnet.

Aber eine halbe Sekunde lang ließ er die Barriere um seinen Geist sinken.

Und dann war er mein Gefangener.

Sein Geist hing im lähmenden Griff eines Alton-Telepathen, sein Körper erstarrte. Ich nahm ihm das Schwert aus den steifen Fingern. Die Schlacht um uns nahm ich nicht mehr wahr. Wir hätten allein auf dem Waldweg sein können. Kadarin und ich – und mein Haß. Jetzt würde ich ihn töten.

Ich wartete eine Sekunde zu lange. Die Herstellung des Rapports mit Marius hatte mich bereits erschöpft, der Druck auf Kadarin ließ für einen Herzschlag nach, und Kadarin stürzte sich mit einem wilden Schrei auf mich. Er war wesentlich schwerer als ich; der Aufprall warf mich der Länge nach zu Boden, und dann krachte etwas gegen meinen Kopf, und ich fiel meilentief in Dunkelheit.

Eine Million Jahre später kam das Gesicht des alten Hastur aus dem Nichts herangeschwommen.

»Lieg still, Lew. Du bist angeschossen worden. Sie sind fort.«

Ich wollte mich aufsetzen, gab aber den Händen nach, die mich behutsam zurückdrückten. Eins meiner Augen war zugeschwollen. Mit dem anderen zählte ich die Gesichter, die sich in der rötlichen Abenddämmerung um mich drehten. Von ganz weit weg hörte ich Lerrys' Stimme klagen: »Armer Junge.«

Ich war zerschlagen und hatte Schmerzen, aber schlimmer war diese klaffende Leere, die mich einsam machte.

Sie brauchten mir nicht zu sagen, daß Marius tot war.

5

Ich hatte eine Gehirnerschütterung. Kadarins zweite Kugel hatte einen Splitter von einem Knochen abgetrennt, und Marius' Tod war ein Schock für meine Gehirnzellen gewesen. Die erst kurz vorher hergestellte neuronische und synaptische Verbindung war abrupt zerrissen worden, als er starb, und tagelang stand es mit meinem Leben – und meinem Verstand – auf Messers Schneide.

Ich erinnere mich nur an schmerzendes Licht und Kälte und ruckende Bewegungen, an den stechenden Geruch von Medikamenten. Eines Tages öffnete ich die Augen und fand mich in meinem alten Zimmer in der Comyn-Burg zu Thendara wieder, ohne daß ich wußte, wie ich dahingekommen war. Linnell Aillard saß neben mir.

Sie sah Callina sehr ähnlich, nur war sie größer, dunkler, irgendwie sanfter mit ihrem süßen, kindlichen Gesicht – obwohl sie nicht viel jünger war als ich. Ich nehme an, sie war hübsch. Nicht, daß es darauf angekommen wäre. Im Leben jedes Mannes gibt es ein paar Frauen, auf die seine Libido einfach nicht anspricht. Linnell ist nie eine Frau für mich gewesen; sie war meine Cousine. Ich lag zufrieden da und sah sie minutenlang an, bis sie es merkte und lächelte.

»Ich wußte, diesmal würdest du mich erkennen. Kopfschmerzen?«

Und wie! Ich fühlte unbeholfen nach meinem Kopf und entdeckte Verbände. Linnell zog meine Hand davon weg.

»Wie lange bin ich schon hier?«

»Hier in Thendara? Erst zwei Tage. Aber du bist Tage und Tage bewußtlos gewesen.«

»Und – Marius?«

Ihre Augen füllten sich mit Tränen. »Er ist in der Verborgenen Stadt begraben worden. Der Regent hat ihm alle Comyn-Ehren erwiesen, Lew.«

Ich löste meine Hand behutsam aus ihrer. Lange Zeit lag ich da und starrte auf das Lichtmuster in der durchscheinenden Wand. Schließlich fragte ich: »Der Rat?«

»Sie hatten es durchgepeitscht, bevor wir nach Thendara kamen. Die Hochzeitszeremonie wird in der Festnacht stattfinden.« Das Leben geht weiter, dachte ich.

»Deine Hochzeit mit Derik?«

»O nein.« Sie lächelte scheu. »Das eilt nicht. Callinas mit Beltran von Aldaran.«

Ich fuhr bolzengerade in die Höhe, ohne auf den stechenden Schmerz zu achten. »Willst du sagen, daß dies Bündnis doch geschlossen werden soll? Du machst Witze, Linnell! Oder sind sie alle wahnsinnig geworden?«

Sie schüttelte den Kopf. »Ich glaube, das ist der Grund, warum sie den Beschluß so schnell gefaßt haben. Sie fürchteten, du würdest dich erholen und von neuem versuchen, sie daran zu hindern. Derik und die Hasturs wollten auf dich warten. Die anderen überstimmten sie.«

Daran zweifelte ich nicht ein bißchen. Nichts wünschten sich die Comyn weniger als einen gesunden Alton im Rat. Ich schlug die Bettdecke zurück. »Ich möchte Callina sprechen.«

»Ich will sie bitten, zu dir zu kommen – du brauchst nicht aufzustehen.«

Dagegen erhob ich Einspruch. Diese Räume standen seit Generationen während der Ratssitzungen den Altons zu. Wahrscheinlich waren sie mit telepathischen Fallen und Dämpfern reichlich bestückt. Viel Vertrauen hatten die Comyn nie zu den erwachsenen Alton-Männern gehabt. Ich wollte Callina irgendwo anders sprechen.

Ihre Diener sagten mir, wo ich sie finden konnte. Ich zog einen harmlos aussehenden Vorhang zurück, und eine Flut gleißenden Lichts schlug mir ins Gesicht. Fluchend bedeckte ich die Augen mit den Unterarmen. Auf den geschlossenen Lidern waberten rote und gelbe Nachbilder, und eine überraschte Stimme nannte meinen Namen. Das Licht erstarb, und ich erkannte Callinas Gesicht.

»Es tut mir leid. Kannst du jetzt sehen? Ich muß mich schützen, wenn ich arbeite, weißt du.«

»Du brauchst dich nicht zu entschuldigen.« Eine Bewahrerin zwischen den Matrixschirmen ist auf eine Weise verwundbar, von der normale Menschen keine Ahnung haben. »Ich hätte mehr Verstand zeigen sollen, als so hereinzuplatzen.«

Callina lächelte und raffte den Vorhang für mich zur Seite. »Ja. Man hat mir erzählt, daß du Matrix-Arbeiter gewesen bist.«

Sie ließ den Vorhang fallen, und da fiel mir plötzlich auf, daß an ihrer Schönheit irgend etwas in subtiler Weise nicht stimmte.

Man kann alles über eine Frau aus der Art schließen, wie sie geht. Bei einer leichtfertigen Frau ist allein schon der Gang herausfordernd. Unschuld zeigt sich in sorglosem Umherspringen. Callina war jung und reizend, aber sie bewegte sich nicht wie eine schöne Frau. Sie hatte etwas sehr Junges wie etwas sehr Altes an sich, als träfe in ihr die linkische Phase einer Heranwachsenden mit der abgeklärten Würde hohen Alters zusammen, ohne daß es einen Übergang gab.

Der Vorhang schloß sich, und das Gefühl der Fremdheit verschwand. Ich betrachtete die gemusterten Wände und spürte die beruhigende Wirkung gleichmäßiger, diffuser Schallwellen. In dem alten Flügel hatte ich ein kleines Matrix-Labor, doch hiermit ließ es sich nicht vergleichen.

Da war der reguläre Überwachungsschirm, auf dem winzige Sterne aufblitzten, einer für jede lizenzierte Matrix aller Ebenen in diesem Teil Darkovers. Da war ein speziell modulierter Dämpfer, der telepathische Obertöne ausfilterte, ohne normale Gedanken zu verwirren oder zu behindern. Und da war ein riesiges Paneel mit dem Schimmer geschmolzenen Glases, dessen Zweck ich nur erraten konnte. Es mochte einer der fast legendären psychokinetischen Transmitter sein. Seltsam prosaisch wirkten dagegen ein Schraubenzieher und ein paar Stücke glänzender Isolierseide auf einem Tisch.

Callina fragte: »Du weißt natürlich, daß sie mit der Sharra-Matrix haben fliehen können?«

»Wenn ich auch nur soviel Verstand wie ein Maultier hätte«, entgegnete ich heftig, »hätte ich sie irgendwo auf Terra in einen Konverter gesteckt. Dann wäre ich sie los gewesen – und auch Darkover wäre sie los gewesen!«

»Das hätte die Energien für immer außer Kontrolle gebracht. Sharra hat nur geschlafen, solange die Matrix diesem Planeten fern war. Mit der Matrix wäre jede Hoffnung zerstört worden, die aktivierten Stellen zu normalisieren. Sharra erscheint nicht auf dem Hauptschirm, mußt du wissen. Es ist eine illegale Matrix – nicht überwacht. Überwachen können wir sie erst dann, wenn alle diese Stellen aufgespürt und die freie Energie unter Kontrolle gebracht ist. Wie war das Muster?«

Ich bat sie, die Dämpfer auszuschalten, und versuchte, das Muster auf einen Überwachungsschirm zu projizieren. Aber auf der kristallenen Oberfläche entstanden nur verwischte Wirbel. Callina meinte zerknirscht: »Ich hätte dich so bald nach einer Kopfverletzung den Versuch nicht machen lassen dürfen! Komm nach nebenan und ruh dich aus.«

In einem kleineren Raum, dessen offene Fensterwand ins Tal hinunterblickte, ließ ich mich in einen weichen Sessel sinken. Callina betrachtete mich nachdenklich. Schließlich fragte ich sie: »Callina, wenn dir das Muster bekannt wäre, könntest du die Matrix dann duplizieren und die aktivierten Stellen mit dem Duplikat überwachen?«

Sie brauchte nicht erst darüber nachzudenken. »Nein. Ich kann eine Matrix der ersten oder zweiten Ebene duplizieren, wie diese hier...« Sie berührte die winzigen Kristalle, die ihr blaues Kleid über der Brust zusammenhielten. »Und ich wäre vielleicht imstande, ein Matrix-Gitter zu konstruieren, das der Sharra-Matrix *entspricht* – obwohl ich nicht die geringste Lust habe, so etwas allein zu probieren. Zwei *identische* Matrices der vierten oder höheren Ebene können jedoch in ein und demselben Universum nicht ohne Raumverzerrung gleichzeitig existieren.«

»Cherillys Gesetz«, erinnerte ich mich. »Nur eine Matrix ist einzigartig, und da sie in der Raumzeit ohne ein Gegenstück existiert, hat sie die Fähigkeit, Energie zu übertragen.«

Callina nickte. »Jeder Versuch, ein genaues molekulares Duplikat einer Matrix wie der, die Sharra beherrscht, herzustellen – gehört sie der neunten oder der zehnten Ebene an? –, würde den halben Planeten aus der Raumzeit werfen.«

»Das habe ich befürchtet, aber ich sagte mir, genau werde es nur eine Bewahrerin wissen.«

»Bewahrerin!« Sie lachte kurz auf.

Dann sagte sie: »Du weißt es wohl von Linnell? Lew, mir macht nicht nur das Bündnis Sorge. Wenn sie sich entschlossen haben, mich aus dem Weg zu schaffen, damit ich die Macht im Rat nicht an mich reiße – nun, dann werden sie es tun. Ich kann es nicht mit ihnen allen aufnehmen, Lew. Wenn sie meinen, das Bündnis werde den Comyn helfen, wer bin ich, daß ich dagegen streite? Hastur ist kein Dummkopf. Sie könnten recht haben. Von Politik verstehe ich gar nichts. Wäre ich keine Bewahrerin, hätten sie mich nicht einmal der Form halber um meine Zustimmung gebeten. Sie würden sagen: Heirate! Und ich würde heiraten. Vermutlich ist ein Ehemann so gut wie ein anderer.« Wieder hatte ich den merkwürdigen Eindruck von großer Jugend und Naivität, die die reife Frau vor mir überlagerten. Sie sprach von ihrer eigenen Heirat so passiv, wie es ein kleines Mädchen tun könnte, das durch Stellvertretung mit einer Puppe verheiratet wird. Und doch war sie eine schöne und begehrenswerte Frau. Es war unheimlich!

»Furchterregend ist alles übrige«, fuhr sie nach einer Weile fort. »Ich kann einfach nicht glauben, daß gewöhnliche Waldläufer genug wissen, um dich gerade in diesem Augenblick zu überfallen und die Sharra-Matrix zu stehlen. Wer hat sie angestiftet?«

Ich starrte sie an. »Hat es dir Hastur nicht erzählt?«

»Ich glaube nicht, daß er es weiß.«

»Waldläufer«, erklärte ich mit zornigem Nachdruck, »stehlen Waffen, Lebensmittel, Kleidung – vielleicht auch Schmuck. Niemals würden sie es wagen, eine Matrix zu berühren! Und *diese* Matrix – warum lebe ich dann noch? Callina, ich bin mit Körper und Geist auf das Ding abgestimmt! Wenn ein Mensch, der außer Phase ist, auch nur die Hand auf die isolierte Matrix legt, tut es mir weh! Es gibt auf diesem Planeten nur drei Menschen, die sie anfassen können, ohne mich zu töten. Hat man dir nicht gesagt, daß es Kadarin persönlich war?«

Ihr Gesicht wurde bleich. »Hastur wird Kadarin wohl nicht vom Sehen kennen. Woher wußte Kadarin denn, daß du die Matrix hattest?«

Ich wollte nicht glauben, daß Rafe Scott mich an Kadarin verraten hatte. Die Flammen Sharras hatten auch ihn versengt. Lieber nahm ich an, Kadarin könne immer noch meine Gedanken lesen, selbst aus der Ferne. Plötzlich überwältigte mich der Schmerz um meinen Bruder. Jetzt war ich völlig allein.

»Sei nicht traurig«, bat Callina weich. Für sie war Marius nur ein Fremder, ein Halbblut gewesen, verachtet wegen seiner Andersartigkeit. Wie konnte ich es ihr erklären? Wir hatten vielleicht drei Stunden im totalen Rapport miteinander gestanden, Marius und ich, mit allem, was daraus folgt. Ich kannte Marius, wie ich mich selbst kannte, seine Stärken und Schwächen, seine Wünsche und Träume, Hoffungen und Enttäuschungen. In Jahren des Zusammenlebens hätte ich nicht mehr erfahren. Bis zu diesem Augenblick hatte ich keinen Bruder gehabt, und bis sich sein sterbender Geist von meinem losriß, hatte ich nicht gewußt, was Einsamkeit ist. Aber es war nicht möglich, Callina das begreiflich zu machen.

Endlich fragte sie: »Lew, wie bist du überhaupt mit ...«

Sie hatte *Sharra* sagen wollen, sah mein zuckendes Gesicht und verbesserte sich: »... mit Kadarin zusammengekommen? Davon weiß ich überhaupt nichts.«

»Ich möchte nicht darüber sprechen«, antwortete ich kurz. *Mußten diese alten Wunden immer wieder und wieder aufgerissen werden?*

»Ich weiß, es ist nicht leicht«, meinte Callina. »Es ist für mich auch nicht leicht, Aldaran ausgehändigt zu werden.« Sie richtete den Blick auf einen Glasbehälter, der auf dem Tisch stand, entnahm ihm eine Zigarette und zündete sie mit dem Stein in ihrem Ring an. Ich griff nach dem Behälter und fummelte damit herum. Callina hob den Kopf und musterte mich ungeniert. Ich erwiderte ihren Blick herausfordernd.

»Auf manchen Planten rauchen auch Männer.«

»Das glaube ich nicht.«

»Doch.« Immer noch trotzig, nahm ich eine Zigarette, erinnerte mich, daß ich kein Feuer hatte, faßte unbeholfen nach ihrer Hand und führte ihren Ring an meine Zigarette. »Und niemand lacht darüber. Oder hält sie für weibisch. Es ist ein akzeptierter Brauch, der keine Neugier hervorruft. Und ich habe Gefallen daran gefunden. Glaubt Ihr, den Anblick ertragen zu können, Callina *Comynara?*« Wir betrachteten uns mit einer plötzlich aufflammenden Feindseligkeit, die nichts mit dem kleinen und törichten Streit über die Zigarette zu tun hatte.

Sie verzog die Lippen. »Von den *Terranan* ist so etwas ja zu erwarten«, sagte sie verächtlich. »Mach, was du willst.«

Ich hielt immer noch ihre Hand mit dem Ring. Nun ließ ich sie los und sog den dünnen, süßlichen Rauch tief ein. »Du hast mir eine Frage gestellt.« Ich sah hinaus auf die fernen, schneebedeckten Gipfel. »Ich will versuchen, sie zu beantworten.

Kadarin war, so wie ich es gehört habe, Aldarans Pflegebruder. Niemand weiß, wer oder was seine Eltern waren. Manche sagen, er sei der Sohn eines terranischen Renegaten namens Zeb Scott und eines der nichtmenschlichen *Chieri* aus den fernen Bergen. Was er auch ist oder nicht ist, er hat den Verstand eines klugen Mannes. Er hat einiges über die Matrix-Mechanik gelernt – frag mich nicht, wie. Eine Weile arbeitete er im terranischen Geheimdienst, wurde von zwei oder drei Welten deportiert und ließ sich schließlich in den Hellers nieder. Einige der Terraner dort haben darkovanisches, auch nichtmenschliches Blut. Er begann, die Rebellen, die Unzufriedenen zu organisieren. Dann fand er mich.«

Ich stand auf und entfernte mich ein Stück von ihr. »Du weißt, wie mein Leben aussah. Hier – ein Bastard, ein Fremder. Unter den Terranern – ein Telepath, eine Abnormität. Kadarin gab mir wenigstens das Gefühl, irgendwo hinzugehören.«

Nicht einmal mir selbst gegenüber mochte ich zugeben, daß ich ihn gern gehabt hatte. Ich seufzte.

»Du sprachst von einem Renegaten namens Zeb Scott.«

Die Flut der Erinnerungen strömte über mich hin, und nur ein paar karge Worte fand ich, um die Jahre des Abenteuers und der langen Suche zu beschreiben. »Zeb Scott starb im Rausch, als er in einer Weinschenke in Carthon randalierte. Er faselte von dem blauen Schwert mit der Kraft von hundert Dämonen. Wir errieten, daß es Sharra war.

Vor Jahrhunderten – so lautet die Sage – riefen die Aldarans Sharra in diese Welt. Aber die Kraft wurde wieder versiegelt, und die Aldarans wurden für ihr Verbrechen ausgestoßen. Erst danach haben die Aldarans Verrat an Darkover begangen und den Terranern einen Stützpunkt auf unserer Welt verkauft.

Kadarin machte sich auf die Suche nach dem Sharra-Schwert, fand es und experimentierte mit der Kraft. Er brauchte einen Telepathen. Ich war zur Hand und zu jung und zu verdammt unbedacht, um zu wissen, was ich tat. Und da waren die Scotts. Rafe war damals noch ein Kind. Die Mädchen, Thyra und Marjorie . . .«

Hier brach ich ab. Es war sinnlos. Ich war einfach nicht imstande, ihr von Marjorie zu erzählen. Ich schleuderte meine Zigarette aus dem Fenster und sah ihr nach, wie sie in einem kleinen Wirbelwind nach unten segelte.

Callina hatte ich beinahe vergessen. Da fragte sie leise: »Was versuchte er zu tun?«

Dies war sicherer Boden. »Warum stiehlt oder betrügt ein Verräter? Die Terraner bemühen sich seit Jahrhunderten, Geheimnisse der Matrix-Mechanik zu erbetteln, zu borgen oder zu stehlen. Die Comyn waren unbestechlich. Kadarin wußte, die Terraner würden gut bezahlen. Indem er mit der Kraft experimentierte, aktivierte er einige der Brennpunkte und zeigte ihnen, zu was er fähig war. Aber am Ende verriet er auch die Terraner und öffnete ein – ein Loch im Raum, ein Tor zwischen Welten, um diese ganze Kraft . . .«

Meine Stimme schnappte über wie die eines Halbwüchsigen. »Verdammt soll er sein! Verdammt soll er sein im Wachen und im Schlafen, lebend und tot, jetzt und in Ewigkeit!« Mühsam gewann ich die Beherrschung zurück und sprach ruhiger weiter: »Er bekam, was er wollte. Aber Marjorie und ich befanden uns an den Polen, und . . .«

Ich schüttelte den Kopf. Was konnte ich sonst noch sagen? Der monströse Schrecken, der zwischen den Welten gebrannt und gewütet hatte, das Höllenfeuer . . . Marjorie, zuversichtlich und ohne Angst am Pol der Kraft, plötzlich unter Qualen zusammenbrechend, unter der Rückzündung dieser furchtbaren Energie . . .

»Es gelang mir, aus dem Matrix-Kreis auszubrechen und das Tor irgendwie wieder zuzuwerfen. Doch Marjorie war bereits –«

Ich brachte kein weiteres Wort mehr heraus, ließ mich in einen Sessel fallen und verbarg mein Gesicht auf meinem Arm. Callina kam schnell zu mir, kniete sich nieder und legte ihre Arme um meine gebeugten Schultern. »Ich weiß, Lew. Ich weiß.«

Ich zuckte vor ihrer Berührung zurück. »Du *weißt?* Danke deinen Göttern, daß du es *nicht* weißt!« stieß ich wild hervor. Dann ließ ich, geschüttelt von Erinnerungen, den Kopf an ihre Brust sinken. Sie wußte es doch. Sie hatte versucht, uns beide zu retten. Marjorie war in ihren Armen gestorben. »Ja«, murmelte ich, »den Rest weißt du.«

Mein Kopf dröhnte, und ich fühlte das Klopfen ihres Herzens wie ein Echo durch die weiche Seide ihres Kleides. Ihr Haar lag wie Blütenstaub an meinem Gesicht. Ich hob meine gute Hand und ergriff ihre weichen Finger.

Sie warf den Kopf zurück und sah mich an.

»Wir sind allein damit, Lew. Hastur ist durch den Vertrag verpflichtet, dem Rat zu gehorchen. Derik ist ein Schwachkopf, und Regis ist noch ein Junge. Die Ridenows, die Ardais – ihr einziges Interesse ist, daß sie ihre Macht behalten. Sie würden sich selbst an Sharra verkaufen, wenn sie es gefahrlos tun könnten! Du bist hilflos allein. Und ich . . .« Ihre Lippen bewegten sich, ohne daß ein Laut hervorkam.

Schließlich sagte sie: »Ich bin Bewahrerin, und ich könnte die ganze Macht Asharas haben, wenn ich wollte. Ashara würde mir die Kraft geben, den ganzen Rat zu beherrschen, wenn ich es zuließe, aber ich . . . ich will keine Marionette sein, Lew. Ich will nicht ihre Schachfigur sein! Ich will nicht! Der Rat zerrt mich in die eine Richtung, Ashara in die andere. Beltran kann auch nicht schlimmer sein!«

Wir umklammerten uns wie Kinder, die sich in der Dunkelheit fürchten. Sie war weich in meinen Armen. Ich zog sie enger an mich; ihr halbherziger Protest erstarb mitten in einem Kuß. Callina wehrte sich nicht, als ich sie auf die Füße stellte und ihren Kopf neben meinen niederzog.

Draußen verschwand die letzte rote Spur der Sonne hinter dem Nevarsin-Gipfel, und die Sterne begannen an dem leer gewordenen Himmel zu funkeln.

6

Vor Jahrhunderten, auf dem Höhepunkt der Comyn-Macht muß die Kristallkammer für alle jene, die Blutrechte in der Hierarchie hatten, klein gewesen sein. Ein diffuses blaues Licht verteilte sich über die Glaswände, durchschossen von grünen, roten, goldenen Blitzen. Um die Mittagszeit war es, als befinde man sich im Herzen eines Regenbogens; des Nachts schien die Kammer hoch und allein aufgehängt und von den Winden des Raums geschaukelt zu sein.

Hier war ich als ein fünfjähriger Junge dem Rat präsentiert worden, zu starkknochig und dunkel für ein echtes Comyn-Kind. So klein ich noch gewesen war, ich erinnerte mich an die Debatten. Der alte Duvic Elhalyn hatte gebrüllt: »Kennard Alton, du verschwendest unsere Zeit und beleidigst diesen heiligen Ort, indem du deinen halbblütigen Bastard in den Rat bringst!«

Mein Vater hob mich wild in die Luft, damit alle Comyn mich sehen konnten. »Sieh dir diesen Jungen an, und ersticke an deinen Worten!« Und der alte Lord war daran erstickt. Niemand stellte sich meinem Vater zweimal entgegen. Aber was war Gutes dabei herausgekommen? Ich blieb ein Halbblut, ein Bastard. Ich blieb ihnen so fremd wie der kleine Junge, der während der langen Zeremonien, die er nicht verstand, hatte stillsitzen müssen und dem der Arm wehtat von der Matrix, mit der ihm das Comyn-Siegel ins Fleisch gebrannt worden war. Ich blickte auf mein Handgelenk. Das Mal war immer noch da. Es saß etwa drei Zoll oberhalb der Stelle, an der man mir die Hand hatte abnehmen müssen.

»Worüber brütest du?« fragte Derik.

»Entschuldige. Hast du mich etwas gefragt? Ich dachte an meine erste Ratssitzung. Damals waren mehr von uns da.«

Derik lachte. »Dann ist es höchste Zeit, daß du dir Söhne und Nachfolger heranziehst, Schlafmütze!«

Der Gedanke war mir nicht unangenehm. Auf mich warteten meine eigenen Güter, fruchtbare grüne Täler im Oberland um Daillon. Ich streifte Callina mit einem Blick. Sie saß neben Linnell, beide zusammengeschmiegt auf einem Sessel, in dem ein halbes Dutzend Mädchen ihres Umfangs Platz gehabt hätten. Derik ging zu ihnen hinüber und sprach mit Linnell. Sie sah glücklich aus, und das seichte, hübsche Gesicht des Prinzen schien von innen zu leuchten. Derik war nicht wirklich schwachsinnig, nur schwer von Begriff.

Nicht gut genug für Linnell. Aber sie liebte ihn.

Dio Ridenow fing meinen Blick ein, dann errötete sie ärgerlich und senkte den Kopf. Dyan Ardais kam durch die Prismentür, und ich runzelte argwöhnisch die Stirn. Dyan, und Dyan allein, hatte gewußt, daß ich die Sharra-Matrix hatte. Während meiner Abwesenheit war Marius nichts anderes gewesen als ein einsamer Junge, von den Comyn wegen seines fremden Blutes verachtet, machtlos. Für mich allein war ich machtlos und verkrüppelt. Aber zusammen stellten wir eine gefährliche Bedrohung für Dyans Ehrgeiz dar.

Kadarins Anschlag auf mein Leben war eine private Fehde, und er hatte seine Absicht ordnungsgemäß eintragen lassen. Die Waldläufer stahlen immer. Doch warum hatten sie es riskiert, einen Alton zu töten, und wenn es ein Unfall gewesen war? Eine solche Tat wurde schnell und schrecklich vergolten – war vergolten worden, als die Comyn des Namens noch würdig waren. Kurz entschlossen langte ich hinaus und stellte den Kontakt mit Dyans Gedanken her. Sein Gesicht verfinsterte sich. Er hob den Kopf und schloß seine Barrieren gegen mich. Ich nahm die Herausforderung nicht an. Noch war ich nicht bereit.

Hastur rief uns auf. Das war natürlich nur eine Formalität, eine Geste, um die zu beschwichtigen, die abwesend oder krank gewesen waren. Die Schlußzeremonie durfte nur stattfinden, wenn jeder, der *Laran*-Rechte im Rat hatte, anwesend war, damit sich niemand beklagen konnte, er habe keine Chance bekommen, gehört zu werden. Theoretisch konnte ich sie festhalten, solange ich wollte – ich oder sonst ein unzufriedenes Mitglied –, einfach indem ich meine Zustimmung zur Schließung der Sitzung verweigerte. In der Praxis würde jedoch irgendeine Trivialität, eine kleine, zeitverzehrende Angelegenheit vorgebracht und des langen und breiten diskutiert werden, nur um mir keine Gelegenheit zum Sprechen zu geben, bis die Zeit oder die Müdigkeit ein Ende herbeiführte und mir über diesen Gegenstand den Mund für immer schloß. Sobald der Rat sich aufgelöst hatte, verpflichteten mich das Comyn-Gesetz und viele Eide, der Sache nicht weiter nachzugehen. Diese Technik hatte ich schon miterlebt.

Die Trivialität ließ nicht lange auf sich warten. Lerrys Ridenow erhob sich und warf kriegerische Blicke in den Raum. Hastur streckte seinen Stab gegen Lerrys aus und ignorierte mich.

»Comyn, ich habe eine persönliche Beschwerde . . .«

Ich sah, daß Dio die kleinen Hände zu Fäusten ballte. Wollte Lerrys unsere Affäre wirklich vor dem Rat auskramen oder von mir so spät und auf einem anderen Planeten Satisfaktion verlangen? Lerrys sah jedoch nicht mich, sondern Derik an.

»Meine Lords, in dieser Zeit, wo der Comyn und die anderen Mächte Darkovers auseinanderfallen, sollte unser junger Herrscher eine Gemahlin außerhalb des Rates nehmen und uns ein starkes Bündnis einbringen. Auch Linnell Aillard könnte irgendeinem starken und loyalen Mann Heiratsrechte geben.«

Ich starrte ihn an. Dio und ich waren der öffentlichen Kritik entronnen – aber dies war beinahe ebenso schlimm. Linnell war weiß vor Schock, und Callina sprang zornig auf. »Linnell ist *mein* Mündel! In diese Sache hat sich der Rat nicht einzumischen!«

Dyan wiederholt den Ausdruck boshaft. »Einzumischen? Stellt eine Comyn-Bewahrerin den Willen des Rates in Frage?«

»Nicht, soweit es mich selbst betrifft«, gab Callina zurück. Stolz und aufrecht stand sie da. »Aber für Linnell, ja!«

Ich wußte, damit sollte nur Zeit verplempert werden, aber beim Anblick von Linnells kleinem, entsetztem Gesicht konnte ich nicht schweigen. »Ihr Idioten!« sagte ich barsch. »Ja, Ihr auch, Lord Regent! Ihr wart so klug, Euch zu beeilen, solange mein Kopf nicht klar war . . .«

»Aus dieser Nichtbeachtung der Form läßt sich schließen«, stellte Lerrys in schleppender Sprechweise fest, »daß Lew Alton immer noch nicht klar im Kopf ist.«

»Dann sollten sich ein paar von euch ebenfalls einen Schlag auf den Kopf verpassen lassen«, fuhr ich ihn an. »Dieser Rat ist eine Farce, und jetzt wird er zum Gezänk! Hier sitzen wir wie die Gevattern auf dem Marktplatz und feilschen um Heiraten. Kann ein Dammbruch mit Zahnstochern repariert werden?«

Obwohl mir alle zuhörten, brach ich ab. Mich überkam das alte Gefühl, eine Faust drücke mir die Kehle zu. *Was war das?*

Callinas Gesicht verschwamm in dem Regenbogenlicht – oder lag es an meinen Augen? Aber sie nahm meine Worte auf:

»Oh, wir sind so sicher, meine Lords, wir haben soviel Zeit für diesen Unsinn! Während die Terraner die Leute weglocken und aus unserm Thendara eine stinkende, schmutzige Handelsstadt machen, sitzen wir hier und streiten untereinander, lassen es zu, daß sich unsere jungen Lords und Ladys auf anderen Planeten amüsieren ...« – ihr Blick ruhte auf Dio Ridenow –, »... und wir sitzen in der Kristallkammer und arrangieren Heiraten. Und Sharras Matrix ist in den Händen Kadarins! Ihr habt neulich eine Demonstration von unserer Comyn-Macht gehabt, und was habt ihr getan? Ihr habt zugesehen, wie Marius Alton getötet und Lew verletzt wurde! Diese beiden hätten vor allen anderen bewacht werden müssen! Wer von euch kann Marius' Tod wiedergutmachen? Wer von euch wagt es, seinen Platz einzunehmen?«

Bevor jemand antworten konnte, sprang ich wieder ein.

»Die Terraner haben uns wenig Regierungsgewalt gelassen, und wir spielen mit unserm Winkel des Planeten wie kleine Kinder, die sich um ihren Spielplatz streiten! Früher hat das Volk die Terraner gehaßt! Heute haßt es statt dessen uns! Von überall oder nirgendwo kann ein Führer aufstehen und Feuer an all diesen Zunder legen! Auf der Erde hörte ich jemanden Darkover das schwache Glied im Terranischen Imperium nennen. Wir könnten das Glied sein, das die Kette der Eroberungen zerreißt! Tun wir es?«

Außer Atem hielt ich inne. Ich merkte erstens, daß Callina und ich uns in telepathischem Kontakt befanden – trotz der Dämpfer! –, und zweitens, daß sogar dieser leichte Oberflächenkontakt mich völlig erschöpfte. Ich sandte einen verzweifelten Befehl: *Unterbrich den Kontakt! Geh weg!* Was hatte das Mädchen vor? Ich konnte einen Rapport dieser Art unter einem Dämpfer nicht halten! Sie begriff nicht und blieb, und ich gab ihr einen schnellen mentalen Stoß, um sie aus dem Rapport zu werfen. Ich war schon so schwach, daß ich kaum noch stehen konnte. Mit meiner guten Hand das Geländer umklammernd, ließ ich mich auf meinen Sitz gleiten. Den gnadenlosen Griff um meinen Verstand vermochte ich jedoch nicht zu lockern. War es überhaupt Callina?

In der Halle war es sehr still. Ich sah Dios angespanntes, blasses Gesicht. Lerrys würgte hervor: »Warum funktionieren die Dämpfer nicht?«

Hastur stand auf, beugte sich über den langen Tisch, wollte sprechen und blickte dann nach oben. Der Mund blieb ihm offenstehen.

Callina stand wie erstarrt.

Der Fußboden kippte unter meinen Füßen und wollte nicht ruhigbleiben. Und über uns war ein leichtes Schimmern, eine Verzerrung der Luft. Dio schrie.

»Das ... das Todeszeichen«, stammelte irgendwer, und dann herrschte Grabesstille.

Ich starrte auf das Zeichen, das wie flammende Lettern in der Luft schwebte, ich fühlte mein Blut gerinnen und alle Kraft aus mir herausströmen wie Wasser. Der gekrümmte Raum wand sich, und mein Inneres heulte und schäumte in urmenschlicher Panik. *Seit einer Zeit vor Menschengedenken, bevor Darkovers Sonne zu einer sterbenden Kohle verglühte, bedeutet dies Zeichen Tod und Untergang, die Zerstörung von Körper und Geist.*

»Zauberin! Teufelin!« Dyans Stimme explodierte in Flüchen. Mit drei schnellen Schritten war er bei Callina, packte sie bei den Schultern und zerrte sie von ihrem Platz vor dem Hochsitz weg. Dann schleuderte er sie mit der ganzen Kraft seines ranken Körpers in die Halle hinein.

Der junge Regis, geleitet von irgendeinem unheimlichen Wahrnehmungsvermögen, sprang hoch und fing die taumelnde Callina auf. Der Anblick brach das lähmende Entsetzen, das mich in seinem Griff hielt. Ich fuhr zu Dyan herum. Endlich hatte ich einen Grund! Ein Mann, der es wagt, eine Bewahrerin zu berühren, verwirkt seine Immunität. Vernichtender Zorn strahlte von mir aus und überfiel Dyan, während er nicht darauf gefaßt war. Die Alton-Gabe ist schon unfokussiert eine schlimme Sache. In Sekunden lag sein Geist entblößt vor mir. Ich ließ heftige mentale Schläge darauf niederprasseln. Es war ungeheuer befriedigend. Das hatte ich ihm zugedacht, seit er im Flugzeug in meinen Gedanken geschnüffelt hatte. Er wand sich, brach zusammen und fiel. Sein Atem war ein lautes, heiseres Schluchzen.

Das Feuerzeichen flammte auf, erstarb und war verschwunden. Der Raum in der Kammer war wieder ruhig und normal.

Callina stützte sich bleich und erschüttert auf Regis. Ich stand immer noch über Dyan gebeugt. Seine Verteidigungen waren zerschmettert, und es wäre leicht gewesen, seinen Lebensfaden abzureißen. Aber Derik stürzte vor, umschlang mich mit seinen Armen und hielt mich zurück.

»Was tust du, du Wahnsinniger?«

Manchmal offenbart eine Berührung eine ganze Persönlichkeit. Und was ich in diesem Augenblick berührte, erschütterte meine Welt. Derik war ein Schwächling, das hatte ich immer gewußt. Mich erschreckte dies – diese chaotische, undurchdringliche Verwirrung. Unfähig, es noch eine Sekunde länger zu ertragen, trat ich zurück, und Dyan blieb verschont.

Hastur befahl mit strenger Stimme: »Im Namen Aldones'! Laßt uns wenigstens hier Frieden halten!«

Dyan stand mühsam auf und entfloh. Ich hatte keine Willenskraft mehr übrig, um mich Hastur zu widersetzen.

Andererseits war ich unfähig, mich zu bewegen. Der finstere Blick des Regenten richtete sich auf Callina.

»Ein ernster Vorfall, Callina *Comynara.*«

»Ernst ja. Doch nur für mich?« Sie befreite sich aus Regis' schützendem Arm. »Oh, ich verstehe. Ihr macht mich für die – die Manifestation verantwortlich?«

»Wen sonst?« rief Dio schrill. »Sie sieht so unschuldig, so unschuldig aus, und dabei sind sie und Ashara – sie und Ashara ...«

Callinas Augen hatten einen schrecklichen Ausdruck.

»Kann Euer ganzes Leben vor dem versammelten Rat dargelegt werden, Dio Ridenow *Comynara?* Ihr habt die Verbindung mit Ashara einmal gewünscht.«

Dios Augen suchten die meinen. Dann, als habe ich sie im Stich gelassen, warf sie sich mit einer schnellen, verzweifelten Bewegung in die Arme ihres Bruders Lerrys und vergrub ihren blonden Kopf an seiner Schulter.

Callina betrachtete sie alle mit hochmütiger Würde. »Ich brauche mich gegen deinen dummen Angriff nicht zu verteidigen, Dio«, erklärte sie. »Aber du, Dyan Ardais, hör mir zu. Ich erwarte keine Höflichkeit von dir, aber wenn du mich das nächste Mal berührst, setzt du dein Leben aufs Spiel. Gebt alle acht und hindert ihn daran, auch nur einen Finger auf mich zu legen. Ich bin Bewahrerin. *Und es bleibt kein Mann am Leben, um sich zum dritten Mal an mir zu vergreifen.*«

Sie wandte sich zur Tür. Und bis die Vorhänge hinter ihr zusammenrauschten, herrschte Stille.

Dann stieß Dyan ein leises, häßliches Lachen aus. »In sechs Jahren hast du dich nicht verändert, Lew Alton. Immer noch hast du eine Schwäche für Hexen. Hier stehst du und verteidigst unsere Zauberin, wie du einmal deine ganze Comyn-Ehre für Kadarins Höllenkatze weggeworfen hast, die einen Comyn-Lord in ihr Bett locken wollte ...«

Das war alles, was ich ihn sagen ließ. »Zandrus Höllen!« brüllte ich. »Sie war meine Gattin, und du nimmst ihren Namen nicht auf deine dreckige Zunge!« Ich schlug ihm mit der flachen Hand heftig auf diesen höhnischen Mund. Er schrie auf und stolperte rückwärts, und dann fuhr seine Hand in sein Hemd –.

Regis war über ihm wie der Blitz und entriß ihm den kleinen, tödlichen Gegenstand, den er an die Lippen heben wollte. Angewidert warf der Junge die Waffe auf den Boden. »Ein Giftrohr – in der Kristallkammer! Und du hast von Ehre gesprochen, Dyan Ardais?«

Die beiden Hasturs hielten Dyan zwischen sich zurück. Einer der Ridenow-Brüder hatte die Hand auf meinen Arm gelegt. Es war nicht mehr notwendig.

Die Grenzen dessen, was ich ertragen konnte, waren erreicht.

Ich drehte ihnen allen den Rücken und ging.

Wenn ich noch eine einzige Minute geblieben wäre, hätte ich ersticken müssen.

Ohne zu wissen oder darüber nachzudenken, wohin mich meine Füße trugen, stieg ich höher und höher den Comyn-Turm hinauf. Es gewährte mir eine bittere Erleichterung, einen Treppenabsatz nach dem anderen zu überwinden. Der schmerzende Kopf sank mir auf die Brust, und doch trieb ein Verlangen nach körperlicher Tätigkeit mich weiter.

Zum Teufel, warum war ich nicht auf Terra geblieben?

Dies verdammte Zeichen! Die Hälfte der Comyn würde es als eine übernatürliche Erscheinung, eine Warnung vor Gefahr ansehen. Ja, Gefahr bedeutete es, doch es war nichts Übernatürliches daran. Es war nüchterne Matrix-Mechanik, und es jagte mir mehr Furcht ein als irgendeine geisterhafte Heimsuchung.

Hier handelte es sich um eine Fallen-Matrix, eine der alten, illegalen, die direkt auf den Geist und die Emotionen einwirkt, Rassenerinnerungen, atavistische Ängste hervorruft – alle Schrecken des befreiten Unterbewußtseins der Einzelperson und der Rasse. Der Mensch wird zum vernunftlosen Tier.

Wer war es gewesen?

Ich besaß die Kenntnisse, aber ich hatte es nicht getan.

Callina? Keine Bewahrerin würde ihr Amt so profanieren. Lerrys? Er könnte es für einen guten Witz halten, ich glaubte nur nicht, daß er die Ausbildung hatte. Dyan? Nein, Dyan hatte Angst gehabt. Dio, Regis, Derik? Das war albern; als nächstes würde ich noch den alten Hastur oder meine kleine Linnell verdächtigen!

Jetzt zu Dyan. Ich konnte es mir nicht mehr leisten, ihn in fairem Kampf zu töten.

Auch mit nur einer Hand fürchtete ich mich nicht vor einem Duell mit ihm. Dazu war er zu alt. Anders als die Telepathen in Gruselgeschichten habe ich nicht die Gewohnheit, die Gedanken meines Gegners zu lesen, um seine Schwertstreiche vorauszusehen. Das Gedankenlesen erfordert volle, bewegungslose Konzentration. Niemand – nicht einmal der legendäre Sohn Aldones' – kann sich auf diese Weise duellieren.

Aber jetzt konnte ich vor hundert Zeugen mit ihm fechten, und alle würden »Mord!« rufen, nachdem sie gesehen hatten, wie ich mit Kadarin umgesprungen war. Bei jedem anderen wäre es mir unmöglich gewesen. Kadarin und ich hatten einmal durch Sharra in Rapport gestanden, und jeder von uns beiden hatte, so wenig es uns gefallen mochte, einen Stützpunkt im Geist des anderen.

Aber das wußte Dyan nicht.

Ebensowenig wußte er, daß er seine Rache bereits bekommen hatte.

Sechs Jahre des Umherziehens im Imperium hatten mich geheilt, soweit eine Heilung möglich war. Ich war nicht mehr der erschütterte Jüngling, als der ich von Darkover floh. Ich war nicht mehr der junge Idealist, der in Kadarin eine Hoffnung sah, die beiden miteinander Krieg führenden Hälften seines Ichs zu versöhnen, und für den ein Mädchen mit bernsteinfarbenen Augen alles bedeutete, was er sich in dieser und der nächsten Welt wünschte.

Das hatte ich mir jedenfalls eingebildet. Und der erste Schlag auf meinen Kopf hatte mir die Hirnschale gespalten. Was nun?

Ich stand auf einem hohen Balkon, der über die Mauern der Comyn-Burg hinausragte. Unten breitete sich das Land wie eine Karte aus, bemalt mit gebranntem Siena und Rot und staubigem Gold und Ocker. Um mich erhoben sich die schillernden Burgmauern, die das Licht der in Blut und Feuer untergehenden Sonne zurückwarfen. Die *blutige Sonne*. So nennen die Terraner die Sonne Darkovers. Ein passender Name – für sie und für uns.

Und weit über mir schwang sich der Turm der Bewahrerin gen Himmel, hochmütig abgetrennt von Burg und Stadt. Voll böser Ahnungen blickte ich hinauf. Ich glaubte nicht, daß Ashara, so alt sie inzwischen sein mochte, sich einem Holocaust unter den Comyn fernhalten würde.

Jemand nannte meinen Namen. Ich drehte mich um und entdeckte Regis Hastur im Bogengang.

»Ich soll dir etwas ausrichten«, sagte er. »Aber ich werde es nicht tun.«

Ich lächelte grimmig. »Dann laß es bleiben. Was ist?«

»Mein Großvater schickt mich, dich zurückzurufen. In Wahrheit brauchte ich einen Vorwand, damit ich selbst hinausgehen konnte.«

»Ich sollte mich wohl bei dir bedanken, daß du Dyan das Giftrohr weggenommen hast. Im Augenblick neige ich jedoch zu der Annahme, du hättest uns allen Ärger erspart, wenn du zugelassen hättest, daß er es benutzte.«

»Wirst du dich mit ihm duellieren?«

»Wie kann ich das? Du weißt doch, was man über die Altons sagt.«

Regis trat zu mir an das Geländer. »Möchtest du, daß ich mich als dein Stellvertreter mit ihm schlage? Das ist erlaubt.«

Ich versuchte, mir nicht anmerken zu lassen, wie sehr mich das Angebot rührte. »Danke. Halte dich besser aus dieser Sache heraus.«

»Dazu ist es zu spät. Ich stecke bereits drin. Bis zum Gürtel.«

Einem Impuls nachgebend, fragte ich: »Hast du Marius gut gekannt?«

»Ich wünschte jetzt, ich könnte ja antworten.« Sein Gesicht zeigte einen merkwürdigen Ausdruck von Scham. »Unglücklicherweise – nein.«

»Sonst irgendwer?«

»Ich glaube nicht. Allerdings waren Lerrys und er sozusagen Freunde.« Regis zeichnete mit dem Stiefelabsatz gedankenverloren ein Muster in den Staub. Nach einer Minute wischte er es mit der Fußspitze wieder aus und sagte: »Ich habe ein paar Tage in der Ridenow-*Forst* verbracht, bevor ich zu den Ratssitzungen kam, und ...« Nach einer kurzen Pause fuhr er fort: »Es ist für mich eine schwierige Entscheidung. Ich habe es durch Zufall gehört, und der einzige ehrenhafte Weg, den ich einschlagen konnte, war das Versprechen, es nicht weiterzusagen. Ich finde nur, jetzt, wo dein Bruder tot ist, hast du ein Recht darauf, es zu erfahren.«

Ich schwieg. Ich hatte kein Recht, darauf zu drängen, daß ein Hastur sein Wort brach. So wartete ich auf seine Entscheidung. Endlich erklärte er: »Es war Lerrys, der das Bündnis mit Aldaran vorschlug, und Marius reiste als Gesandter nach Burg Aldaran. Meinst du, Beltran hätte die Unverschämtheit, einer Bewahrerin die Ehe *anzubieten*, ohne daß er dazu aufgefordert worden ist?«

Ich hätte es mir denken können. Irgend jemand mußte Beltran gesagt haben, ein solches Angebot werde ernsthaft in Erwägung gezogen werden. Aber brach Regis sein Versprechen, nur um mir zu erzählen, mein Bruder sei für eine leicht verräterische Intrige benutzt worden?

»Verstehst du denn nicht?« fragte Regis. »Warum *Callina?* Warum eine Bewahrerin? Warum nicht Dio oder Linnell oder meine Schwester Javanne oder irgendeine andere *Comynara?* Beltran wäre es gleichgültig. Vermutlich würde er ein normales Mädchen sogar vorziehen, solange sie ihm *Laran*-Rechte im Rat verschafft. Nein. Hör zu, du kennst das Gesetz – eine Bewahrerin muß Jungfrau bleiben, oder sie verliert die Kraft, an den Schirmen zu arbeiten?«

»Das ist Unsinn«, gab ich zurück.

»Ob Unsinn oder nicht, sie glauben es. Der springende

Punkt ist, daß diese Heirat zwei Schiffe auf einer Spur startet. Beltran wird als Verbündeter gewonnen und Callina auf sichere, legale Weise aus dem Rat entfernt.«

»Langsam wird mir einiges klar«, sagte ich. »Dyan und alles übrige.« Noch weniger als einen gesunden Alton-Mann wollte Dyan eine Comyn-Bewahrerin im Rat haben; sie stellte eine noch größere Bedrohung für ihn dar. »Diese Heirat wird nur über meine Leiche stattfinden.«

Regis wußte sofort, was ich meinte. »Dann heirate du sie, Lew, *sofort!* Wenn es sein muß, illegal, in der Terranischen Zone.«

Ich grinste ironisch und streckte meinen verstümmelten Arm aus. Nach darkovanischem Gesetz durfte ich keine Ehe eingehen, solange Kadarin lebte. Eine offene Blutrache hat Vorrang über alle anderen Verpflichtungen eines Mannes. Nichtsdestotrotz konnten wir nach terranischem Gesetz heiraten.

Ich schüttelte nachdenklich den Kopf. »Sie würde niemals zustimmen.«

»Wenn nur Marius am Leben geblieben wäre!« stieß Regis hervor. Mich bewegte die Aufrichtigkeit dieser Worte. Es war das erste ehrliche Bedauern, das ich von irgend jemandem hörte, obwohl sie mir alle ihr Beileid ausgedrückt hatten. Mir gefiel es, daß er nicht tat, als trage er persönlich Leid um Marius, sondern schlicht feststellte: »Die Comyn brauchten ihn so, Lew, könntest du für einen solchen Brennpunkt einen anderen Telepathen einsetzen – mich zum Beispiel?«

»Ich weiß es nicht«, gestand ich. »Ich möchte es lieber nicht erst versuchen. Du bist ein Hastur, und wahrscheinlich würde es dich nicht umbringen, aber angenehm wäre es nicht.« Meine Stimme wurde hart. »Und jetzt sag mir das, weswegen du hergekommen bist!«

»Das Todeszeichen«, platzte er heraus. Sein Gesicht verzog sich vor Entsetzen. »Ich habe es nicht mit Absicht getan, ich . . .«

Ich hätte sein Vertrauen gewinnen können, wenn ich gewartet hätte. Statt dessen ließ ich mich zu etwas hinreißen, worüber ich mich heute noch schäme. Ich packte mit meiner guten Hand sein Handgelenk und drückte ihn mit einer schnellen Drehung, einem Trick, den ich auf Vialles gelernt hatte, gegen das Geländer. Er wehrte sich nicht, und dann fing ich seinen Gedanken auf.

Ich kann nicht mit einem Mann kämpfen, der nur eine Hand hat.

Das verstärkte meine Wut, und in diesem Augenblick blinden Zorns erzwang ich den Rapport mit ihm. Grob drang ich in seinen Geist ein, fand, was ich suchte, und zog mich zurück.

Totenblaß, zitternd fiel Regis gegen das Geländer, und ich, den Geschmack bitteren Triumphes auf meiner Zunge, drehte ihm den Rücken. Um ihm nicht zu zeigen, daß ich mich selbst verachtete, sagte ich barsch: »Also du hast das Zeichen projiziert! Du – ein Hastur!«

Regis bebte vor Zorn. »Ich würde dir dafür das Gesicht zerschmettern, wenn du kein – verdammt, warum warst du so gemein?«

»Ich habe herausgefunden, was ich wissen wollte.«

»Ja, das hast du«, murmelte Regis.

Dann gestand er mit flammenden Augen und schwankender Stimme: »Das ist es, was mir Angst einjagt. Das ist es, warum ich dir nachgegangen bin. Du bist ein Alton, ich dachte, du wüßtest es. Im Rat überkam mich etwas. Ich – ich verstehe überhaupt nichts von Matrix-Mechanik, das mußt du inzwischen doch festgestellt haben! Ich weiß nicht, wie ich es gemacht habe, oder warum. Ich überbrückte einfach die Lücke und warf das Zeichen. Ich dachte, ich könne es dir erzählen – dich fragen ...« Seine Stimme brach. Er stand am Rand eines hysterischen Ausbruchs. Ich hörte ihn erstickt fluchen, wie ein Kind, das versucht, nicht zu weinen. Er flog am ganzen Körper.

Endlich begann er von neuem: »Nun gut. Ich habe immer noch Angst. Und am liebsten würde ich dich umbringen für das, was du getan hast. Aber es gibt sonst niemanden, den ich um Hilfe bitten könnte.« Er schluckte. »Was du getan hast, kann ich überwinden. Aber ich ertrage es nicht, daß ich nicht weiß, was ich vielleicht als nächstes tun werde.«

Kraftlos vor Scham ging ich weg von ihm. Regis, der versucht hatte, Freundschaft mit mir zu schließen, war von mir behandelt worden wie mein schlimmster Feind. Ich brachte es nicht fertig, ihm ins Gesicht zu sehen.

Nach einer Weile folgte er mir. »Lew, wie ich sagte, wir müssen es vergessen. Wir können es uns nicht leisten, gegeneinander zu kämpfen. Hast du es noch nicht gemerkt? Wir sitzen beide in der gleichen Klemme; wir tun Dinge, die wir, wenn wir richtig im Kopf wären, nie tun würden.«

Er wußte, und ich wußte es, daß es bei uns nicht das gleiche war. Immerhin gab mir seine Erklärung den Mut, mich zu ihm umzudrehen.

»Warum habe ich es getan, Lew? Wie, warum?«

»Nur ruhig«, sagte ich. »Verlier jetzt nicht den Kopf. Wir haben alle Angst. Ich auch. Es muß einen Grund geben.« Ich versuchte, mir die einzelnen Comyn-Gaben ins Gedächtnis zurückzurufen. Sie sind heute meistens rezessiv, durch Heiraten mit Außenseitern hinausgezüchtet. Regis war jedoch seinem Äußeren nach ein Rückschlag auf den reinen Comyn-Typ; er mochte auch geistig ein Rückschlag sein. »Die Hastur-Gabe, was sie auch sein mag, ist latent in dir«, erklärte ich. »Vielleicht erkanntest du unterbewußt, daß die Ratssitzung abgebrochen werden mußte, und sorgtest auf diese drastische Art dafür.« Verlegen setzte ich hinzu: »Wenn das eben nicht passiert wäre, würde ich dir anbieten, in deinen Geist einzudringen und dein Gehirn auszusortieren. Nur – ich fürchte, du vertraust mir jetzt nicht mehr.«

»Nicht mehr so richtig. Entschuldige.«

»Keine Ursache«, brummte ich. »Ich vertraue mir danach selbst nicht mehr. Ashara oder Callina, eine von den Bewahrerinnen, könnte eine Tiefensondierung durchführen und es für dich herausfinden.«

»Ashara –« Nachdenklich sah er zu dem Turm der Bewahrerin hoch. »Ich weiß nicht. Vielleicht.« Wir lehnten an dem Geländer und blickten ins Tal hinunter, das schon im Dunkel des sinkenden Abends lag. Plötzlich erschütterte ein tiefes Donnern die Burg. Ein silberner Pfeil raste mit einem roten Kometenschweif wie eine Kugel über den Himmel und verschwand.

»Die Postrakete«, bemerkte ich, »von der Terranischen Zone.«

»Terra und Darkover«, erklang eine Stimme hinter uns, »die unwiderstehliche Kraft und das unbewegliche Objekt.«

Der alte Hastur trat auf den Balkon hinaus. »Ich weiß, ich weiß«, sagte er, »ihr jungen Altons liebt es nicht, herumkommandiert zu werden. Offen gestanden, ich finde ebensowenig Vergnügen daran; dazu bin ich zu alt.« Er lächelte Regis zu. »Ich habe dich hinausgeschickt, um dich davon abzuhalten, zusammen mit Lew in den Dreck zu springen. Ich wünschte nur, es gelänge dir, deine Heftigkeit zu zügeln, Lew Alton!«

»*Meine* Heftigkeit!« Diese Verdrehung der Tatsachen machte mich sprachlos.

»Ich weiß, du bist provoziert worden. Aber wenn du deinen berechtigten Zorn gezügelt hättest ...« – er betonte das Wort mit saurer Ironie – »... wäre Dyan offensichtlich im Unrecht gewesen. Wie die Dinge jetzt liegen – nun, du hast den Comyn-Frieden als erster gebrochen, und das ist ernst. Dyan schwört, er wird deine Verbannung durchsetzen.«

Beinahe nachsichtig antwortete ich: »Das kann er nicht. Das Gesetz verlangt mindestens einen *Laran*-Erben von jeder Domäne – oder warum habt Ihr Euch soviel Mühe gemacht, mich zurückzurufen? Ich bin der letzte lebende Alton und kinderlos. Darüber kann sich nicht einmal Dyan hinwegsetzen.«

Hasturs Gesicht verfinsterte sich. »Du glaubst also, alle unsere Gesetze brechen zu dürfen – weil du unersetzlich bist? Denke noch einmal darüber nach, Lew. Dyan schwört, er habe ein Kind von dir gefunden.«

»Von mir? Das ist eine gemeine, stinkende Lüge«, gab ich wütend zurück. »Sechs Jahre lang bin ich von Darkover fern gewesen. Und ich bin Matrix-Mechaniker. Ihr wißt, was das bedeutet. Und es ist allgemein bekannt, daß ich im Zölibat gelebt habe.« Im Geist erteilte ich mir Absolution für die einzige Ausnahme. Wenn Dio nach diesem Sommer auf Vainwal mein Kind geboren hätte, hätte ich es erfahren. Erfahren? Ich wäre dafür ermordet worden!

Der Regent betrachtete mich skeptisch. »Ja, ja, ich weiß. Und davor? Du warst nicht zu jung, um körperlich fähig zu sein, ein Kind zu zeugen, nicht wahr? Das Kind *ist* ein Alton, Lew.«

Regis meinte bedächtig: »Dein Vater war nicht gerade ein Einsiedler, Lew. Und ich nehme an – wie alt war Marius? Vielleicht hat er irgendwo ein Zufallskind gezeugt.«

Ich überlegte. Es war unwahrscheinlich, daß ich einen Sohn hatte. Nicht unmöglich, wenn ich an gewisse Abenteuer meiner frühen Mannheit dachte, aber unwahrscheinlich. Andererseits würde es keine Darkovanerin wagen, mich oder meine toten Verwandten als Vater ihres Kindes zu bezeichnen, falls sie nicht über jeden Zweifel hinaus sicher war. Es erfordert mehr Mut, als die meisten Frauen besitzen, über einen Telepathen eine Lüge zu sagen.

»Und wenn ich Dyan nun gewähren lasse? Soll er diesen Jungen doch vorführen, seine Abstammung nachweisen, ihn auf meinen Platz setzen und mich verbannen lassen, verdammt noch mal! Ich wollte ja gar nicht zurückkommen. Soll ich Dyan sagen, mir sei es nur recht?«

»Dann«, stellte Hastur ernst fest, »wären wir wieder genau da, wo wir angefangen haben.« Er legte seine runzlige alte Hand auf meinen Arm. »Lew, ich habe darum gekämpft, daß du zurückgerufen wurdest, weil dein Vater mein Freund war und wir Hasturs im Rat verzweifelt in der Minderzahl sind. Der Comyn braucht dich. Vorhin in der Kristallkammer, als du ihnen Vorwürfe wegen ihrer Zänkereien machtest – *wie Kinder auf dem Spielplatz*, sagtest du –, hatte ich große Hoffnungen. Enttäusche mich nicht, indem du in jeder Sitzung den Frieden brichst!«

Ich senkte den Kopf, bekümmert und unglücklich. »Ich

will es versuchen«, erwiderte ich tonlos. »Aber beim Schwert Aldones', ich wünschte, Ihr hättet mich draußen im Raum gelassen.«

7

Nachdem die Hasturs gegangen waren, kehrte ich in meine Suite zurück und dachte nach über das, was ich erfahren hatte.

Ich war in Dyans Falle gelaufen, und sie war über mir zugeschnappt. Hastur hatte ich es zu danken, daß ich nicht schon verbannt worden war. Die ganze Zeit – jetzt erkannte ich es – hatten sie mich gereizt, damit ich die Beherrschung verlor. Dann war da dies Kind, das ich oder mein Vater oder Marius gezeugt hatte, eine fügsame Marionette, kein erwachsener Mann, der Macht in seinen eigenen Händen hielt.

Und Callina. Die Vorstellung, daß eine Bewahrerin Jungfrau sein muß – abergläubischer Unsinn, und doch muß ein Körnchen wissenschaftlicher Wahrheit darin stecken wie in allen anderen Sagen und Comyn-Traditionen.

Die Abergläubischen sollten glauben, was sie wollten. Dies wußte ich jedoch aus eigener Erfahrung: Jeder Telepath, der an den Überwachungsschirmen arbeitet, wird feststellen, daß seine nervösen und physischen Reflexe alle auf die Matrix-Muster abgestimmt werden. Ein Matrix-Mechaniker unterzieht sich langen Perioden der Enthaltsamkeit – weil ihm nichts anderes übrigbleibt. Diese Impotenz ist eine Sicherheitsmaßnahme der Natur. Ein Matrix-Mechaniker, der durch körperliche oder emotionale Exzesse seine Nerven oder sein endokrines Gleichgewicht stört, bezahlt dafür. Er kann sein Nervensystem bis zu dem Punkt überlasten, wo es einen Kurzschluß gibt. Er bricht erschöpft zusammen, und für gewöhnlich folgt darauf der Tod.

Eine Frau hat diese körperliche Sicherung nicht. Die Bewahrerinnen sind immer streng abgeschirm worden. Sobald ein Mädchen erweckt wird, sobald es zum ersten Mal sexuell reagiert, was eine katastrophale Wirkung auf Nerven und Gehirn hat, läßt sich keine sichere Grenze mehr ziehen. Für eine Frau ist das Bild schwarz oder weiß. Absolute Keuschheit oder Verzicht auf ihre Arbeit an den Schirmen.

Auch ich mußte vorsichtig sein; ich setzte Callina einer schrecklichen Gefahr aus.

Der alte Andres betrachtete mich finster. Er ist ein untersetzter, häßlicher, brummiger Terraner, aber ich kannte ihn zu gut, um mich von diesen grimmigen Blicken täuschen zu lassen. Ich habe nie erfahren, wie dieser terranische Ex-Raumfahrer das Vertrauen meines Vaters gewann. Andres Ramirez gehörte zu uns, so weit ich zurückdenken konnte. Er hatte mich das Reiten gelehrt, Spielzeug für Marius gemacht, uns verhauen, wenn wir uns gegenseitig die Köpfe einschlugen oder mit halsbrecherischer Geschwindigkeit ritten, und uns endlose Lügengeschichten erzählt, die keinen Hinweis auf seine wirkliche Vergangenheit gaben. Ob er nicht zu den Terranern zurückkehren konnte oder nicht wollte, ist mir immer unbekannt geblieben. Jetzt fühlte ich mich zwanzig Jahre jünger, als er mich anknurrte: »Was stehst du da herum und brütest?«

»Ich brüte nicht, verdammt noch mal, ich denke!«

Der alte Mann schnaubte: »Der junge Ridenow ist da und will dich sprechen. Du bewegst dich neuerdings in feiner Gesellschaft!«

Im anderen Zimmer stand Lerrys und wartete auf mich, angespannt, offensichtlich voller Unbehagen. Der Anblick ging mir auf die Nerven, aber ich lud ihn halbwegs höflich ein, sich zu setzen. »Wenn du als Dyans Sekundant gekommen bist, sag ihm, er soll sich keine Mühe mehr machen. Es gibt kein Duell. Hastur hat es verboten.«

Lerrys setzte sich. »Hm, nein. Tatsächlich wollte ich dir einen Vorschlag unterbreiten. Ist dir schon einmal der Gedanke gekommen, daß jetzt, wo dein Vater nicht mehr ist, du und ich und Dyan die Stärke der Comyn sind?«

»Eine schöne Zusammenstellung«, bemerkte ich trokken.

»Laß uns ohne Beleidigungen miteinander reden. Es gibt keinen Grund, warum wir uns gegenseitig bekämpfen sollten; es ist genug für uns alle da. Du bist zur Hälfte Terraner; ich setze voraus, daß du etwas von dem gesunden Menschenverstand der Terraner besitzt. Du weißt, wie die Leute des Terranischen Imperiums vorgehen, nicht wahr? Sie verhandeln mit jedem, der in einer Position ist, wo er Befehle geben kann. Warum sollten du und ich und Dyan nicht die Bedingungen für Darkover stellen?«

»Verrat«, sagte ich langsam. »Du redest, als sei der Comyn bereits aus dem Weg.«

»Der Comyn-Rat wird in einer oder zwei Generationen auseinanderfallen«, stellte Lerrys ruhig fest. »Dein Vater und Hastur haben ihn in dem letzten Dutzend Jahren allein durch die Kraft ihrer Persönlichkeit zusammengehalten. Du hast Derik gesehen. Glaubst du, er könne Hasturs Platz einnehmen?«

Das glaubte ich nicht. »Trotzdem bin ich Comyn und habe geschworen, hinter Derik zu stehen, solange er lebt.«

»Und die Katastrophe um eine weitere Generation hinauszuschieben, koste es, was es wolle?« fragte Lerrys. »Ist es nicht besser, jetzt Vereinbarungen zu treffen, statt auf den großen Knall zu warten und das Land für Jahre in Anarchie versinken zu lassen, bis wir wieder Ordnung geschaffen haben?«

Er stützte sein Kinn auf die Hand und sah mich forschend an. »Die Terraner können eine Menge für Darkover tun, und du auch. Hör mir zu, Lew. Jeder Mann hat seinen Preis. Mir ist aufgefallen, wie du heute Callina angesehen hast. Ich würde nicht einmal die Fingerspitzen dieser Teufelin berühren und ganz bestimmt nicht mit ihr ins Bett gehen, aber das ist wohl Geschmackssache. Eine Zeitlang habe ich gedacht, du wolltest Dio haben. Aber du würdest perfekt in unsere Pläne passen. Du wärst besser als Beltran. Du bist auf Terra erzogen, siehst jedoch wie ein Darkovaner aus. Du bist Comyn – aus der alten Aristokratie. Das Volk würde dich akzeptieren. Du könntest den Planeten regieren!«

»Unter den Terranern?«

»Irgendwer wird es tun. Und wenn du nicht willst – nun, du bist wegen der Sharra-Rebellion unbeliebt. Und du bist Comyn. Die *Terranan* haben die Gewohnheit, erbliche Monarchien zu stürzen, falls sie nicht mit ihnen zusammenarbeiten. Terra wäre es gleichgültig, ob du tot oder lebendig bist.«

Wahrscheinlich hatte Lerrys recht. In dieser Zeit der fallenden Reiche lädt sich niemand eine zu große Bürde an Loyalität auf. Der Comyn würde irgendwann zusammenbrechen. Warum sollte ich nicht etwas aus den Ruinen retten?

Lerrys fragte: »Dann wirst du darüber nachdenken?«

Ich antwortete nicht. Eine plötzliche Intuition ließ mich aufblicken, und da bemerkte ich seinen grauweißen Teint und seine verkniffenen Gesichtszüge. Das *störte* mich. Die Ridenows sind hypersensibel. In der fernen Vergangenheit des Comyn, als noch Verbindungen zu Nichtmenschen auf Darkover bestanden, war die Ridenow-Gabe in die Familie hineingezüchtet worden. Man setzte Ridenows dazu ein, fremde Präsenzen aufzuspüren oder vor einer verderblichen psychischen oder telepathischen Atmosphäre zu warnen.

Mit merkwürdiger Intensität erklärte er: »Es gibt Schlimmeres als Terra, Lew. Es ist immer noch besser, Darkover zu einer terranischen Kolonie zu machen, als es durch unsere eigenen Leute mit Sharra oder dergleichen zu tun zu bekommen.«

»Erlik schütze uns vor beidem!«

»Letzten Endes magst du es sein, der die Wahl treffen muß.«

»Verdammt, Lerrys, so wichtig bin ich nicht!«

»Du weißt es vielleicht nicht«, meinte er, »aber du könntest der Schlüssel zu allem sein.«

Plötzlich war mir, als sähe ich vor mir nicht einen Mann,

sondern zwei. Meines Bruders Freund, der sich bemühte, mich auf seine Seite zu ziehen – und etwas Tieferliegendes, das Lerrys für seine eigenen Zwecke gebrauchte. Ich überlegte mir ernsthaft, ob ich einen Dämpfer anstellen sollte, bevor er mir irgendeinen mentalen Streich spielte. Aber ich war nicht schnell genug.

Eine Flut schierer Bosheit strömte von ihm aus. Ich sprang auf die Füße, und unter schrecklicher Anstrengung gelang es mir, sie aus meinem Bewußtsein auszuschließen. Dann stürzte ich mich auf Lerrys, packte ihn mit meiner einen Hand und versuchte, seinen Geist zu überwältigen.

Es war nicht Lerrys!

Ich traf auf eine perfekte, festgeschlossene Abschirmung – und Lerrys allein hätte sich nie vor meinem Angriff verbarrikadieren können. Ich setzte mehr Energie ein als bei Dyan – und die Ridenows sind besonders verwundbar gegenüber einer telepathischen Attacke. An das, was den jungen Ridenow benützte, kam ich nicht heran, aber es folterte *ihn*. Er wand sich, sackte zusammen, schlug um sich und leistete dem Ding, das ihn festhielt, verzweifelten Widerstand. Stark wie ein Wahnsinniger oder ein Berserker, brach er meinen einhändigen Griff. Und von irgendwoher kam ihm zusätzlich die Kraft, den Kontakt mit mir endgültig zu zerreißen. Ich knirschte mit den Zähnen und ließ ihn los. Wenn der Geist, von dem er besessen war, sich plötzlich zurückziehen sollte und die volle Wucht meiner Gedanken Lerrys traf, war er tot oder wahnsinnig, bevor ich abschalten konnte.

Nach Atem ringend, lag Lerrys einen Augenblick still. Dann sprang er auf. Ich machte mich auf einen neuen Angriff gefaßt, aber statt dessen sagte er gänzlich unerwartet: »Sieh mich nicht so verblüfft an! Überrascht es dich, daß du wichtig für Darkover bist? Denke darüber nach, was ich dir gesagt habe, Lew. Dein Bruder war ein Mann mit Vernunft, und du mußt auch etwas davon haben. Ich könnte mir vorstellen, daß du zu dem Schluß kommst, ich habe recht.« Freundlich lächelnd streckte er mir die Hand hin. Benommen berührte ich seine Finger. Ich war auf der Hut vor einem weiteren Trick.

Seine Gedanken waren frei von jeder Bosheit, das fremde Wesen war verschwunden. *Er wußte nicht einmal, was er getan hatte.*

»Was ist los? Du siehst ein bißchen blaß aus«, bemerkte er. »Wenn ich du wäre, würde ich einen Dämpfer anstellen und mich schlafen legen. Du brauchst immer noch Ruhe; dieser Schlag auf den Kopf war keine Kleinigkeit.« Er verbeugte sich und ging hinaus. Ich sank auf eine Couch und fragte mich, ob der Schlag auf den Kopf tatsächlich meinen Verstand erschüttert habe. *Mußte ich bei jedem Menschen mit einem Angriff rechnen? Oder war ich total verrückt?*

Ein solcher Kampf ist nie leicht, und ich bebte in jedem Nerv. Andres kam durch den Vorhang, blieb stehen und starrte mich bestürzt an.

»Gib mir etwas zu trinken.«

Er setzte zu seinem üblichen Protest an, daß es ungesund sei, auf leeren Magen zu trinken, betrachtete mich noch einmal, hörte mitten in seinem Gebrummel auf und entfernte sich. Mehr als einmal habe ich ihn im Verdacht gehabt, daß er größere telepathische Fähigkeiten besitzt, als er zugibt. Als er zurückkam, brachte er mir keinen darkovanischen Likör, sondern den starken terranischen Schnaps, der schwarz in Thendara verkauft wird.

Ich war nicht fähig, meine Hand um das Glas zu schließen. Zu meiner Schande mußte ich mich zurücklehnen und es mir von Andres an den Mund halten lassen. Ich verabscheute das brennende Zeug. Aber nachdem ich einen Schluck getrunken hatte, klärte sich mein Kopf, und ich brachte es fertig, mich aufzusetzen und das Glas zu halten, ohne zu zittern.

»Und hör auf, mich wie ein Baby zu behandeln«, schrie ich Andres an, der um mich herumzappelte, als fürchte er, ich könne in Stücke zerbersten. Aber sein vertrautes Murren hatte eine beruhigende Wirkung. Ebenso gemurrt hatte er, wenn ich von meinem Pony gefallen war und mir dabei ein paar Rippen gebrochen hatte.

Ich winkte ab, als er mir verschiedene Vorschläge in Richtung Essen und Bett machte, und verließ meine Suite.

Der Himmel war dunkel von einem sich nähernden Unwetter; über Nevarsin ging ein Wolkenbruch nieder. Schlechtes Wetter für die Terraner mit ihrer Abhängigkeit von Flugzeugen und Raketen und der stürmischen oberen Atmosphäre. Unsere in den Bergen aufgewachsenen Tiere ertragen Stürme, Blizzards und Regen. Wie könnte ein vernünftiges Volk sein Vertrauen auf ein unsicheres Element wie die Luft setzen?

Ich überquerte den Hof und blieb da stehen, wo der Fels steil abfällt. Tausend Fuß unter mir breitete sich die Stadt Thendara aus. Ich stützte mich auf die niedrige Steinmauer. Wenn irgendwer die Terraner angreifen wollte, brauchte er sich nur eine stürmische Nacht mit Regen oder Graupelschauern auszusuchen. Dann saßen ihre Flugzeuge und Raketen fest, und sie hatten uns nichts mehr voraus.

Hinter der Stadt hob sich die Bergkette schwarz vor dem dunklen Himmel ab, und in weiter Ferne sah ich auf den hohen Hängen Feuer glühen. Vielleicht war es das Feuer eines Jägers, aber der Schein erinnerte mich daran, daß irgendwo ein seltsamer weißer Rauch aus Flammen aufstieg, die keine gewöhnlichen Flammen waren, und sich eine unglaubliche Matrix der zehnten Ebene um sich selbst drehte.

Wenn ein Mann einmal vor dem Feuer Sharras gestanden hat, hört es nicht auf, ihn zu rufen, spielt auf seinen Nerven wie eine schwere Hand auf Harfensaiten. Ich wußte genau, wenn ich dies Harfenspiel nicht zum Schweigen brachte, würde es mich vollständig zerstören. Deshalb kämpfte ich gegen die lebendige Wärme, die irgendwo in mir pulsierte und mich an Dinge erinnerte, die ich von ganzem Herzen verabscheute und fürchtete – und nach denen ich mich auf beschämende Weise sehnte, die ich liebte, begehrte.

Wohin konnte ich gehen, um das Harfenspiel zum Schweigen zu bringen?

Nur zu Callina.

8

Die Aillard-Suite war geräumig und glänzend. Schimmernde Wände streuten zarte Farben über Callina, die auf dem Boden kniete und mit einem gestreiften Tierchen aus den Regenwäldern spielte. Es sprang schnurrend auf ihre Schulter und zupfte mit zweizehigen Klauen an ihren seidenen Ärmeln.

Linnell saß in ihrer Nähe, eine Harfe auf den Knien, und Regis stand neben Linnell. Sie alle spürten meine Anwesenheit sofort. Linnell legte die Harfe weg; Callina erhob sich hastig, setzte das Kätzchen-Ding auf den Fußboden und zog an ihren Röcken. Ich ging zu ihr und nahm sie in meine Arme. Sie konnte nicht ahnen, wie kostbar sie mir durch diesen Blick auf eine weniger reservierte, weniger hochmütige Callina geworden war. Ich hielt sie einen Augenblick fest. Dann kehrte die alte Frustration zurück und schob sich zwischen uns wie ein nacktes Schwert. *Vorsichtig.*

Sie wich mir aus, indem sie von Linnell sprach. »Das arme Kind. Sie und Derik haben miteinander gestritten. Sie liebt ihn . . .«

»Mich interessiert, wen *du* liebst«, unterbrach ich sie.

»Ich bin Bewahrerin – und *Comynara!*«

»*Comynara!*« Ich vermute, es klang ebenso bitter, wie mir zumute war. »Der Comyn würde dich ebenso bedenkenlos zum Tod verurteilen wie verheiraten, wenn es irgendeinem Zweck diente!«

»Wenn es irgendeinem Zweck diente, würde ich mein Todesurteil selbst unterschreiben«, entgegnete sie ruhig. Meine Arme schlossen sich fester um sie.

»Willst du dich von ihnen *verkaufen* lassen?« Ich schleuderte es ihr entgegen wie einen Fluch. »Was schulden wir dem Comyn? Er hat skrupellos seit dem Tag unserer Geburt für uns Schicksal gespielt.«

»Lew, ich glaube, das verstehst du nicht. Ich war verrückt, dich denken zu lassen, wir könnten einander jemals gehören. Das können wir nicht. Nie.« Blindlings schob sie mich weg. »Ich kann Beltran heiraten – und trotzdem die Kraft behalten, dir und dem Comyn zu helfen ... weil ... weil ich Beltran *nicht* liebe. Verstehst du das?«

Ich verstand. Ich ließ sie los, trat zurück und betrachtete sie bestürzt. Für einen Mann hat die Matrix-Arbeit ihre frustrierenden Aspekte. Aber ich hatte nie darüber nachgedacht – genauer gesagt, es hatte mich nie im geringsten gekümmert –, welche besonders raffinierten Höllenstrafen sie für eine Frau bedeutet. Bevor ich wütend losplatzen konnte, wandte Callina sich an Regis.

»Ashara hat nach uns geschickt. Kommst du mit?«

»Jetzt nicht«, antwortete er. Regis hatte sich in nur ein paar Stunden verändert, er wirkte irgendwie älter, härter. Sein bereitwilliges Lächeln war das alte, und doch fühlte ich mich nicht ganz wohl in seiner Anwesenheit. Es tat weh, daß Regis sich vor mir abschirmte, und doch war es in gewisser Weise eine Erleichterung.

Ein Diener legte Callina eine Hülle um die Schultern, die wie ein grauer Schatten war. Wir stiegen die Treppe hinunter, und Linnell blieb zwischen den Vorhanghälften stehen und sah uns lächelnd nach. Die farbigen Lichter, die über ihr helles Kleid hinspielten, machten sie zu einer Regenbogen-Statuette in einer goldenen Aureole. Plötzlich kristallisierte sich mein vages Unbehagen zu dieser blitzartigen Vorausschau, die einen Telepathen in Augenblicken der seelischen Anspannung überkommt.

Linnell würde sterben!

»Lew, was ist los?«

Ich blinzelte. Schon verblaßte die Überzeugung, die mich bei diesem Übelkeit erregenden Schritt abseits des Zeitpfades erfüllt hatte. Die Verwirrung, die Ahnung von einer Tragödie blieben. Als ich wieder aufblickte, war der Vorhang zusammengefallen und Linnell verschwunden.

Draußen fiel ein feiner, dünner Regen. Die Lichter der Altstadt waren verloschen; dunkel lag sie im Windschutz der Felsen. Aber weiter draußen, in der Terranischen Zone streiften die Neonlampen den Nachthimmel mit grellen

Farben in einem nassen Orange und Rot und Grün. Ich blickte über die niedrige Mauer.

»Heute nacht wäre ich gern da unten«, sagte ich müde. »Oder sonst irgendwo, nur weit weg von dieser Höllenburg.«

»Sogar in der Terranischen Zone?«

»Sogar in der Terranischen Zone.«

»Warum gehst du dann nicht hin? Niemand hält dich hier fest, wenn du lieber dort sein möchtest.«

Ich drehte mich zu Callina um. Der Wind hob ihren Spinnweb-Mantel wie Flügel, das Haar flatterte ihr wie feiner Gischt ums Gesicht. Ich wandte den fernen Lichtern den Rücken und zog sie an meine Brust. Erst stemmte sie sich gegen mich, dann plötzlich umklammerte sie mich wild, ihre Lippen zitterten unter meinen, ihre Arme faßten mich mit verzweifelter Angst. Als wir uns voneinander lösten, bebte sie wie ein junges Blatt.

»Was nun, Lew? Was nun?«

Ich wies mit einer heftigen Geste auf die Neonlampen. »Die Terranische Zone! Stellen wir den Comyn vor vollendete Tatsachen! Soll er sich doch für sein Spiel eine andere Marionette suchen!«

Langsam verblich der Funke in ihren Augen. Sie hob die Hand gegen die ferne Bergkette, und wieder hatte ich die Illusion: *Dünner weißer Rauch, unirdische Flammen ...*

»Sharras Feuer brennt immer noch dort, Lew. Du bist ebensowenig frei wie ich.«

Ich legte den Arm um sie. Langsam kam ich wieder zur Vernunft. Der Regen schlug uns eiskalt in die Gesichter. Wir machten kehrt und gingen schweigend auf die dunkle Masse des Turms zu.

Der Wind, dessen Bahn durch die Mauerecken der Burg gebrochen wurde, bewarf uns mit kleinen Regengüssen. Wir durchschritten ummauerte Höfe und Säulengänge, und schließlich standen wir vor einem dunklen Bogen. Callina zog mich vorwärts, und ein Schacht stieg nach oben.

Asharas Turm – so erzählt man sich – wurde für die erste

Bewahrerin gebaut, als Thendara nicht mehr als eine Reihe von Lehmhütten war, die sich unter dem Nevarsin-Gipfel zusammendrängten. Er gehört noch zu der merkwürdigen Zeit, bevor unsere Welt von Erdbeben erschüttert wurde und die vier Monde von sich schleuderte. Der Geruch von Jahrhunderten hing zwischen den muffigen Wänden und wehte uns mit den Schatten an, die an uns vorbeiglitten und in Dunkelheit verschwanden. Höher und höher ging es. Endlich hielt der Schacht. Wir standen vor einer geschliffenen Glastür. Nicht vor einem Vorhang oder einer Lichtwand. Einer Tür.

Wir traten in Bläue. Das Licht wurde auf so unheimliche Weise reflektiert und zerlegt, daß der Raum keine Dimensionen zu haben schien; er war gleichzeitig ungeheuer groß und eng. Ein blaues Flimmern lag in der Luft und unter unseren Füßen; es war, als schwämmen wir in blauem Wasser oder bewegten uns durch das Feuer eines blauen Edelsteins.

»Kommt her«, erklang eine Stimme, klar wie Winterwasser unter dem Eis. »Ich warte auf euch.«

Erst jetzt hatten sich meine Augen genügend an das frostige Licht gewöhnt, so daß ich einen großen Thron aus geschliffenem Glas und darauf die Gestalt einer Frau erkannte. Fast so klein wie ein Kind, hielt sie sich sehr aufrecht, und ihr Gewand absorbierte und spiegelte das Licht so, daß sie transparent wirkte.

»Ashara«, flüsterte ich und neigte den Kopf vor der Zauberin des Comyn.

Ihre blassen Züge, so frei von Falten wie Callinas, waren von einer fast fleischlosen Reinheit. Und trotzdem waren sie alt, so alt, daß die Hand der Zeit die Furchen wieder geglättet hatte. Auch die Augen, lang und groß, waren farblos, obwohl sie in normalem Licht blau sein mochten. Zwischen den beiden Bewahrerinnen bestand eine undefinierbare Ähnlichkeit, als sei Ashara ein stilisiertes Porträt von Callina oder Callina eine embryonale Ashara, die eines Tages zu dem werden würde, was Ashara jetzt war.

Langsam glaubte ich wirklich, daß sie unsterblich war,

wie man flüsterte, daß sie schon vor der Ankunft der Söhne des Lichts auf Darkover gelebt hatte.

Sie sagte leise: »Du bist also jenseits der Sterne gewesen, Lew Alton?«

Es wäre nicht richtig zu behaupten, die Stimme sei unfreundlich gewesen. Dazu war sie nicht menschlich genug. Sie klang, als sei ihr die Anstrengung zuviel, mit richtigen, lebenden Menschen zu reden, als störe unser Leben den kühlen kristallenen Frieden, der hier immer hätte herrschen sollen. Callina, die daran gewöhnt war – so nahm ich jedenfalls an –, antwortete ehrerbietig.

»Du siehst alles, Mutter. Du weißt, was wir gesehen haben.«

Eine Andeutung von Leben überflog das alte Gesicht. »Nein, nicht einmal ich kann alles sehen. Und du hast die einzige Möglichkeit abgelehnt, wie ich dir hätte helfen können. Du weißt, daß ich außerhalb dieses Ortes jetzt keine Macht mehr habe.« Ihre Stimme gewann an Kraft, als ermuntere unsere Anwesenheit sie.

Callina senkte tief den Kopf. »Du hilfst mir mit deiner Weisheit, Ashara«, hauchte sie. Die alte Zauberin deutete ein Lächeln an.

»Erzählt es mir«, forderte sie uns auf.

Wir setzten uns zusammen auf eine Glasbank zu Asharas Füßen und berichteten ihr von den Ereignissen der letzten paar Tage. Zuletzt fragte ich sie: »Kannst *du* die Sharra-Matrix duplizieren?«

»Nicht einmal ich kann die Gesetze von Materie und Energie ändern«, antwortete sie. »Aber ich wünschte, du wüßtest weniger von der terranischen Wissenschaft, Lew.«

»Warum?«

»Weil du mit deiner Ausbildung nach Erklärungen suchst. Dein Geist wäre stetiger, würdest du sie Götter, Dämonen, heilige Talismane nennen, wie die Comyn es vor langer Zeit taten. Sharra – ein Dämon? Ebensowenig, wie Aldones ein Gott ist.« Sie lächelte. »Und doch sind sie lebendige Wesenheiten. Auch sind sie weder gut noch böse, obwohl sie im Kontakt mit Menschen als das eine oder das andere erscheinen mögen. Wie heißt es in der alten Legende?«

Callina flüsterte: »Sharra wurde in Ketten gelegt von dem Sohn Hasturs, dem Sohn Aldones', der der Sohn des Lichts ist . . .«

»Ritual«, fiel ich ungeduldig ein. »Aberglaube!«

Das stille alte Gesicht wandte sich mir zu. »So denkst du? Was weißt du über Aldones' Schwert?«

Ich schluckte. »Es ist . . . die Waffe gegen Sharra. Vermutlich ist es eine Matrix, die wie die Sharra-Matrix in einem Schwert verborgen ist.«

Wie dem auch sei, ich hielt das für eine hypothetische Diskussion, und das sagte ich auch. Aldones' Schwert lag in der *Rhu fead*, dem heiligen Ort der Comyn, und hätte sich deshalb ebensogut in einer anderen Galaxis befinden können.

Es gibt solche Dinge auf Darkover. Sie sind unzerstörbar, und sie sind so mächtig und so tödlich, daß man sie nicht einmal dem Comyn oder den Bewahrerinnen anvertrauen will.

Die *Rhu fead* ist von Matrices so geschützt, daß niemand als ein dem Rat angehörender Comyn sie zu betreten vermag. Einem Außenseiter ist es unmöglich, in das Gebäude einzudringen, ohne den Verstand zu verlieren. Bis er die Kraftfelder durchdrungen hätte, wäre er ein Schwachsinniger, der sich nicht mehr erinnert, warum er hergekommen ist.

Im Inneren jedoch – die Comyn, die vor tausend Jahren lebten, waren darauf bedacht gewesen, diese Gegenstände aus ihrer eigenen Reichweite zu bringen. Kein Comyn kann sie berühren. Ein Außenseiter wäre ohne weiteres imstande, sie in die Hand zu nehmen, aber das Kraftfeld, das sie umgibt, weist jeden Comyn ab.

Ich sagte: »Seit dreihundert Generationen hat jeder skrupellose Comyn versucht, die Schutzmaßnahmen zu umgehen.«

»Aber keiner von ihnen hatte eine Bewahrerin auf seiner Seite«, erklärte Callina. Sie sah Ashara an. »Ein Terraner?«

»Vielleicht«, nickte Ashara, »auf jeden Fall ein Außenseiter. Kein auf Darkover geborener Terraner, dessen Geist sich den Kräften hier angepaßt hat, sondern ein ganz Fremder. Er würde mühelos eindringen, wo wir ausgeschlossen sind. Sein Geist wäre gegen diese Energien verschlossen und versiegelt, weil er gar nicht wüßte, daß sie da sind.«

»Großartig«, bemerkte ich. »Ich habe also nichts weiter zu tun, als fünfzig Lichtjahre hinauszureisen und jemanden mit zurückzubringen, ohne ihm irgend etwas zu erzählen, weder über diesen Planeten noch über die Aufgabe, für die wir ihn brauchen. Hoffen wir, daß er genug telepathisches Talent hat, um zu kooperieren.«

Asharas farblose Augen verrieten Verachtung. »Du bist Matrix-Techniker. Vergißt du den Schirm?«

Mir fiel der merkwürdige, schimmernde Schirm ein, den ich in Callinas Matrix-Laboratorium gesehen hatte. Dann war er einer der legendären psychokinetischen Transmitter? Langsahm ahnte ich, worauf sie hinauswollten. *Um ohne Zeitverlust durch den Raum Materie zu übertragen, belebt oder unbelebt ...*

»Das ist seit Hunderten von Jahren nicht mehr gemacht worden!«

»Ich weiß, was Callina fertigbringt«, sagte Ashara mit ihrem eigentümlichen Lächeln. »Also. Du und Callina, ihr habt im Rat in gedanklicher Verbindung gestanden ...«

»Es war ein oberflächlicher Kontakt. Er erschöpfte uns beide.«

Ashara nickte. »Weil alle eure Energien verbraucht wurden, um den Kontakt *aufrechtzuerhalten*. Wenn ich euch nun miteinander verbände, wie du mit Marius verbunden gewesen bist – «

Ich stieß einen tonlosen Pfiff aus. Das war drastisch; normalerweise ertragen nur Altons die Tiefenfokussierung.

»Die Altons – und die Bewahrerinnen.«

Ich sah Callina zweifelnd an, doch sie hatte die Augen abgewendet. Ich verstand; ein Rapport dieser Art ist die ultimate Intimität. Mir selbst paßte es auch nicht. Ich hatte meine eigene private Hölle, die das Licht des Tages scheute. Sollte ich sie Callinas klaren Augen öffnen?

Callinas Hand zuckte, als sie sich schaudernd weigerte.

»Nein!«

Die Ablehnung tat weh. Wenn ich mich bereitfinden konnte, warum sie nicht?

»Ich will nicht!« Ihre Stimme verriet Zorn, aber auch Angst. »Ich bin ich ... ich gehöre mir selbst ... niemand, niemand, und du am wenigsten von allen soll mir das rauben!«

Ich war mir nicht sicher, ob sie zu mir oder zu Ashara sprach. »Callina, tu es für mich!« redete ich ihr zärtlich zu. »Wir dürfen uns noch nicht lieben, aber du kannst mir auf diese Weise gehören ...«

Ich brauchte sie so, warum versteifte sie sich in meinen Armen, als tue ich ihr mit dieser Berührung einen Schimpf an? Unter wildem Schluchzen stieß sie hervor: »Ich kann nicht, ich will nicht! Ich dachte, ich könne es, aber ich kann nicht!« Schließlich wandte sie Ashara ihr weißes Gesicht zu. »Du hast mich so gemacht – ich gäbe mein Leben dafür, wenn ich dich nie gesehen hätte, ich würde gern sterben, um frei von dir zu sein, aber du hast mich so gemacht, und ich kann mich nicht mehr ändern!«

»Callina ...«

»Nein!« Ihre Stimme bebte vor Widerwillen. »Du weißt nicht alles! Du würdest es selbst nicht wollen, wenn du alles wüßtest!«

»Genug!« Asharas kalte Stimme war wie eine Glocke, die uns in die Stille des Turms zurückrief. Mir war, als ob sogar das Feuer in Callinas Augen erstarb. »Dann nicht. Ich will es nicht erzwingen. Ich werde tun, was ich kann.«

Sie erhob sich von dem Glasthron. Ihre eisigblaue Gestalt reichte Callina kaum bis an die Schulter. Sie blickte auf. Zum ersten Mal sah sie mir in die Augen, und dies eisige, zwingende Starren verschlang mich ...

Der Raum verschwand. Einen Augenblick sah ich in eine Leere, die wie der sternenlose Abgrund am Rand des Universums war. Als Schatten unter Schatten trieb ich in prikkelndem Nebel dahin. Dann durchpulste mich ein Strom von Kraft. Tief in meinem Gehirn erwachte ein Funke, ein Kern zum Leben und lud mich mit einer Energie auf, die mein ganzes Sein erfüllte. Ich spürte mich selbst als Netzwerk lebendiger Nerven, als eine Art Gitter aus Energie.

Dann entstand plötzlich ein Gesicht in meinem Geist.

Ich kann es nicht beschreiben, obwohl ich jetzt weiß, was es war. Ich sah es dreimal, aber es gibt keine menschlichen Wörter dafür. Es war über alle Vorstellung hinaus schön, und es war über alles Begreifen hinaus schrecklich. Es war nicht einmal böse. Doch es war verdammenswert und verdammt. Nur einen Sekundenbruchteil schwamm es in meinen Augen, dann brannte es in der Dunkelheit aus. In diesem Sekundenbruchteil sah ich geradezu durch die Tore der Hölle.

Ich kämpfte mich in die Realität zurück. Wieder war ich in Asharas eisigblauem Raum. Wieder? Hatte ich ihn verlassen? Mir war schwindelig; ich fühlte mich verwirrt, desorientiert. Callina warf sich mir an die Brust, und der krampfhafte Druck ihrer Arme, der feuchte Duft ihres Haares und ihr nasses Gesicht an meinem brachten mich zur Vernunft.

Über ihre Schulter sah ich, daß der Glasthron leer war. »Wo ist Ashara?« fragte ich benommen.

Callina richtete sich auf, ihr Schluchzen verstummte schlagartig. Ihr Gesicht hatte plötzlich eine unheimliche Ruhe. »Du fragst mich besser nicht«, murmelte sie. »Die Antwort würdest du nie glauben.«

Ich runzelte die Stirn. Über die Verbindung zwischen den beiden Bewahrerinnen konnte ich nur Mutmaßungen anstellen. Hatten wir überhaupt Ashara gesehen oder nur ihre Erscheinung? Hatte Callina dies Gesicht gesehen?

Draußen waren die Lichter ausgegangen. Schweigend durchschritten wir die dem Regen offenen Höfe und die widerhallenden Gänge. In Callinas Matrix-Laboratorium war es warm. Ich zog den Mantel aus und ließ die Hitze in meinen durchgekühlten Körper und meinen schmerzenden Arm einziehen. Callina beschäftigte sich inzwischen damit, die telepathischen Dämpfer zu regulieren. Ich trat vor den riesenhaften Schirm, der mir am Tag zuvor aufgefallen war, und starrte stirnrunzelnd in seine wolkigen Tiefen. *Transmitter.* Neben ihm lag in dem seidenen Schockabsorber die größte Matrix, die ich je gesehen hatte. Ein gewöhnlicher Matrix-Mechaniker arbeitet mit den ersten sechs Ebenen. Ein Telepath kann die siebte und achte manipulieren. Sharra gehörte der neunten oder zehnten Ebene an – genau wußte ich es nicht – und verlangte mindestens drei miteinander verbundene Gehirne, von denen eins einem Telepathen gehören mußte. Die Ebene der Matrix neben dem Schirm konnte ich nicht einmal erraten.

Zauberei? Unbekannte Naturgesetze? Das war ein und dasselbe. Aber es lag mir im Blut. Ich war Comyn, und für solche Dinge sind die Comyn herangezüchtet worden.

Es ist unmöglich, jemandem, der nicht Comyn ist, den Schirm zu erklären. Er fängt Bilder ein. Er ist ein Duplikator, eine Falle für ein gewünschtes Muster. Eine automatische Ansammlung von zusammengehörenden vorherbestimmten Requisten – nein, ich kann es nicht erklären und will es gar nicht erst versuchen.

Jedenfalls konnte ich mit meiner telepathischen Kraft, verstärkt durch die Matrix, ohne räumliche Begrenzung nach dem Verstand suchen, den wir brauchten. Von allen Milliarden menschlicher und nichtmenschlicher Gehirne auf den Millionen Welten in der Raumzeit paßte irgendwo ein einziges genau für unsern Zweck, da es gewisse Dinge wahrnahm – und gewisse Dinge *nicht* wahrnahm.

Mit dem Schirm würden wir die Vibration jenes Geistes auf *diesem* Sektor in der Raumzeit abstimmen, hier, jetzt, zwischen den Polen des Schirms. Der Schirm reduzierte die räumliche Entfernung auf Null und ermöglichte es uns, die Energonen von Geist und Körper zu verlagern und hierherzuholen. Mein Gehirn spielte mit Wörtern wie Hyperraum und Dimensionsreise und Materie-Transmitter, aber das waren eben nur Wörter.

Ich ließ mich in den Sessel unterhalb des Schirms fallen und beugte mich vor, um die Kontrollen auf mein eigenes zerebrales Muster zu kalibrieren. Umständlich hantierte ich mit der Wählscheibe herum und sagte, ohne aufzublicken: »Du wirst den Überwachungsschirm abstellen müssen, Callina.«

Sie ging durchs Zimmer und berührte eine Reihe von Knöpfen. Die Lichterreihe ging aus; die Überwachung der Matrices von Darkover wurde umgeleitet. »Durch den Arilinn-Turm geht ein Bypass-Relais«, erklärte Callina.

Ein Gitter knatterte und sandte Stakkato-Signale aus. Callina lauschte und sagte dann: »Ja, ich weiß, Maruca. Aber wir haben die Hauptschaltkreise abgestellt. Ihr werdet die Energonen heute nacht in Arilinn halten müssen.«

Sie wartete, dann rief sie scharf: »Lege eine Barriere dritten Grades um Thendara! Das ist ein Befehl vom Comyn; tu, was ich dir sage!« Seufzend wandte sie sich ab.

»Dies Mädchen ist die *lärmendste* Telepathin auf dem Planeten. Ich wünschte, heute nacht wäre in Arilinn irgendeine andere Bewahrerin. Es gibt ein paar Leute, die eine Barriere der dritten Ebene durchdringen können, aber ich würde eine der vierten verlangen.« Sie zuckte die Schultern. Ich verstand – eine Barriere der vierten Ebene würde jeden Telepathen Darkovers auf die Tatsache aufmerksam machen, daß in der Comyn-Burg etwas vorging.

Wir mußten es darauf ankommen lassen. Callina nahm ihren Platz vor der Matrix ein, und ich konzentrierte mich auf den Schirm. Ich schloß alle Sinneseindrücke aus, justierte die psychokinetischen Wellen auf das Muster, das wir brauchten. Welches fremde Lebewesen würde die Bedingungen erfüllen? Ohne daß ich willentlich etwas dazu tat, entstand das Muster von selbst.

In dem Augenblick, bevor mein optischer Nerv überladen wurde und versagte, sah ich die undeutlichen Symbole in der Matrix. Dann wurde ich blind und taub in dem Augenblick der Überladung, der immer schrecklich ist.

Nach und nach orientierte ich mich ohne äußere Sinne in dem Schirm. Mein Ich, auf astronomische Proportionen ausgedehnt, flog über unglaubliche Entfernungen dahin, durchquerte in Sekundenbruchteilen ganze Parseks und Galaxien subjektiver Raumzeit. Es kamen vage Berührungen von bewußten Wesen, Bruchstücke von Gedanken, Emotionen, die wie Schatten vorüberglitten – das Treibgut des mentalen Universums.

Dann *sah* ich das weißglühende Flackern im Schirm, bevor ich den Kontakt fühlte. Irgendwo hatte ein Wesen in das Muster gepaßt. Wir hatten ein Netz durch Zeit und Raum gezogen, und als wir auf ein passendes Exemplar trafen, zog sich das Netz zusammen.

Ich schwang hinaus, körperlos, zerteilt in eine Milliarde subjektiver Fragmente, ausgedehnt über einen weiten Abgrund der Raumzeit. Wenn irgend etwas passierte, würde ich nie wieder in meinen Körper zurückkehren, sondern auf ewig in der Raumzeit dahintreiben.

Mit unendlicher Vorsicht ergoß ich mich in den fremden Geist. Es gab einen kurzen, aber heftigen Kampf. Dann war er in mich eingebettet. Die Welt war ein Inferno von Schmelzglasfeuer und Farbe. Die Luft wand sich in kalten Flammen, und das Glühen auf dem Schirm war ein Schatten und dann eine schärfer werdende Dunkelheit und dann ein Bild, gefangen in meinem Geist, und dann ...

Licht stach mir in die Augen. Ein Schlag erschütterte mein Gehirn, der Fußboden schaukelte, die Wände schienen zusammenzukrachen und sich wieder zu trennen. Callina wurde gegen mich geschleudert, als die Energonen die Luft und mein Gehirn versengten.

Halb gelähmt, aber bei Bewußtsein blickte ich zu Callina auf. Der fremde Geist war von meinem losgerissen worden. Der Schirm war leer.

Und zusammengesunken auf dem Fußboden lag unter dem Schirm ein schlankes, dunkelhaariges Mädchen.

9

Unsicher kniete Callina neben dem schlaffen Körper nieder. Ich beugte mich über sie.

»Sie ist doch nicht tot?«

»Natürlich nicht.« Callina hob den Kopf. »Das war fürchterlich, auch für uns. Wie muß es erst für sie gewesen sein! Sie ist im Schock.«

Das Mädchen lag auf der Seite, einen Arm über dem Gesicht. Weiches braunes Haar verbarg ihre Züge. Ich strich es behutsam zurück – und hielt inne. Meine Hand blieb vor Bestürzung auf ihrer Wange liegen.

»Es ist Linnell«, würgte Callina hervor. »Linnell!«

Auf dem kalten Fußboden lag das Mädchen vom Raumhafen, das Mädchen, das ich in meinen ersten verwirrten Augenblicken in Thendara gesehen hatte.

Obwohl ich doch wußte, was geschehen war, fürchtete ich, wahnsinnig zu werden. Die Transition hatte auch von mir ihren Zoll gefordert. Jede Faser meines Körpers schmerzte.

»Was haben wir getan?« stöhnte Callina. *»Was haben wir getan?«*

Ich hielt sie fest. Natürlich, dachte ich; natürlich. Linnell hielt sich nicht weit entfernt auf, sie stand uns beiden nahe, wir hatten heute nacht beide von Linnell gesprochen und an Linnell gedacht. Und trotzdem ...

»Du kennst Cherillys Zwei-Punkte-Gesetz?« Ich versuchte, es in einfache Worte zu kleiden. »Für alles, ausgenommen eine Matrix, gibt es irgendwo ein *genaues* Duplikat. Dieser Sessel, mein Mantel, der Schraubenzieher auf deinem Tisch, der Trinkwasserbrunnen in Port Chicago – alles, was im Universum existiert, hat *ein* exaktes molekulares Duplikat. Nichts ist einmalig, außer einer Matrix, aber es gibt keine *drei* gleichen Dinge im Universum.«

»Dann ist dies – Linnells Zwilling?«

»Mehr als das. Nur einmal in einer Million Jahren oder so sind Duplikate auch Zwillinge. Dies ist ihr *wirklicher* Zwilling. Die gleichen Fingerabdrücke. Die gleichen Retina-

Muster. Die gleichen Betagramme und Blutgruppen. Wahrscheinlich wird sie in ihrer Persönlichkeit Linnell nicht sehr ähneln, weil die Duplikate von Linnells Umgebung über die ganze Galaxis verstreut sind. In Fleisch und Blut sind sie jedoch identisch. Sogar die Chromosomen dieses Mädchens sind identisch mit denen Linnells.«

Ich faßte das Handgelenk des Mädchens und drehte es um. Das eigentümliche Matrix-Siegel der Comyn zeigte sich dort. »Ein Muttermal«, sagte ich. »Die Wirkung in ihrem Fleisch ist identisch. Verstehst du?«

Ich stand auf. Callina starrte und starrte. »Kann sie denn in dieser Umgebung leben?«

»Warum nicht? Wenn sie Linnells Duplikat ist, atmet sie Sauerstoff im gleichen Maße wie wir, und ihre inneren Organe sind an etwa die gleiche Schwerkraft angepaßt.«

»Kannst du sie tragen? Sie wird einen zweiten Schock bekommen, wenn sie an diesem Ort aufwacht!« Callina wies auf die Matrix-Ausrüstung.

Ich grinste freudlos. »Sie wird auf jeden Fall einen bekommen.« Es gelang mir, sie mit einem Arm hochzuheben. Sie war zart und leicht wie Linnell. Callina hielt den Vorhang für mich zurück und zeigte mir, wohin ich sie legen sollte. Ich deckte das Mädchen zu, denn es war kalt, und Callina murmelte: »Woher sie wohl kommen mag?«

»Sie ist auf einer Welt geboren, deren Schwerkraft ungefähr der Darkovers entspricht, was die Möglichkeiten beträchtlich einengt. Vialles, Wolf, vielleicht sogar Terra. Es kann natürlich auch ein Planet sein, von dem wir nie gehört haben.« Ihr Akzent war mir terranisch vorgekommen. Ich hatte Callina nicht von der Episode auf dem Raumhafen erzählt und wollte es auch nicht tun. »Lassen wir sie allein, damit sie den Schock ausschlafen kann, und gehen wir selber auch schlafen.«

Callina stand neben mir im Eingang, ihre Hände in meinen. Sie sah erschöpft und hohlwangig aus, aber nach der geteilten Gefahr, der geteilten Müdigkeit erschien sie mir schön. Ich beugte mich zu ihr und küßte sie.

»Callina«, flüsterte ich. Es war eine halbe Frage. Callina befreite ihre Hand sanft, und ich drängte sie nicht. Sie hatte recht. Wir waren beide völlig ausgelaugt. Es wäre der reine Wahnsinn gewesen. Ich ging, ohne zurückzublicken. Draußen goß es, und doch lief ich ruhelos auf dem Hof herum, bis die nasse rote Sonne sich über Thendara erhob, und die Tropfen auf meinem Gesicht waren nicht nur Regen.

In der Morgendämmerung fand ich die Beherrschung wieder und kehrte in den Turm der Bewahrerin zurück. Ich fürchtete, ohne Callina an meiner Seite würde ich den Weg in den eisigblauen Raum nicht finden, oder Ashara habe sich an einen unzugänglichen Ort zurückgezogen. Aber sie war da, und entweder lag es an dem frostigen Licht oder an meinen ermüdeten Augen: Sie schien mir jünger, weniger reserviert zu sein, wie eine fremde, eisige, unmenschliche Callina. Mein Gehirn weigerte sich, klar zu denken, doch schließlich gelang es mir, meine Bitte zu formulieren.

»Du kannst – die Zeit sehen. Sag mir. Das Kind, das Dyan das meine nennt . . .«

»Es ist das deine«, antwortete Ashara.

»Wer . . .«

»Ich weiß. Du hast, abgesehen von Diotima Ridenow Comyn, enthaltsam gelebt, seit deine Marjorie starb.« Sie blickte durch mein erstauntes Starren. »Nein, ich habe deine Gedanken nicht gelesen. Ich dachte, das Ridenow-Mädchen sei für eine Ausbildung geeignet, wie ich . . . wie ich sie Callina gegeben habe. Sie war es nicht. Deine oder Diotimas Moral interessiert mich nicht; das ist eine Sache der körperlichen Nervenausrichtung.« Leidenschaftslos fuhr sie fort: »Hastur genügte das bloße Wort derer nicht, die das Kind brachten. Deshalb vertraute er sie meiner Obhut und Überprüfung an. Sie ist hier im Turm. Du kannst sie sehen. Sie ist deine Tochter. Komm mit mir.«

Zu meiner Überraschung – ich weiß nicht warum, aber irgendwie hatte ich geglaubt, Ashara könne ihren seltsamen eisigblauen Raum nicht verlassen – führte sie mich durch eine zweite der merkwürdigen blauen Türen und in ein einfaches, kreisrundes Zimmer. Einer der pelzbedeckten stummen Nichtmenschen – die Diener im Turm der Bewahrerin – tippelte geräuschlos auf gepolsterten Füßen davon.

In dem kühlen, normalen Licht war Asharas flackernde Gestalt farblos, beinahe unsichtbar. War das die Zauberin selbst oder nur eine Projektion, von der sie wollte, daß ich sie sah? Das Zimmer war einfach möbliert, und auf einem schmalen weißen Bett im Mittelpunkt lag fest schlafend ein kleines Mädchen. Helles rötlich-goldenes Haar breitete sich auf dem Kissen aus.

Langsam ging ich hin und blickte auf das Kind hinunter. Es war sehr klein, fünf oder sechs, vielleicht noch jünger. Und während ich es betrachtete, erkannte ich, daß man mir die Wahrheit gesagt hatte. Auf eine Weise, die man nur einem Menschen erklären kann, der ein Alton und Telepath ist, erkannte ich es. Dies war mein eigenes Kind, geboren aus meinem eigenen Samen. Das dreieckige Gesichtchen hatte nicht die leiseste Ähnlichkeit mit meinem, aber mein Blut wußte es. Es war nicht meines Vaters Kind. Auch nicht das meines Bruders. Es war meins. Mein Fleisch und Blut.

»Wer war ihre Mutter?« fragte ich leise.

»Du wirst dein ganzes Leben lang glücklicher sein, wenn ich es dir nicht sage.«

»Ich kann es ertragen! Irgendeine leichte Person aus Cathon oder Daillon?«

»Nein.«

Das Kind murmelte etwas, regte sich und öffnete die Augen. Ich machte einen Schritt auf sie zu – und wandte mich dann mit flehentlichem Bitten an Ashara. Diese Augen, diese Augen, goldgefleckter Bernstein ... »Marjorie«, stieß ich heiser, schmerzlich hervor. »Marjorie starb, sie *starb* ...«

»Sie ist nicht Marjorie Scotts Tochter.« Asharas Stimme war so klar, kühl, mitleidlos. »Ihre Mutter war Thyra Scott.«

»Thyra?« Ich bekämpfte den wahnsinnigen Impuls zu lachen. »Thyra? Das ist unmöglich! Ich habe nie – ich hätte nie auch nur die Fingerspitzen dieser Teufelin berührt, ganz zu schweigen ...«

»Trotzdem ist es dein Kind. Und Thyras. Die Einzelheiten sind mir nicht klar. Da ist eine Zeit – ich bin nicht sicher. Vielleicht haben sie dich betäubt, hypnotisiert. Ich könnte es herausfinden. Es wäre nicht leicht, auch für mich nicht. Dieser Teil deines Geistes ist ein verschlossener und versiegelter Raum. Es kommt nicht darauf an.«

Ich biß die Zähne zusammen vor blinder Wut. *Thyra!* Diese rote Unheilstifterin, Marjorie so ähnlich und so unähnlich, der perfekte Hintergrund für Kadarin! Was hatten sie mit mir gemacht? Wie ...

»Es kommt nicht darauf an. Sie ist dein Kind.«

Es paßte mir nicht, aber ich mußte es glauben. Da setzte sich das Kind hoch, angespannt wie ein verängstigtes Tierchen, und es zerriß mir das Herz. *Ich hatte Marjorie so gesehen. Klein, verängstigt. Verloren und einsam.*

So sanft ich konnte, sagte ich: »Du brauchst keine Angst vor mir zu haben, *chiya.* Ich bin kein sehr hübscher Anblick, aber ich fresse keine kleinen Mädchen.«

Sie lächelte. Das spitze Gesichtchen war plötzlich bezaubernd; es war das Grinsen eines winzigen Gnoms mit Grübchen. In den Zähnen zeigten sich Zwillingslücken.

»Sie haben mir gesagt, daß du mein Vater bist.«

Ich drehte mich um. Ashara war gegangen und hatte mich mit meiner unerwarteten Tochter allein gelassen. Unbeholfen setzte ich mich auf den Bettrand. »Sieht so aus. Wie wirst du genannt, *chiya?*«

»Marja«, antwortete sie scheu. »Ich meine *Marguerhia* ...« Sie sprach den Namen, Marjories Namen, in dem merkwürdigen alten Dialekt aus, den man zuweilen noch in den Bergen hört. »Marguerhia Kadarin, aber ich bin einfach Marja.« Sie erhob sich auf die Knie und musterte mich. »Wo ist deine andere Hand?«

Ich lachte verlegen. An Kinder war ich nicht gewöhnt. »Sie wurde verletzt, und man mußte sie abnehmen.«

Ihre bernsteinfarbenen Augen wurden riesengroß. Sie schmiegte sich an mein Knie. Ich legte den Arm um sie und hatte immer noch damit zu tun, es zu begreifen.

Thyras Kind. Thyra Scott war Kadarins Frau gewesen – wenn man es so nennen konnte. Aber jeder kannte das Gerücht, nach dem er ein Halbbruder der Scotts war, Zeb Scotts Sohn von einem der halbmenschlichen Bergwesen. Hinten in den Hellers heiraten Halbgeschwister manchmal, und es war nicht ungewöhnlich, daß sie dann ein Kind adoptierten, dessen Eltern einer von beiden und ein Außenstehender waren. So vermieden sie die schlimmsten Folgen der Inzucht. Ich versuchte, den grauen Nebel zu durchdringen, der einen Teil der Sharra-Affäre in meinem Gedächtnis umgab. Diese Gedächtnislücke hatte ich nie sondiert – instinktiv hatte ich erkannte, daß dort der Wahnsinn lauerte.

Vielleicht war ich mit Aphroson betäubt worden. Ich kannte die Wirkung. Wer unter dem Einfluß der Droge steht, führt nach außen hin ein normales Leben. Er selbst weiß jedoch nichts davon, was er tut, und sein Gedankengang reißt zwischen zwei Atemzügen ab. Das Geschehen wird nicht im Gedächtnis gespeichert, sondern in symbolische Träume umgesetzt. Ein Psychiater, der sich berichten läßt, was in der unter Aphroson-Einfluß stehenden Zeit geträumt wurde, kann die Symbole entschlüsseln und dem Opfer sagen, was wirklich passiert ist. Ich hatte es nie wissen wollen. Ich wollte es auch jetzt nicht wissen.

»Wo bist du aufgewachsen, Marja?«

»In einem großen Haus mit vielen anderen kleinen Mädchen und Jungen«, erzählte sie. »*Sie* sind Waisen. Ich nicht. Ich bin etwas anderes. Die Hausmutter sagt, das ist ein schlechtes Wort, und ich darf es nie, *nie* sagen, aber ich will es dir ins Ohr flüstern.«

»Tu's nicht.« Ich zuckte leicht zusammen. Das Wort konnte ich mir denken.

Und Lawton in der Handelsstadt hatte mir mitgeteilt: *Kadarin geht nirgendwohin – außer in das Raumfahrer-Waisenhaus.*

Schläfrig kuschelte Marja den Kopf an meine Schulter. Ich wollte sie hinlegen, als es mich plötzlich durchfuhr. Das Kind hatte Kontakt mit meinem Geist aufgenommen!

Es warf mich beinahe um. Fassungslos starrte ich das kleine Mädchen an. Unmöglich! Kinder haben keine telepathischen Kräfte – nicht einmal Alton-Kinder! Das ist noch nie vorgekommen!

Noch nie? Das konnte ich nicht behaupten, offensichtlich *hatte* Marja telepathische Fähigkeiten. Ich nahm sie in die Arme, unterbrach aber den Kontakt. Ich tat es behutsam, denn ich wußte nicht, wieviel sie ertrug.

Eins wußte ich allerdings genau. Wer auch immer dem Gesetzt nach Anspruch auf Marja hatte, dies kleine Mädchen war *mein!* Und nichts und niemand sollte sie mir wieder wegnehmen. Marjorie war tot, aber Marja lebte, sie trug Marjories Züge, sie war das Kind, das Marjorie mir geboren hätte, wenn sie am Leben geblieben wäre, und den Rest vergaß ich besser. Und wenn irgendwer – Hastur, Dyan oder Kadarin selbst – glaubte, er könne mir meine Tochter wegnehmen, sollte er es nur versuchen!

Außerhalb des Turms graute der Tag, und ich merkte, wie erschöpft ich war. War das eine Nacht gewesen! Ich legte Marja in ihr Bettchen und zog die warme Decke bis an ihr Kinn hoch. Sehnsüchtig blickte sie zu mir auf, ohne ein Wort zu sprechen.

Impulsiv beugte ich mich nieder und umarmte sie. »Schlaf gut, Töchterchen«, sagte ich und ging sehr leise hinaus.

10

Am nächsten Tag traf Beltran von Aldaran mit seiner Berg-Eskorte in der Comyn-Burg ein.

Ich hatte an den Begrüßungsfeierlichkeiten für ihn nicht teilnehmen wollen, aber Hastur bestand darauf, und schließlich gab ich nach. Irgendwann mußte ich Beltran doch wiedersehen. Es geschah am besten unter lauter Fremden, wenn wir beide unpersönlich sein konnten.

Er begrüßte mich mit einiger Zurückhaltung. Wir waren einmal Freunde gewesen; jetzt lag die blutige Vergangenheit zwischen uns. Ich war dankbar für die feststehenden Redewendungen; ich konnte sie aussprechen, ohne sie auf eine Feindseligkeit hin zu prüfen, die ich nicht zu zeigen wagte.

Beltran stellte mir in aller Form einige seiner Begleiter vor. Den einen oder anderen kannte ich schon. Dann sah ich ein dunkles, vertrautes Gesicht und wandte den Blick ab.

»Du erinnerst dich doch an Rafael Scott«, sagte Beltran von Aldaran.

Ich erinnerte mich.

So etwas wie »endlos« gibt es nicht, sonst wären die Zeremonien immer noch im Gange. Endlich wurden Beltran und seine Männer Dienern übergeben, damit sie untergebracht und verpflegt wurden und sich vor den weiteren Feierlichkeiten des Abends erholen konnten. Als wir uns trennten, folgte mir Rafe Scott den Flur hinunter. Ich drehte mich brüsk nach ihm um.

»Höre, du«, sagte ich, »du stehst hier unter dem Beltran zugesagten Begleitschutz, und ich darf nicht Hand an dich legen. Aber ich warne dich ...«

»Was, zum Teufel, ist denn los?« fragte er. »Hat Marius es dir nicht erklärt? Wo *ist* Marius überhaupt?«

Ich empfand nichts als Bitterkeit. Diesmal würde er mich mit seiner zutraulichen Art nicht einwickeln. Das war ihm nur gelungen, als ich krank vom Weltraum und zu arglos war, um an ihm zu zweifeln.

Er packte mich grob bei den Schultern. »Wo ist Marius, verdammt noch mal?«

Durch die körperliche Berührung übertrugen sich meine Gedanken. Er ließ mich los und trat zurück. »Tot! O nein – *nein!*« Er bedeckte das Gesicht mit den Händen, und diesmal zweifelte ich nicht an seiner Aufrichtigkeit. Der kurze, schockartige Rapport hatte uns wenigstens überzeugt, daß wir einander die Wahrheit sagten.

Seine Stimme war nicht ganz fest. »Er war mein Freund, Lew. Der beste Freund, den ich hatte. Möge ich in Sharras Feuer sterben, wenn ich damit zu tun hatte!«

»Kannst du es mir verübeln, daß ich dich verdächtigt habe? Du warst der einzige Mensch, der wußte, daß ich die Sharra-Matrix bei mir trug, und sie haben ihn umgebracht, um sie zu bekommen.«

Ruhig erklärte er: »Glaube, was du willst! Ich habe Kadarin im letzten Jahr keine zwei Mal gesehen.« Sein Gesicht war verzerrt vor Kummer. »Hat Marius nicht einmal eine Chance bekommen, es dir zu erklären? Verdammt, wenn ich ihm etwas hätte tun wollen, hätte ich ihm dann meine Pistole geliehen? Er gab sie dem Ridenow-Jungen – Lerrys –, weil er Angst hatte, sie in die Terranische Zone mitzunehmen. Wie ich sagte, sie trägt das Schmuggelzeichen. Ich habe einen Waffenschein – er hatte keinen. Als du mich für Marius hieltest, war mein einziger Gedanke, wenn es mir nur gelänge, euch beide auseinanderzuhalten, bis du gehört hattest, was passieren würde ...«

Er hatte mich überzeugt. Ich legte ihm die Hand auf die Schulter. Wenn wir darkovanische Männer gewesen wären, hätten wir uns umarmt und geweint. Wir besaßen jedoch beide die Reserviertheit des terranischen Blutes. Dann fragte ich schlicht: »Du *hast* Kadarin gesehen?«

»Einige wenige Male, mit Thyra. Ich habe versucht, ihm aus dem Weg zu gehen.« Rafe sah mich merkwürdig an. »Oh, ich verstehe. Man hat dir von ihrem Kind erzählt.«

»Und meinem«, stellte ich fest. »Ich nehme an, ich bin mit Aphroson betäubt worden. Warum hat sie das getan?«

»Ich weiß es nicht«, antwortete Rafe. »Thyra erzählt niemandem etwas. Sie hat etwas Seltsames an sich – fast etwas Unmenschliches. Auch wie sie mit dem Kind umging, war nicht zu begreifen. Zum Schluß mußte Bob es in das Raumfahrer-Waisenhaus bringen. Es war ihm nicht recht. Er liebte das Kind.«

»Und wußte, daß es meins ist?« Nichts davon hatte Sinn und Verstand. Am wenigsten, daß ein Kind von mir aufgewachsen war, um Kadarin Vater zu nennen, seinen Namen zu tragen, ihn zu lieben.

»Natürlich wußte er das. Wie wäre es anders möglich? Ich glaube, er hat Thyra dazu veranlaßt«, meinte Rafe. »Er hat Marja ein dutzendmal nach Hause geholt, aber er konnte sie nicht behalten. Thyra ...«

Wir wurden von einem Palastdiener unterbrochen, der eine Botschaft von Callina brachte.

»Wir reden später darüber«, sagte Rafe, als ich mich entschuldigte. Und ich war mir nicht sicher, ob es ein Versprechen oder eine Drohung war.

Callina sah müde und gehetzt aus.

»Das Mädchen ist wach«, empfing sie mich. »Sie wurde hysterisch. Ich gab ihr ein Sedativ, und nun hat sie sich ein bißchen beruhigt. Lew, was sollen wir jetzt machen?«

»Das weiß ich erst, wenn ich sie gesehen habe«, antwortete ich hilflos.

Das Mädchen war in ein geräumiges Zimmer der Aillard-Suite gebracht worden. Als wir eintraten, lag sie auf einem Bett, das Gesicht in den Decken verborgen. Aber es war ein tränenloses und widerspenstiges Gesicht, das sie mir entgegenhob.

Sie war immer noch Linnells Double, und das um so mehr, als man ihr anständige darkovanische Kleidung gegeben hatte, die, wie ich richtig vermutete, Linnell gehörte.

»Bitte, sagen Sie mir die Wahrheit«, verlangte sie. »Wo bin ich? Oh ...!« rief sie und versteckte das Gesicht. »Der Mann mit der einen Hand, der mich damals auf Darkover auf dem Raumhafen geküßt hat!«

Callina hielt sich würdevoll abseits und ließ es mich allein ausfechten. »Das war ein ... Irrtum«, erklärte ich lahm. »Erlauben Sie mir, mich Ihnen vorzustellen. Lew Alton-Comyn, *z'par servu.* Und Sie?«

»Das ist das erste vernünftige Wort, das jemand gesprochen hat«, antwortete sie in unserer Sprache. Obwohl sie sie nur unvollkommen beherrschte, staunte ich über das Glück, das uns jemanden geschickt hatte, der sie überhaupt kannte. »Kathie Marshall.«

»Terranan?«

»Terranerin, ja. Seid Ihr Darkovaner? Was hat das alles zu bedeuten?«

»Wir schulden Euch eine Erklärung.« Ich stockte, und vermutlich machte ich ein sehr dummes Gesicht. »Aber verdammt will ich sein, wenn ich weiß, *wie* ich es erklären soll!« Ich überlegte. »Ihr habt nichts zu befürchten. Wir haben Euch hergeholt, weil wir Eure Hilfe brauchen ...«

»Warum mich? Was heißt ›hier‹, und wie kommt Ihr zu der Annahme, ich würde Euch helfen, auch wenn ich könnte – nachdem Ihr mich gekidnappt habt?«

Das war eine gute Frage.

Callina ergriff das Wort. »Sollen wir Linnell holen und sie es selbst sehen lassen? Ihr seid hergebracht worden, Kathie, weil ihr im Geist der Zwilling meiner Schwester Linnell seid. Wir mußten es darauf ankommen lassen, ob Ihr bereit sein würdet, uns zu helfen. Zwingen werden wir Euch nicht. Und niemand wird Euch etwas antun.«

Als Callina ein paar Schritte auf sie zu machte, sprang Kathie auf und wich zurück. »Zwilling im Geist? Das ist – das ist lächerlich! Wo bin ich?«

»In der Comyn-Burg in Thendara.«

»*Thendara?* Aber das ist – das ist auf *Darkover!* Ich – ich habe Darkover schon vor Wochen verlassen! Gestern abend bin ich auf Samarra gelandet. Nein«, sagte sie, »nein, ich träume. Ich habe euch auf Darkover gesehen, und jetzt *träume* ich von euch!« Sie trat ans Fenster. Ihre weißen Hände krallten sich in den Vorhang. »Eine ... eine *rote* Sonne ... Darkover ... oh, ich habe manchmal solche Träume, wenn ich nicht aufwachen kann. Ich kann nicht aufwachen ...« Sie war so totenbleich, daß ich fürchtete, sie werde ohnmächtig. Callina trat zu ihr und legte einen Arm um sie, und diesmal entzog sich Kathie ihr nicht.

»Versuche, uns zu glauben, mein Kind«, sagte Callina. »Du bist auf Darkover. Hast du schon einmal von der Matrix-Wissenschaft gehört? Damit haben wir dich hergeholt.« Es war eine sehr ungenaue Beschreibung, aber irgendwie beruhigte sie Kathie.

»Wer bist denn *du?*«

»Callina Aillard, Bewahrerin des Comyn.«

»Von den Bewahrerinnen habe ich gehört«, sagte Kathie zitterig. »Hört mal, ihr ... ihr könnt das einfach nicht machen, eine terranische Bürgerin halbwegs durch die Galaxis entführen! Mein Vater wird auf der Suche nach mir den Planeten auseinandernehmen ...«

Ihre Stimme brach; sie bedeckte das Gesicht mit den Händen. Sie war noch ein Kind, und wie ein Kind jammerte sie: »Ich habe Angst! Ich ... ich will nach Hause!«

Sanft, wie sie zu Linnell selbst hätte sprechen können, murmelte Callina: »Armes Kind! Du mußt dich nicht fürchten!«

Es gab etwas, das ich sofort tun mußte. Es war wichtig, daß die darkovanischen Kräfte bei Kathie auf Immunität und Ahnungslosigkeit stießen. Ich wußte, wie das zu bewerkstelligen war. Aber es widerstrebte mir zutiefst; es machte mich selbst verwundbar. Die Methode bestand darin, daß ich eine Barriere um ihren Geist legte und in diese Barriere eine Art von Bypass-Schaltung einbaute, so daß jeder Versuch, mit Kathie einen telepathischen Kontakt herzustellen oder sich ihren Willen zu unterwerfen, sofort von ihrem offenen Geist an meinen abgeschirmten weitergeleitet werden würde.

Es hatte keinen Sinn, Kathie zu erklären, was ich vorhatte. Während sie sich an Callina klammerte, stellte ich so sanft wie möglich den Kontakt mit ihr her. Es war ein Augenblick kreischenden Schmerzes in jedem Nerv. Dann war es vorbei, und Kathie schluchzte krampfhaft. »Warum hast du das getan. Oh, ich spürte dich – aber nein, das ist Wahnsinn. Was bist du?«

»Warum konntest du nicht warten, bis sie imstande war, es zu verstehen?« fragte Callina. Ich stand da und sah beide düster an, ohne zu antworten. Ich hatte getan, was ich tun mußte, und ich hatte es *jetzt* getan, weil Kathies Geist hinter einer sicheren Abschirmung sein mußte, bevor irgendwer sie sah und Vermutungen anstellte. Und vor allem, bevor Callina sie mit Linnell zusammenbrachte. Die kurze Vorausschau der letzten Nacht hatte in mir ein schreckliches Unbehagen zurückgelassen. Warum von allen Mustern in der Welt ausgerechnet Linnell?

Was geschieht, wenn sich ein Paar exakter Duplikate gegenübersteht? Ich erinnerte mich nicht, darüber je etwas gehört zu haben.

Es schmerzte mich, sie weinen zu sehen. Sie war Linnell so ähnlich, und Linnells Tränen hatten mich immer aus der Fassung gebracht. Callina blickte hilflos auf und versuchte, das weinende Mädchen zu trösten. »Du gehst jetzt besser«, sagte sie, und als Kathie von neuem in Schluchzen ausbrach: *»Geh weg!* Um Kathie kümmere ich mich!«

Ärgerlich zuckte ich die Schultern. »Wie du willst!« Damit drehte ich ihnen den Rücken. Warum vertraute Callina mir nicht?

Und in diesem Augenblick, als ich Callina im Zorn verließ, löste ich die Falle aus, die über uns allen zuschnappen sollte.

11

Einmal während jeder Wanderung Darkovers um seine Sonne treffen sich die Comyn, die Stadtbevölkerung, die Berg-Lords, die außerplanetarischen Konsuln und Gesandten und die Terraner von der Handelsstadt zu einem Volksfest, bei dem nach außen hin große Herzlichkeit zur Schau gestellt wird. Vor Jahrhunderten hatte dies Fest nur die Comyn und das gemeine Volk zusammengeführt. Jetzt nahm jeder daran teil, der auf dem Planeten irgendeine Bedeutung besaß. Der Rummel begann mit einem Ball in den großen unteren Hallen der Comyn-Burg.

Nach einer jahrhundertealten Tradition war es ein Kostümfest. Dem Brauch gehorchend, trug ich eine schmale Halbmaske. Sonst hatte ich keinen Versuch gemacht, mich zu verkleiden. Ich stand am einen Ende der langen Halle und unterhielt mich gleichgültig, nur mit halbem Ohr hinhörend, mit zwei jungen Männern des terranischen Raumdienstes. Sobald es sich höflich machen ließ, entschuldigte ich mich. Dann blickte ich auf die vier kleinen Monde hinaus, die über dem Gipfel schon fast in Konjunktion standen.

Hinter mir flammte die große Halle vor Farben und Kostümen, die jeden Winkel Darkovers und fast jede bekannte Form menschlichen oder halbmenschlichen Lebens im ganzen Terranischen Imperium widerspiegelten. Derik glänzte in der goldenen Robe eines arturischen Sonnenpriesters; Rafe Scott hatte die Maske, die Peitsche und die Klauenhandschuhe eines *Kifirgh*-Duellanten angelegt.

In der Ecke, die der Tradition nach für die jungen Mädchen reserviert war, saß Linnell mit einer sternenbesetzten Maske, die sie alles andere als unkenntlich machte. Ihre Augen leuchteten vor Glück darüber, daß alle Blicke an ihr hingen. Als *Comynara* war sie jedem auf Darkover bekannt, aber sie traf selten mit jemandem zusammen, der nicht zu dem engen Kreis von Cousins und wenigen ausgewählten Gefährtinnen gehörte, die einem Mädchen der Comyn-Hierarchie erlaubt sind. Maskiert konnte sie jetzt mit völlig Fremden sprechen und sogar tanzen, und die Aufregung war fast zuviel für sie.

Neben ihr erkannte ich Kathie, ebenfalls maskiert. Ich wußte nicht, warum sie hier war, aber schaden konnte es schließlich nichts. Sie war hinter der Bypass-Schaltung, die ich in ihr Gehirn eingebaut hatte, sicher verbarrikadiert, und es gab wahrscheinlich keine besser Methode, ihr zu beweisen, daß sie keine Gefangene war, sondern ein geehrter Gast. Ihrer Ähnlichkeit mit Linnell wegen würde man sie einfach für eine Angehörige des Aillard-Clans halten.

Ich trat zu ihnen, und Linnell lachte mich an.

»Lew, ich bringe deiner Cousine von Terra ein paar von unseren Tänzen bei. Stell dir vor, sie kannte sie nicht.«

Meine Cousine. Das war vermutlich Callinas Idee. Jedenfalls erklärte das ihren scheußlichen terranischen Akzent. Kathie sagte freundlich: »Ich habe nie Tanzunterricht gehabt, Linnell.«

»Keinen *Tanzunterricht?* Ja, was hast du dann gelernt?« fragte Linnell ungläubig. »Tanzt man auf Terra nicht, Lew?«

»Der Tanz«, dozierte ich, »ist integraler Bestandteil aller menschlichen Kulturen. Er ist eine Aktivität, die von den Gruppenbewegungen der Vögel und Anthropoiden abgeleitet ist und auch eine soziale Kanalisierung des Paarungsverhaltens darstellt. Bei quasi-menschlichen Rassen wie den *Chieri* wird der Tanz zu einer der Trunkenheit ähnlichen Ekstase. Menschen tanzen auf Terra, auf Megaera, auf Vainwal, ja, vom einen Ende der zivilisierten Galaxis zum anderen, soviel ich weiß. Falls du mehr darüber erfahren willst: Vorlesungen über Anthropologie werden in der Stadt abgehalten; ich bin nicht in der Stimmung dafür.«

Ich wandte mich an Kathie und hoffte, den richtigen vetterlichen Ton zu treffen. »Sollen wir es statt dessen mal probieren?«

Während wir tanzten, erklärte ich Kathie: »Natürlich konntest du nicht wissen, daß Tanzen hier eins der wichtigsten Unterrichtsfächer für Kinder ist. Linnell und ich haben tanzen gelernt, sobald wir laufen konnten. Ich hatte nur die Grundausbildung, aber Linnell hat seitdem immer weiter studiert.« Ich warf einen liebevollen Blick zu Linnell zurück. »Auf Terra bin ich ein- oder zweimal zu einer Tanzveranstaltung gegangen. Findest du unsere hier auf Darkover so anders?«

Ich sah mir das terranische Mädchen genau an. Warum hatte ein Duplikat Linnells die Eigenschaften, die wir für die uns bevorstehende Arbeit brauchten? Kathie, soviel war mir inzwischen klar geworden, hatte Mut und Verstand und Taktgefühl. Andernfalls wäre sie nach dem Schock, den sie erlitten hatte, nicht hier erschienen, um die ihr stillschweigend zugewiesene Rolle zu spielen. Und Kathie hatte eine weitere seltene Eigenschaft. Sie schien gar nicht zu merken, daß mein linker Arm, der um ihre Taille lag, sich von den linken Armen anderer Männer unterschied. Ich habe mit Mädchen auf Terra getanzt. Es ist nicht selbstverständlich.

Scheinbar unzusammenhängend sagte Kathie: »Wie *süß* Linnell ist! Es ist, als sei sie wirklich meine Zwillingsschwester; ich habe sie vom ersten Augenblick an geliebt. Vor Callina fürchte ich mich. Nicht etwa, daß sie unfreundlich wäre – niemand hätte netter zu mir sein können! Nur kommt sie mir nicht ganz menschlich vor. Bitte, können wir aufhören? Auf Terra gelte ich als gute Tänzerin, hier habe ich das Gefühl, ein stolpernder Elefant zu sein.«

»Wahrscheinlich hast du kein so intensives Tanztraining gehabt.« Das war für mich auf Terra das merkwürdigste gewesen – die Achtlosigkeit der Menschen diesem einen Talent gegenüber, das uns von vierfüßigen Arten unterscheidet. Frauen, die nicht tanzen konnten! Mangelte es ihnen nicht an wahrer Schönheit?

Zufällig sah ich gerade in Richtung des großen Vorhangs am Mitteleingang, als er sich teilte und Callina Aillard die Halle betrat. Und für mich verstummte die Musik.

Ich habe die schwarze Nacht des interstellaren Raums mit ihren vereinzelten Sternen gesehen. So war Callina, eingehüllt in ein Stück des mitternächtlichen Himmels, das dunkle Haar in ein sternenfunkelndes Netz gehüllt.

»Wie schön sie ist«, flüsterte Kathie. »Was stellt ihr Kostüm dar? So eins habe ich noch nie gesehen.«

»Ich weiß es nicht«, log ich. Ich faßte es nicht, daß ein Mädchen am Vorabend seiner Hochzeit – auch wenn es diese Hochzeit nicht wünscht – das traditionelle Gewand von *la damnée* anlegt, Naotalba, Tochter des Unheils, Braut des Dämonen Zandru. Was mochte geschehen, wenn Beltran die Bedeutung des Kostüms aufging? Eine gezieltere Beleidigung war kaum vorstellbar – es sei denn, Callina hätte sich als Henker verkleidet!

Ich entschuldigte mich bei Kathie und ging schnell auf Callina zu. Sie hatte dem Wunsch des Comyn nachgegeben; sie hatte kein Recht, ihre Familie auf diese Weise und zu einem so späten Zeitpunkt in Verlegenheit zu setzen.

Als ich bei ihr ankam, erhielt sie diese Lektion bereits von dem alten Hastur. Ich hörte gerade noch das Ende davon.

»Du benimmst dich wie ein ungezogenes, bockiges Kind!«

»Großvater«, erwiderte Callina mit dieser ruhigen, beherrschten Stimme, »weder mein Aussehen noch mein Handeln soll eine Lüge sein. Dies Kleid gefällt mir. Es paßt ausgezeichnet zu der Art, wie ich mein ganzes Leben lang vom Comyn behandelt worden bin.« Ihr melodisches Lachen war unerwartet bitter. »Beltran von Aldaran würde schlimmere Beleidigungen einstecken – nur um *Laran*-Rechte im Rat zu erhalten! Du wirst schon sehen.« Sie kehrte dem alten Mann den Rücken. »Tanzt du mit mir, Lew?«

Es war keine Bitte, sondern ein Befehl, dem ich auch gehorchte. Doch ich war ärgerlich, und es war mir einerlei, ob sie es merkte. Ich fand es gemein, Linnells ersten Ball so zu verderben!

»Wegen Linnell tut es mir leid«, sagte Callina. »Aber das Kleid entspricht meiner Stimmung. Und es steht mir, nicht wahr?«

So war es. »Du bist zu verdammt schön«, stieß ich heiser hervor. »Callina, Callina, du wirst mit dieser ... dieser wahnsinnigen Farce nicht durchkommen!« Ich zog sie in einen Winkel und drückte leidenschaftlich meinen Mund auf ihren. Erst verhielt sie sich passiv vor Schreck, dann wurde sie steif, beugte sich zurück und schob mich heftig von sich. »Nicht! Laß das!«

Ich ließ die Arme fallen, stand da und sah sie an, und langsam stieg mir die Zornesröte ins Gesicht. »Letzte Nacht hast du dich anders benommen!«

Sie weinte beinahe. »Kannst du mir das nicht ersparen?«

»Bist du je auf den Gedanken gekommen, du hättest mir etwas ersparen können? Lebewohl, Callina *Comynara;* ich wünsche Beltran Freude an seiner Braut.« Sie faßte meinen Ärmel. Ich schüttelte sie ab und ging weg.

In verbissenem Schweigen unwanderte ich die Tanzfläche. Ein nagendes Unbehagen, halb telepathisch, quälte mich. Aldaran tanzte jetzt mit Callina; boshaft hoffte ich, er werde versuchen, sie zu küssen. Lerrys, Dyan? Sie waren im Kostüm, nicht zu erkennen. Die halbe terranische Kolonie mochte außerdem hier sein, ich war nicht imstande, es festzustellen.

Rafe Scott plauderte in einer Ecke mit Derik. Das Gesicht des Prinzen war rot. Er drehte sich um und begrüßte mich mit schwerer Zunge: »'n Abend, Lew.«

»Derik, hast du Regis Hastur gesehen? Was hat er an?«

»Weisch nich«, nuschelte Derik. »Ich bin Derik, das 's alles, was ich weiß. Macht genug Mühe, mir zu merken. Versuch du es mal.«

»Ein schönes Schauspiel«, brummte ich. »Derik, ich wünschte, du erinnertest dich, wo du bist! Geh und werde wieder nüchtern, ja? Kannst du dir nicht vorstellen, welchen Eindruck du auf die Terraner machst?«

»Geht dich nichts an, was ich tue! Ich bin ... bin nicht betrunken.«

»Linnell wird sehr stolz auf dich sein!« fuhr ich ihn an.

»Li'l is böse auf mich.« Er vergaß seinen Zorn und sprach im Ton äußersten Selbstmitleids. »Wollte nich mal tanschen ...«

»Wer würde schon mit dir tanzen wollen!« Ich stellte mich fest auf beide Füße, damit ich nicht der Versuchung erlag, ihn zu treten. Dann entschloß ich mich, Hastur aufzutreiben. Er hatte die Autorität, die mir fehlte, und Einfluß auf Derik. Es war schlimm genug, in solchen Zeiten eine Regentschaft zu haben. Mußte der Thronerbe sich auch noch vor dem halben Planeten als Idiot beweisen!

Auf der Suche nach Hastur wanderte mein Blick über das Durcheinander von Kostümen. Eins fiel mir besonders auf; ich hatte solche Harlekins in alten Büchern auf Terra gesehen. Buntscheckig, eine Schnabelkappe über einem maskierten Gesicht, wirkte die hagere Gestalt irgendwie schrecklich. Nicht das Kostüm, das war nur grotesk, aber da war eine Art von Atmosphäre, der Mann an sich – ich ärgerte mich über mich selbst. Bildete ich mir allmählich Dinge ein?

»Nein, mir gefällt er auch nicht«, sagte Regis neben mir. »Und ebensowenig gefällt mir die Atmosphäre dieser Halle – oder dieser Nacht.« Er hielt inne. »Ich bin heute zu Großvater gegangen und habe *Laran* verlangt.«

Wortlos ergriff ich seine Hand. Jeder Comyn kommt früher oder später soweit.

»Die Zeiten sind anders geworden«, meinte er langsam. »Vielleicht bin *ich* anders. Ich weiß, was die Hastur-Gabe ist und warum sie in so vielen Generationen rezessiv war. Ich wünschte, sie wäre in mir ebenso rezessiv wie in Großvater.«

Ich brauchte nicht zu antworten. Er würde genesen. Aber im Augenblick war diese neue Kraft, diese zusätzliche Dimension – wie man es auch nennen wollte – eine frische Wunde in seinem Gehirn.

Regis fuhr fort: »Du kennst doch die Geschichten über die Hastur- und die Alton-Gabe? Wie fest kannst du deinen Geist abschirmen? Die Hölle könnte losbrechen, weißt du.«

»In einer Menschenmenge wie dieser ist meine Abschirmung nicht allzuviel wert«, antwortete ich. Ich verstand, was er meinte. Die Hastur- und die Alton-Gabe sind einander entgegengesetzt wie die beiden Pole eines Magneten, die sich nicht zusammenführen lassen. Ich wußte nicht, was die Hastur-Gabe war, doch seit undenklichen Zeiten arbeiteten im Comyn Hasturs und Altons nur unter sorgfältigen Vorsichtsmaßnahmen zusammen – auch an den Matrix-Schirmen. Mit Regis hatte ich in Rapport treten können, solange er ein latenter Hastur war und seine Gabe schlummerte. Nun stand mir plötzlich in ihm ein voll entwickelter Hastur gegenüber, der fähig war, meine geistige Berührung mit der Gewalt eines Blitzes abzuwehren. Regis und ich konnten gegenseitig unsere Gedanken lesen, wenn wir wollten – die normale Telepathie wird nicht beeinträchtigt –, aber wahrscheinlich würden wir uns nie wieder im Rapport verbinden.

Mir drängte sich ein Gedanke auf. Ich hatte einen Kontakt mit Regis erzwungen; hatte er diesen Schritt unternommen, um sich vor einem weiteren Versuch dieser Art zu schützen? Traute er mir nicht?

Ich erhielt keine Gelegenheit, ihn zu fragen, denn die Lichter der Kuppel wurden ausgeschaltet. Sofort überflutete silbriges Mondlicht den Raum. Leises »Ah!« ertönte von den dicht gedrängten Gästen, als durch die sich klärende Kuppe die vier Monde sichtbar wurden, jetzt in voller Konjunktion. Sie machten die Halle tageshell. Ich spürte eine leichte Berührung und entdeckte Dio Ridenow neben mir. Ihr Kleid – ein Stoff, der im wechselnden Mondlicht grün und blau und silbern schimmerte – war ihr so atemberaubend eng auf den Leib geschneidert, daß es hätte aufgesprüht sein können, und ihr helles Haar in der Farbe des Mondscheins kräuselte sich wie Wasser unter dem Glitzern von Juwelen. Sie warf den Kopf zurück, und winzige Glöckchen klingelten.

»Nun? Bin ich schön genug für dich?«

Auf den herausfordernden Ton, auf das grüne Hexenfeuer in ihren kecken Augen wollte ich nicht eingehen. Trocken stellte ich fest: »Ich muß sagen, es ist eine Verbesserung gegenüber deinen Reithosen.«

Sie kicherte und schob mir die Hand unter den Arm, eine harte, leichte kleine Hand. »Tanzt du mit mir, Lew? Eine *Secain?*« Ohne auf eine Antwort zu warten, klopfte sie den Rhythmus auf die Lichtwand, und gleich darauf tauchte in der unsichtbaren Musik der charakteristische Beat der *Secain* auf.

Die *Secain* ist kein würdevolles Schreiten. Voriges Jahr hatten Dio und ich damit sogar auf der Vergnügungswelt Vainwal die feinen Leute schockiert. Ich wollte sie hier nicht tanzen. Fast alle Paare hatten sich zurückgezogen; in Thendara sind die meisten Frauen zu züchtig für diesen wilden, alten Bergtanz.

Immerhin schuldete ich Dio etwas.

Für ein darkovanisches Mädchen war Dio keine erstklassige Tänzerin. Aber sie war warm und lebendig, sie lächelte schelmisch zu mir hoch. In meinen Augen setzte dies Lächeln zuviel voraus, und das ärgerte mich. Darum schleuderte ich sie herum, bis ein anderes Mädchen um Gnade gefleht hätte. Als sie wieder auf die Füße kam, lachte sie mich an. Wie immer zeigte sie sich mir gewachsen.

In der letzten Figur des Tanzes zog ich sie enger an mich als nötig. Wir kannten es so gut, dies Gefühl, in Körper und Geist aufeinander abgestimmt zu sein, enger verbunden als bei jeder physischen Intimität. Der Rhythmus der *Secain* hämmerte in meinem Blut. Wie sich die Musik zum Höhepunkt steigerte, wuchs meine Erregung, und beim letzten explosiven Akkord von Trommeln und Zimbeln küßte ich Dio leidenschaftlich.

Die Stille war eine Antiklimax. Dio glitt aus meinen Armen, und unter der sanfter werdenden Musik gingen wir hinaus ins Freie.

»Ich habe mich gefragt ...« – Dio senkte neckend die Stimme – »... als Hastur dir von deinem Kind erzählte – hast du da an mich gedacht?«

Mißvergnügt runzelte ich die Stirn. Jetzt ging sie zu weit. Ihr Lachen klang scharf und bitter.

»Danke. Ich war es nicht, falls dir das weiterhilft. Lew – willst du diese Callina wirklich?«

Ich dachte nicht daran, das mit Dio zu diskutieren.

»Warum interessiert dich das?«

»Es interessiert mich nicht besonders.« Überzeugend klang das nicht. »Ich glaube nur, du machst eine Dummheit. Schließlich ist sie keine Frau ...«

Nun war ich wirklich schockiert. Das sah Dio nicht ähnlich. Zornig erklärte ich: »Sie ist ebenso eine Frau wie du!«

»Das ist beinahe komisch, wenn es von dir kommt!«

Ich drohte: »Dio, wenn du eine Szene machst, werde ich dir mit Vergnügen den Hals umdrehen.«

»Das kann ich mir vorstellen!« Wieder lachte sie, diesmal hoch und hysterisch. »Das liebe ich so an dir! Deine Lösung für alle Probleme heißt: Töte jemanden! Drehe ein oder zwei Hälse um! Aber eins weiß ich genau. Callina ist am Ende, und Ashara wird ihre Marionette verlieren!«

»Zum Teufel, wovon redest du?«

Sie hörte nicht auf zu lachen. »Du wirst schon sehen. Ebensogut hättest du es sein können, dann hättest du ihnen allen die Mühe erspart! Du und deine verrückten Skrupel! Du hast dich selbst betrogen, und Callina noch mehr! Oder sollte ich sagen, du hast Ashara in die Hände gespielt ...«

Ich packte ihr Handgelenk mit dem Trick, den ich bei Regis angewandt hatte, und riß sie herum. Meine Finger drückten zu, bis sie sich wand. »Du Scheusal, du brichst mir den Arm! Verdammt, Lew, das ist gar nicht lustig, du tust mir weh!«

»Das geschieht dir recht«, fuhr ich sie an, »man sollte dich verprügeln! *Was soll Callina angetan werden?* Sag es mir! Noch nie habe ich meine Gabe bei einer Frau angewandt, aber ich schwöre dir, Dio, ich werde es dir entreißen, wenn ich muß!«

»Das kannst du nicht!« Wir standen uns gegenüber, und uns hüllte ein solcher Nebel der Wut ein, daß die ganze übrige Welt versank. »Hast du es vergessen?«

»Verdammt sollst du sein!« Es stimmte. Von allen Menschen war allein Dio vollständig und für immer gegen meine Gabe geschützt – aufgrund dessen, was zwischen uns auf Vainwal gewesen war.

Es gibt Dinge, die kein Telepath, kein Mann zu kontrollieren vermag. Dazu gehört der mentale Kontakt in einer intimen Situation. Und Dio war eine der hypersensiblen Ridenows. Um ihren Verstand zu schützen, hatte ich sie mit gewissen Verteidigungen gegen mich versehen. Nie wieder konnte ich ihr telepathisch mehr nehmen, als sie zu geben bereit war. Mehr war unmöglich. Ich konnte die Barriere entfernen – *wenn ich Dio umbringen wollte.* Anders nicht.

Ich fluchte hilflos. Dio warf mir die Arme um den Hals, in ihren Augen loderten grüne Flammen. »Du blinder

Schwachkopf«, schluchzte sie, »du erkennst nicht, was vor deinen Augen ist, und du wirst herumtrampeln und alles verderben! Kannst du mir nicht vertrauen?«

Sie war mir sehr nahe, und der Kontakt war schwindelerregend. Mir wurde bewußt, was sie tat, und ich stieß sie rauh von mir. »Das nützt dir überhaupt nichts.«

Ihr Gesicht wurde hart. »Nun gut. Es geht das Gerücht – und es wird allgemein geglaubt –, nur eine Jungfrau könne die besonderen Kräfte entfalten, die Callina besitzt. Eine bestimmte Fraktion, will ich einmal sagen, ist der Überzeugung, für uns alle wäre es besser, wenn Callina – plötzlich machtlos wäre. Und da dein Verhalten tadelfrei ist, gibt es nur eine Möglichkeit, die Situation zu retten ...«

Ich starrte sie an. Langsam begriff ich, was sie meinte. Aber das war entsetzlich! Und gab es irgendeinen Mann auf Darkover, der es wagen würde ... »Dio, wenn das deine Vorstellung von einem schmutzigen Witz ist ...«

»Es ist ein Witz, aber er richtet sich gegen Ashara«, sagte sie. Jetzt war sie ruhig und von einem tödlichen Ernst. »Lew, vertraue mir. Ich kann es nicht erklären, aber du mußt dich heraushalten. Callina ist nicht, was du denkst, ganz und gar nicht. Sie ist keine ...«

Ich holte aus und schlug so hart zu, daß Dio zurücktaumelte. »Das war schon ein ganzes Jahr lang fällig«, krächzte ich.

Auf einmal stand Regis dicht neben mir. In einem Augenblick fing er meine überfließenden Gedanken auf und wurde blaß. »Callina!«

Dio hielt sich die Wange und starrte uns mit offenem Mund an. Dann stürzte sie sich auf mich. »Warte«, bettelte sie, »warte, du verstehst nicht ...«

Ich schob sie fluchend beiseite und eilte davon. Regis hielt Schritt mit mir. »Wer würde es wagen?« keuchte er. »Wer würde tatsächlich Hand an eine Bewahrerin – denke doch, eine Bewahrerin – legen?«

Ich blieb stehen. »Dyan«, antwortete ich. »Was hat Callina im Rat gesagt? ›Kein Mann bleibt am Leben, um sich zum *dritten Mal* an mir zu vergreifen.‹ Also war das schon das zweite Mal!«

Wir standen in leichtem Oberflächenkontakt. Abrupt wehrte ich Regis ab. Er sah mich grimmig an, und die Berührung seines Geistes wich von mir, wie sich verschlungene Hände voneinander lösen.

»Das habe ich mir gedacht«, sagte ich. »Wenn wir uns berühren, wird jedem von uns beiden alle Kraft weggenommen. Man hat eine Fallenmatrix der achten oder neunten Ebene hier eingeschmuggelt, von der Art, die Lebensenergie an sich zieht...« Mein Unterkiefer klappte nach unten. »Sharra!«

»Lew, *füttern* wir das verdammte Ding?«

»Hoffen wir, daß wir es nicht tun«, gab ich zurück. »Kannst du Callina erreichen?«

Ich spürte, wie Regis beinahe instinktiv von neuem den Kontakt suchte, und schnell verbarrikadierte ich mich. »Tu das nie wieder!« befahl ich. Die tastende Berührung war eine Qual für mich, und doch mußte ich sie mindestens noch einmal ertragen, ungeachtet aller Gefahr. »Regis, wenn ich das Wort sage, verbinde dich mit mir – etwa eine Tausendstelsekunde lang. Bleibe nicht in festem Rapport mit mir! Wenn du es tust, brennen wir beide aus. Denke daran, du bist Hastur, und ich bin Alton.«

Er schluckte krampfhaft. »Die Verbindung stellst besser du her. Ich habe die Gabe noch nicht unter Kontrolle.«

So verbanden wir uns für einen Sekundenbruchteil in einer Durchsuchung der ganzen Menschenmenge. Es dauerte keine Hundertstelsekunde, aber schon das schleuderte uns in blendendem Schmerz auseinander. Eine volle Zehntelsekunde hätte jeden Funken Lebensenergie in unsern Körper ausgebrannt. Die versteckte Matrix mußte vor den Augen dessen, der sie beobachtete, aufgeflammt sein wie ein Sternenschiff auf einem Radarschirm.

Aber ich hatte erfahren, was ich wollte. Irgendwo in der Burg war eine Fallenmatrix – diesmal nicht Sharra – mit obszöner Intensität auf das schwächste Glied der Comyn fokussiert: auf Derik Elhalyn.

Und ich hatte ihn bloß für betrunken gehalten!

Die schwere Zunge, die undeutliche Aussprache, die Gereiztheit, die Verwirrung, die unsicheren Gliedmaßen – alles Symptome eines Geistes unter einer nicht überwachten Matrix. Und der sie aufgestellt hatte, war ein perverser Sadist – denn diese komplizierte Rache an Callina sollte von Linnells Bräutigam durchgeführt werden!

Ich suchte nach Callina, und nichts als Leere begegnete meinem Geist. Es ist erschreckend, nur eine leere Stelle in dem flüssigen Mechanismus des Raums zu finden, wo einmal ein lebendiger Verstand gewesen ist. Ich meinte, auch der Tod hätte sie nicht so vollständig auslöschen können!

Der Ausdruck auf Regis' Gesicht war herzzerreißend.

»Lew, wenn er sie berührt hat ...«

»Nur ruhig. Derik weiß ja nicht, was er tut, und wird es nie erfahren. Hör zu, ich brauche deine Hilfe. Ich gehe geradewegs in Deriks Geist und versuche, ihn von der Fallenmatrix zu befreien.« Zum ersten Mal in meinem Leben war ich dankbar für die Alton-Gabe, mit der ich einen Rapport erzwingen – und mich in eine Matrix begeben konnte, ohne wie ein gewöhnlicher Matrix-Mechaniker ein halbes Dutzend Überwacher und Dämpfer zu brauchen. »So etwas ist die reine Hölle, Regis. Wenn es mir gelingt, die Matrix anzuheben, brichst du sie auf. Aber berühre weder mich noch Derik, sonst wirst du uns alle drei töten.«

Es war ein verzweifelter Versuch. Kein vernünftiger Mensch wird sich in einen Geist begeben, der von einer Fallenmatrix kontrolliert wird. Das ist, als laufe man in eine Sackgasse voller Ungeheuer, die nur darauf warten, einen anzuspringen. Und ich mußte alle meine Barrieren senken und mich auf die unerprobte Kraft eines Hasturs mit eben erst erwachtem Laran verlassen, der mich durch eine zufällige Berührung töten mochte.

Jeder Instinkt kreischte *nein*, aber ich langte hinaus und konzentrierte mich auf Derik.

Und sofort erkannte ich, daß ich dem Ding schon einmal begegnet war, als ich versuchte, Lerrys' Gedanken zu sondieren.

Wie ein Mann, der den Stich eines Messers durch eine unzureichende Narkose spürt, versuchte Derik, sich mir zu entwinden. Doch diesmal hielt ich entschlossen fest und zwang meine gebündelten Energien als Keil zwischen Deriks Verstand und die Trick-Matrix, die ihn sich unterworfen hatte.

Hinter mir spürte ich Regis wie ein grelles Licht, in das ich nicht zu schauen wagte. Er hatte diese fremde Präsenz gepackt und riß sie in Stücke, vernichtete jeden Faden an Kraft, den ich von dem telepathischen Gewebe in Deriks Gehirn abhob.

Und nun geriet ich ebenfalls unter den Bann. Wie ein Mann auf einem Schirm den Kampf zweier Sternenschiffe beobachten mag, verfolgte der Besitzer dieser unheimlichen Matrix das Dreifach-Duell und hielt vielleicht schon eine neue Waffe bereit. Zur Eile gezwungen, achtete ich nicht darauf, wie ich Derik folterte. Ich wußte aber auch, daß Derik, wäre er es selbst, mir dafür danken würde.

Während ich eine Barriere nach der anderen überwand, wehrte sich etwas gegen mich, eine groteske Parodie auf den wirklichen Derik. Ich siegte. Etwas flackerte und verschwand wie ein Rauchfaden. Die Fesseln hatten sich gelöst, die Fallenmatrix war zerstört – und zumindest Derik war sauber.

Ich zog mich zurück.

Regis lehnte an einer Säule, das Gesicht totenbleich. Ich fragte: »Hast du erkannt, wer sie kontrollierte?«

»Nein. Als die Matrix zerbrach, fühlte ich Callina, aber dann ...« – Regis runzelte die Stirn – »... verlöschte sie wieder, und ich nahm nichts mehr wahr als *Ashara!* Warum Ashara?«

Ich wußte es nicht. Doch wenn Ashara aufmerksam gemacht und auf der Hut war, würde sie Callina schützen.

Wir hatten uns völlig verausgabt, Regis und ich, wir hatten Lebenskraft verloren. Hoffentlich waren wir für den Augenblick sicher. Meine Hauptsorge galt jetzt Regis. Ich hatte Erfahrung, war in der Anwendung dieser Kräfte geübt, und ich wußte, wieviel ich aushalten konnte. Er nicht. Falls er nicht lernte, vorsichtig zu sein, riskierte er das nächste Mal einen völligen Zusammenbruch.

Ich versuchte, ihn zu warnen; er zuckte nur mit den Schultern. »Mach dir um mich keine Sorgen. Wer ist das bei Linnell?«

Ich drehte mich um. Meinte er Kathie oder den Mann in dem Harlekin-Kostüm, der mich so beunruhigt hatte? Neben ihnen stand eine weitere Maske, ein Mann in einem Kapuzenmantel, der sein Gesicht und seinen Körper ganz verbarg. Aber irgend etwas an ihm erinnerte mich zu meinem Entsetzen an die Hölle in Deriks Gehirn. Ein weiteres Opfer – oder der Kontrolleur? Ich mußte mich zusammennehmen, um nicht durch die Halle zu laufen und ihn von Linnell wegzureißen.

Langsam ging ich hinüber. Linnell fragte: »Lew, wo bist du gewesen?«

»Draußen, habe mir die Monde angesehen«, antwortete ich kurz.

Linnell sah zu mir auf, schüchtern, unruhig.

»Was ist, *chiya?*« Der kindliche Kosename kam mir immer noch leicht über die Lippen.

»Lew, wer ist Kathie wirklich? Wenn ich in ihrer Nähe bin, habe ich ein so komisches Gefühl. Nicht nur, daß sie so *aussieht* wie ich, es ist, als *wäre* sie ich. Und dann meine ich – ich weiß nicht – als müsse ich zu ihr gehen, sie berühren, sie umarmen. Es ist eine Art Schmerz! Ich kann mich nicht von ihr fernhalten! Aber wenn ich sie dann berühre, möchte ich mich losreißen und schreien ...« Linnell rang nervös die Hände, kurz davor, in hysterisches Lachen oder Weinen auszubrechen. Ich wußte nicht, was ich sagen sollte. Linnell war kein Mädchen, das sich über Kleinigkeiten aufregte. Wenn es sie dermaßen angriff, mußte es schlimm sein.

Kathie hatte mit Rafe Scott getanzt. Nun kam sie zurück

und lächelte Linnell zu, und Linnell, fast ohne es zu wollen, setzte sich in ihre Richtung in Bewegung. Spielte Kathie meiner kleinen Cousine irgendeinen bösartigen Streich? Nein. Kathie nahm die darkovanischen Kräfte nicht einmal wahr. Ich wußte das. Und nichts konnte die Blockierung durchdringen, die ich in ihrem Gehirn angebracht hatte.

Linnell faßte scheu Kathies Hand, und sofort legte Kathie den Arm um Linnells Taille. So gingen sie weiter. Dann machte sich Linnell plötzlich frei und kam wieder zu mir.

»Da ist Callina«, sagte ich.

Hochmütig, in ihre sternenfunkelnden Draperien gehüllt, bahnte sich die Bewahrerin einen Weg durch die Tanzenden. »Wo bist du gewesen, Callina?« fragte Linnell. Betrübt und verwirrt betrachtete sie das seltsame Kostüm ihrer Schwester, machte jedoch keine Bemerkung darüber. Callina wiederum versuchte weder eine Rechtfertigung noch eine Erklärung.

»Ja«, fiel ich mit scharfem Blick auf Callina ein und verlieh den Worten telepathisch Nachdruck, »wo bist du gewesen?«

Sie schien die Obertöne nicht zu bemerken, und ihre unbefangene Antwort enthielt keine verborgene Botschaft, die ich lesen konnte. »Ich habe mit Derik geredet. Er zog mich auf die Seite und wollte, daß ich mir irgendeine lange, verworrene Geschichte anhörte, aber in seiner Betrunkenheit kam er nicht damit zu Ende. Ich beneide dich nicht, Schätzchen.« Dabei lächelte sie ihre Schwester an. »Glücklicherweise besiegte der Wein ihn schließlich – möge er nie von einem schlimmeren Feind unterworfen werden.« Sie zuckte zierlich die Schultern. »Hastur winkt mir. Beltran ist da. Ich glaube, es ist Zeit für die Zeremonie.«

»Callina ...« Linnell weinte beinahe, aber Callina wich ihren flehenden Händen aus. »Du sollst mich nicht bemitleiden, Linné«, sagte sie. »Ich will das nicht haben.« Für mich klang das wie: »Ich kann es nicht ertragen.«

Ich weiß nicht, was ich vielleicht gesagt oder getan hätte, wenn sie nicht auf der Stelle gegangen wäre. Der finstere

Blick ihrer Augen, eisigblau wie die Asharas, gebot mir Schweigen. In hilfloser Erbitterung sah ich der verhüllten Gestalt nach, die durch die bunte Menge schritt.

In diesem Augenblick, als sie uns verließ, schweigend und in sich gekehrt wie Ashara selbst, eine einsame Insel aus ihrer Tragödie machte und uns alle von sich abschnitt, hätte ich alles vorhersehen müssen. Benommen hörte ich zu, wie Hastur die offizielle Ankündigung machte und dem Paar die Ehereifen um die Arme legte. Callina war Beltrans Gemahlin von der Sekunde an, wo Hastur ihre Hand losließ.

Ich sah mich nach Regis um und sog erschrocken die Luft ein. Der Junge war aschgrau geworden. Ich legte den Arm um ihn und trug ihn halb in den Bogengang. Als ihm die kalte Luft ins Gesicht schlug, holte er schluchzend Atem und murmelte: »Danke. Ich glaube, du hattest recht.« Er krümmte sich und fiel zu Boden. Seine schlaffe Hand war feucht, sein Atem ging flach. Ich hielt nach Hilfe Ausschau. Dio ging an Lerrys' Arm durch die Halle ...

Lerrys blieb ruckartig stehen. Dann brach die Hölle los. Die Halle war ein verzerrter Alptraum, der jede Perspektive verloren hatte, und Dios Schrei erstarb in der zitternden Luft, die den Schall nicht weitertrug. Sie wehrte sich gegen etwas, das sie gepackt hielt und schüttelte wie ein Kätzchen, tat einen taumelnden Schritt vorwärts ...

Die beiden Männer standen zusammen, die einzigen ruhigen Gestalten in dem allgemeinen Aufruhr. Der Harlekin und der unheimliche Kapuzenmann. Nur war die Kapuze jetzt zurückgeschlagen, und es war Dyans grausames, schmallippiges Gesicht, das Dio kalt anstarrte. Sie kämpfte sich noch einen und noch einen Schritt weiter, glitt zu Boden und blieb unbeweglich liegen.

Ich bemühte mich, die Lähmung abzuschütteln, die der verzerrte Raum uns aufzwang. Harlekin und Kapuze drehten sich um – und fingen Linnell zwischen sich.

Sie berührten sie nicht körperlich. Aber sie hing in ihrem Griff, als hätten sie sie an Händen und Füßen gebunden. Ich glaube, sie schrie, aber sogar das Konzept des Schalls war gestorben. Linnell wand sich, gefesselt von einer unsichtbaren Kraft. Ein dunkler, flackernder Halo legte sich um alle drei. Linnell verlor das Gleichgewicht, schwebte einen Augenblick in der Luft und schlug schwer auf. Ich schluchzte tonlose Flüche; es gelang mir nicht, ein Glied zu rühren.

Kathie warf sich neben Linnell auf die Knie. Ich glaube, in der ganzen Halle war sie allein fähig, sich frei zu bewegen. Als sie Linnell in die Arme nahm, sah ich, daß das gequälte Gesicht glatt und friedlich geworden war. Doch das blieb es nicht. Linnell verfiel in einen knochenbrechenden Krampf. Dann war es vorbei, und sie war nur noch ein schlaffes, kleines Ding, dessen Kopf haltlos auf die Brust ihrer Zwillingsschwester fiel.

Und über ihnen schwollen Harlekin und Kapuzenschatten an, wurden größer und mächtiger. Kadarins hagere Züge blitzten unter der Harlekin-Maske auf. Die beiden Gesichter verschmolzen miteinander – das schöne, verdammte Gesicht, das ich in Asharas Turm gesehen hatte, tanzte vor meinen Augen –, und es wurde dunkel.

Nur Sekunden später gingen die Lichter wieder an, aber die Welt hatte sich verändert. Ich hörte Kathies Schrei, die Menschenmenge quirlte unruhig durcheinander, während ich mir mit den Ellbogen rücksichtslos freie Bahn zu Linnell schuf.

Wie ein hingeschleudertes, jämmerliches Bündel lag sie in Kathies Schoß. Hinter ihr zeigten nur geschwärzte und verkohlte Stellen an Wand und Boden, wo die Raumverzerrung sich normalisiert hatte und Kadarin und Dyan verschwunden waren – aufgelöst, verdunstet, nicht mehr da.

Ich kniete neben Linnell nieder. Natürlich war sie tot. Das wußte ich, noch bevor ich meine Hand auf die nicht mehr atmende Brust legte. Callina schob Kathie beiseite. Ich räumte meinen Platz Hastur ein und legte den Arm um Callina. Aber obwohl sie sich schwer auf mich stützte, nahm sie keine Notiz von meiner Anwesenheit.

Um mich hörte ich die unruhige Menge, Befehle und Bitten und diese gräßliche Neugier der Zuschauer, wenn sich eine Katastrophe ereignet hat. Hastur sagte etwas, und die Gäste verzogen sich nach und nach. Ich dachte: *Dies ist das erste Mal in vierzig Generationen, daß die Festnacht unterbrochen worden ist.*

Callina vergoß nicht eine Träne. Sie hing an meinem Arm, so betäubt vor Schock, daß nicht einmal Kummer in ihren Augen stand. Sie wirkte nur geistesabwesend. Meine Hauptsorge galt nun ihr; ich mußte sie unbedingt von hier wegbringen. Seltsam, daß ich mit keinem Gedanken an Beltran dachte, obwohl der Ehereifen um ihren Arm kalt gegen mein Handgelenk drückte.

Ihre Lippen bewegten sich.

»Also das war es, was Ashara beabsichtigte ...« hauchte sie.

Mit einem langen, tiefen Seufzer verlor sie in meinen Armen das Bewußtsein.

12

Ich erwachte, und das fahle rote Sonnenlicht eines neuen Abends sickerte durch die Wände meines Zimmers. Ich blieb still liegen und fragte mich, ob das Geschehen ein Alptraum infolge meiner Gehirnerschütterung gewesen sei. Dann kam Andres herein, und die Trauer in dem häßlichen Gesicht des alten Terraners überzeugte mich. Es war alles Wirklichkeit. Callinas Ohnmacht war das letzte, an das ich mich erinnerte, aber das war nicht verwunderlich. Ich war nach meiner Kopfverletzung gewarnt worden, ich dürfe mich nicht überanstrengen. Statt dessen hatte ich mich in den Kampf mit einer der stärksten Mächte auf Darkover gestürzt.

»Regis Hastur ist hier«, meldete Andres. Ich versuchte, mich hochzusetzen; er drückte mich mit starken Händen zurück. »Du junger Idiot, merkst du nicht, wenn du erledigt bist? Du kannst von Glück sagen, wenn du in einer Woche wieder aufstehen darfst!« Dann durchdrangen seine wahren Gefühle seine Grobheit. »Junge, ich habe schon zwei von euch verloren! Schicke dich nicht selbst Marius und Linnell hinterher!«

Ich gab nach und lag still. Regis kam herein, und Andres wandte sich zum Gehen – doch erst trat er ans Fenster, riß die Vorhänge zu und schloß das bläßliche Sonnenlicht aus.

»Die blutige Sonne!« sagte er, und es klang wie ein Fluch. Damit entfernte er sich.

Regis fragte mich freundlich: »Wie geht es dir?«

»Was glaubst du denn?« Meine Kiefermuskeln spannten sich. »Ich muß ein paar Leute umbringen.«

»Vielleicht weniger, als du meinst.« Das Gesicht des Jungen war grimmig. »Zwei der Ridenow-Brüder sind tot. Lerrys wird wohl am Leben bleiben, aber monatelang zu nichts mehr taugen.«

Das hatte ich erwartet. Die Ridenows reagieren hypersensibel schon auf einen gewöhnlichen telepathischen Angriff. Wahrscheinlich würde Lerrys lange Zeit in einem halben Koma liegen. Es war ein Wunder, daß er überhaupt mit dem Leben davongekommen war. »Dio?«

»Bewußtlos, doch sonst fehlt ihr nichts. Zandrus Höllen, Lew, wenn ich nur stärker gewesen wäre ...«

Ich machte eine beschwichtigende Geste. »Mach dir keine Vorwürfe! Es ist kaum zu glauben, daß du nicht vollständig ausgebrannt bist. Die Hasturs müssen widerstandsfähiger sein, als ich gedacht habe. Callina?«

»Benommen. Man hat sie in den Turm der Bewahrerin gebracht.«

»Und sonst? Erzähl mir alles auf einmal, laß dir die schlechten Nachrichten nicht einzeln aus der Nase ziehen!«

»Das ist keine schlechte Nachricht: Beltran ist abgezogen. Er hat die Burg letzte Nacht verlassen, als jagten alle Skorpione Zandrus hinter ihm her. Damit ist Callina frei.«

Ich empfand säuerliche Belustigung. Als der Comyn sich

im Zustand des Schocks und der Auflösung befand, hätte Beltran als Callinas Gemahl die Zügel der Macht ergreifen können. So war es zweifellos geplant gewesen. Aber mit Beltran von Aldaran – dem abergläubischen Cahuenga aus den Hellers – hatten sie sich auf das schwächste der Werkzeuge verlassen, und es war in ihrer Hand zerbrochen.

»Nun eine schlechte Nachricht. Es sind Terraner hier, und sie lassen niemanden aus der Burg hinaus. Und ...« Er verstummte, aber er hielt noch etwas zurück.

»Derik – ist er auch tot?«

Regis schloß die Augen. »Ich wünschte, er wäre tot«, flüsterte er. *»Ich wünschte es!«*

Ich verstand. Einer schrecklichen Notwendigkeit gehorchend, waren wir in Deriks Verstand eingedrungen. Wir hatten nicht vorhersehen können, daß so bald darauf größere Kräfte losgelassen werden würden. Corus und Auster Ridenow waren glücklich dran. Ihre Körper waren gestorben, als ihre Gehirne ausbrannten.

Derik Elhalyn lebte. Für immer hoffnungslos wahnsinnig.

Draußen erklang eine fremde Stimme, ein protestierender Terraner: »Zum Teufel, wie klopft man an, wenn keine Tür da ist?« Dann teilte sich der Vorhang. Vier Männer traten ein.

Zwei waren Fremde in der Uniform der terranischen Raumpolizei. Einer war Dan Lawton, der Legat von Thendara.

Der vierte war Rafe Scott, und auch er trug eine terranische Uniform.

Regis stand auf und trat ihnen zornig entgegen. »Lew Alton ist verletzt! Er ist nicht in der Verfassung, daß ihr ihn einem – einem Verhör unterziehen könnt wie meinen Großvater!«

»Was wollen Sie hier?« fragte ich.

»Nur die Antworten auf ein paar Fragen«, erwiderte Lawton höflich. »Junger Hastur, wir haben Sie schon einmal gewarnt: Bleiben Sie in Ihren eigenen Räumen. Kendricks, bringen Sie den Hastur-Knaben zu seinem Großvater zurück, und sorgen Sie dafür, daß er dort bleibt.«

Der größere der Terraner legte Regis die Hand auf die Schulter. »Komm, mein Sohn«, sagte er freundlich.

Regis befreite sich mit einer kurzen Bewegung. »Hände weg!« Seine Hand fuhr an den Stiefel und riß einen schmalen Dolch heraus. Über den nackten Stahl sah er die Terraner an und erklärte mit kaltem Zorn: »Ich werde gehen, wenn der *vai Dom* Alton mich dazu auffordert – oder ihr müßt mich hinaustragen.«

Ich sagte: »Mir ist es lieber, er bleibt. Und Sie erreichen in der Comyn-Burg mit Gewalt gar nichts, Lawton.«

Fast hätte er gelächelt. »Ich weiß. Vielleicht wollte ich, daß sie das selbst sähen. Captain Scott berichtete mir ...«

Captain Scott.

»Verräter!« Regis spie aus.

Lawton ignorierte das und blickte auf mich nieder.

»Ihre Mutter war Terranerin ...«

»Schwarze Schande über mich, daß ich es zugeben muß – ja!«

»Schauen Sie, mir gefällt das ebensowenig wie Ihnen.« Lawton blieb friedlich. »Ich bin dienstlich hier – lassen Sie mich meine Aufgabe erfüllen und wieder gehen. Ihre Mutter war ...«

»Elaine Aldaran Montray.«

»Dann sind Sie verwandt mit – wie gut kennen Sie Beltran von Aldaran?«

»Ich habe etwa ein Jahr in den Hellers verbracht, die meiste Zeit als sein Gast. Warum?«

Lawton konterte mit einer neuen Frage, diesmal an Rafe gerichtet. »Und wie sind Sie beide miteinander verwandt?«

»Auf der Aldaran-Seite ist es zu kompliziert zum Erklären«, antwortete Rafe. »Entfernte Vettern. Aber er heiratete meine Schwester Marjorie. Man könnte sagen, wir sind Schwäger.«

»Kein Spion für Terra kann hier Anspruch auf Verwandtschaft erheben!« Ich setzte mich auf. In meinem Kopf explodierte der Schmerz, aber flach auf dem Rücken war ich zu sehr im Nachteil. »Der Comyn sorgt in dieser Zone für die Einhaltung der Gesetze. Gehen Sie und kümmern Sie sich um Ihre Angelegenheiten in der Terranischen Zone! Denn Sie haben sich für Terra entschieden!«

»Genau das tun wir ja«, gab Lawton zurück. »Lerrys hat für uns gearbeitet, deshalb ist der Tod seiner Brüder unsere Angelegenheit.«

»Marius auch«, fiel Rafe ein. »Du hast keine Gelegenheit mehr bekommen, es zu hören, Lew: Marius hat für Terra gearbeitet ...«

Das war eine Lüge. Ich fuhr ihn an: »Mein Bruder hat nie eine Kupfermünze von Terra genommen, das weißt du! Lüge *sie* an, aber versuche nicht, einem Alton eine Lüge über seinen Bruder zu erzählen!«

»Die einfache Wahrheit reicht«, bemerkte Lawton. »Sie haben insofern recht, daß Ihr Bruder nicht von uns bezahlt wurde und auch kein Spion war. Trotzdem hat er für uns gearbeitet, und er hatte einen Antrag auf die Staatsbürgerschaft des Imperiums gestellt. Ich selbst bin als sein Bürge aufgetreten. Er hatte darauf ebensoviel Anspruch wie Sie, wenn Sie ihn auch nie geltend gemacht haben. Selbst nach Ihren Begriffen ist das keine Spionage.« Lawton hielt inne. »Er war wahrscheinlich der einzige Mann auf Darkover, der auf ein ehrenvolles Bündnis hinarbeitete. Alle übrigen waren darauf aus, sich die Taschen vollzustopfen. Wieso ist Ihnen das neu? Sie sind doch Telepath!«

Ich seufzte. »Wenn ich für jedes Mal, daß ich das erkläre, einen *Sekal* bekäme, könnte ich inzwischen die Terranische Zone aufkaufen. Der telepathische Kontakt wird benutzt, um bewußte Gedanken zu projizieren. Schneller als mit Worten, ohne semantische Barriere – und niemand als ein anderer Telepath kann einen belauschen. Aber es bedarf dazu der ernsthaften Bemühungen zweier Personen, einer, die sendet, und einer, die empfängt. Außerdem empfange ich, auch wenn ich nichts dazu tue, eine Art von – nun, Streuung. Gerade eben spüre ich, daß Sie verwirrt sind und wegen irgend etwas schwer verärgert. Ich weiß nicht, was es ist, und ich werde nicht versuchen, es herauszufinden; Telepathen lernen, nicht neugierig zu sein. Ich habe mit meinem Bruder in Rapport gestanden. Ich weiß alles, was er wußte. Aber ich erinnere mich nicht – und ich will mich auch nicht erinnern.«

Lawton nahm es ungerührt hin, und da erkannte ich, daß er nur versucht hatte, mich zu reizen. Ich sollte die Beherrschung verlieren und meine Abschirmung senken. Er war zur Hälfte Comyn; soviel ich wußte, mochte er selbst Telepath sein. Er hatte etwas herausfinden wollen, und was es auch sein mochte, wahrscheinlich hatte er es entdeckt.

»Ich will Ihnen sagen, warum ich hier bin.« Abrupt kam Lawton zur Sache. »Für gewöhnlich lassen wir Stadt-Staaten sich selbst regieren, bis die Regierung zusammenbricht. Das tut sie im allgemeinen eine Generation nach Ankunft des Imperiums. Stoßen wir auf wirkliche Tyrannei, schaffen wir sie ab. Bei Planeten wie Darkover warten wir einfach darauf, daß sie zerfallen. Und sie tun es.«

»Das habe ich alles auf Terra gehört. *Bereitet das Universum auf die Demokratie vor – und danach auf den terranischen Handel!*«

»Mag sein.« Lawton war nicht aus der Ruhe zu bringen. »Solange ihr friedlich regiert, könnt ihr regieren, bis der Planet auseinanderbröckelt. Doch in letzter Zeit hat es Unruhen gegeben. Überfälle. Schmuggel. Und zuviel telepathische Schmutzarbeit. Marius starb, nachdem Sie den Rapport mit ihm erzwungen hatten.«

Regis fuhr auf: »Wer hat Euch diese Lügen erzählt? Ich habe ihn mit einem Messer im Herzen sterben gesehen!«

»Marius war noch kein Bürger des Imperiums, so daß ich nur Fragen über seinen Tod stellen, aber ihn nicht bestrafen kann«, sagte Lawton. »Doch außerdem liegt eine Meldung vor, daß Sie ein terranisches Mädchen hier gefangenhalten.«

Mein Herz begann zu hämmern. *Kathie.* Hatten Callina und ich dies letzte Geheimnis der darkovanischen Wissenschaft unvorsichtig enthüllt?

»Die Tochter des terranischen Legaten auf Samarra – Kathie Marshall. Sie hätte Darkover vor Tagen auf der *Southern Cross* verlassen sollen; ich dachte, sie sei abgereist. Sie wird jedoch vermißt, und jemand hat sie hier gesehen.«

Regis meinte gleichmütig: »Es waren in der Festnacht eine ganze Menge Terraner hier. Jemand muß irrtümlich ...« Er hob die Stimme. »Andres? Bring die *Comynara* her; sie ist bei Dio Ridenow.« Seine Augen verrieten eine Konzentration, deren Bedeutung mir entging. Ich begann, meinen Geist zu öffnen, und stieß sofort auf Abwehr. Lawton und Rafe würden es beide merken, wenn wir telepathische Botschaften austauschten, auch wenn sie nicht mitbekamen, um was es ging.

Regis sagte: »Natürlich weiß ich gar nichts über eine Miß – war es Marshall? Aber ich weiß, wen Euer Jemand gesehen hat. Die Ähnlichkeit hat uns recht belustigt und war uns auch ein bißchen peinlich. Denn es würde nie einer *Comynara* erlaubt werden, sich in der Öffentlichkeit wie eure *Terranis* zu benehmen.«

Ich war außer mir vor Sorge. Was nun? Warum mußten sie den Namen der Toten in diese Sache hineinziehen? Nach einer Ewigkeit hörte ich leichte, wohlbekannte Schritte, und Kathie Marshall kam ins Zimmer.

Sie trug darkovanische Kleidung, ein gekräuseltes Gewand, das ihr lose von den schlanken Schultern hing. Ihr offenes Haar war mit Metallsplittern bestäubt. Spangen klingelten an ihren Knöcheln und Handgelenken.

»Kathie?« fragte Lawton.

Kathie hob verständnislos ihr hübsches Gesicht. *»Chi'zei?«*

»Linnell, meine Liebe«, ließ sich Regis hören, »ich habe von dieser dummen Ähnlichkeit mit irgendeiner *Terranis* gesprochen; ich wollte, daß sie es selbst sehen.«

Ich betete darum, daß niemand Kathie gut kannte. Der Unterschied war so gespenstisch, daß es mich mit tiefem Leid erfüllte.

Kathie legte die Hand an mein Gesicht. Es war keine terranische Geste. Sie ging und bewegte sich wie eine Darkovanerin. »Ja, Regis, ich erinnere mich«, sagte sie, und ich mußte mich beherrschen, um nicht vor Erstaunen aufzuschreien. Denn Kathie sprach das komplizierte, fließende, reine Berg-Darkovanisch – nicht mit ihrem harten terranischen Akzent, sondern weich und geläufig. »Aber, Lew, solltest du so viele Fremde um dich haben, wenn du verletzt bist? Nur damit sie dir irgendeine phantastische Geschichte über die Terraner erzählen?«

Es war nicht Linnells Tonfall. Tatsache blieb, daß Kathie Darkovanisch sprach, und zwar mit einem Akzent, der ebensogut war wie mein eigener oder der Dios.

Lawton schüttelte den Kopf. »Unglaublich«, murmelte er. »Die Ähnlichkeit ist überwältigend! Nur weiß ich zufällig, daß Kathie die Sprache bei weitem nicht so gut beherrscht.«

Der große Terraner fiel ein: »Dan, ich sage Ihnen, ich habe *gesehen* . . .«

»Sie haben sich geirrt.« Lawtons Blick hing immer noch an Kathie. Sie blieb ruhig stehen. Noch ein falscher Ton. Es ist auf Darkover eine unerhörte Flegelei, ein unmaskiertes junges Mädchen anzustarren; dafür sind schon Männer umgebracht worden. Lawton wußte das. Linnell wäre vor Verwirrung gestorben. Doch indem dieser Gedanke mir durch den Kopf ging, errötete Kathie und rannte hinaus.

»Was ich Ihnen andauernd sagen will«, ereiferte sich Kendricks, »ich hatte Dienst auf dem Raumhafen, als Miß Marshall abreiste. Ich habe die Passagierliste überprüft, nachdem alle ihre Spritze bekommen hatten und angeschnallt worden waren. Danach ist sie bestimmt nicht wieder aufgestanden, und von Samarra kam die Meldung über Relais, daß sie dort auch angekommen ist. Wie könnte sie also hier sein? Das schnellste Schiff braucht von da nach hier siebzehn Tage mit Hyperantrieb.«

Lawton brummte: »Da haben wir uns wohl schön blamiert. Alton, wollen Sie mir sagen, bevor ich gehe, wie die Ridenow-Brüder gestorben sind?«

»Ich habe versucht, Euch zu erklären . . .« begann Regis.

»Aber für mich ergab das keinen Sinn. Sie behaupteten, irgendwer habe eine Fallenmatrix aufgestellt. Ich verstehe ein bißchen etwas von Matrices, aber so etwas ist mir neu.«

Kein Terraner begreift das Konzept wirklich. Ich gab mir Mühe. »Eine Fallenmatrix ist sozusagen ein mechanischer Telepath, der aus Rassenerinnerungen und Aberglauben grauenhafte Bilder heraufbeschwört. Die Person hinter der Fallenmatrix kann den Verstand und die Emotionen anderer kontrollieren. Die Ridenows sind sensibel – eine gestörte mentale Atmosphäre hat auf sie eine körperliche Wirkung. Diese Atmosphäre war so schwer gestört, daß sie in allen Nervenbahnen Kurzschluß hervorrief. Sie starben an Gehirnblutung.«

Das war eine äußerst simplifizierte Darstellung. Immerhin erreichte sie ihren Zweck. »Ja, von derlei Dingen habe ich gehört«, räumte Lawton ein, und ich bemerkte einen seltsam bitteren Ausdruck auf seinem Gesicht. Dann verbeugte er sich zu meinem Erstaunen.

»Ich danke für Ihre Kooperation«, sagte er. »Wir werden über weitere Themen miteinander sprechen müssen, sobald Sie sich erholt haben.«

Rafe Scott blieb zurück, als die anderen sich entfernten.

»Könnte ich nicht allein mit dir reden, Lew?« Sein Blick streifte Regis.

Mit zorniger Verachtung rief Regis: »Verschwinde hier, du dreckiges terranisches Halbblut!« Er legte Rafe die Hand auf den Rücken und gab ihm einen heftigen Stoß – es war beleidigender als ein Schlag.

Rafe drehte sich um und schlug zu.

Regis' Faust krachte gegen Rafes Kinn. Der terranische Junge senkte den Kopf, stürzte vor und umklammerte Regis. In einem wütenden Clinch schwankten sie hin und her. Regis' ganze Verachtung, alle Demütigungen, die Rafe durch den Comyn erlitten hatte, entluden sich; der Raum füllte sich mit ihrer Heftigkeit. Ich war von beiden vergessen, und doch war ich irgendwie stärker an dem Kampf beteiligt als sie selbst. Fiebernd kämpfen die beiden Hälften meines Ichs es aus, der darkovanische Lew und der Terraner. Rafe, früher einmal fast ein Bruder – Regis, mein bester Freund im Comyn – beide waren ich selbst, und ich kämpfte gegen mich selbst, und jeder Hieb fiel in meinem eigenen Streit.

Andres beendigte ihn, indem er die zornigen jungen Männer beim Kragen faßte und sie durch den Vorhang schleuderte. »Wenn ihr euch prügeln müßt«, schimpfte er, »tut es draußen.«

Ich hörte ein kurzes Gepolter, dann Regis' Stimme, klar und ätzend: »Ich werde mir die Hände nicht schmutzig machen!«

Dies Wort hatte für mich, der ich an ihrem Kampf teilnahm, eine merkwürdige Bedeutung, als sei mein eigener innerer Kampf irgendwie entschieden worden.

Nach einer Weile kam Andres wieder. Sein nicht abreißendes monotones Gebrummel beruhigte mich etwas. Er untersuchte die halbverheilte Wunde an meinem Hinterkopf mit behutsamen Händen, ignorierte die unschicklichen Ausdrücke, mit denen ich behauptete, für mich selbst sorgen zu können, und grinste, als ich ihn verfluchte. Schließlich brach ich in ein verlegenes Lachen aus, das meinem Kopf weh tat, und ließ ihn tun, was er wollte. Er wusch mir das Gesicht, als sei ich ein schlechtgelauntes Kind, und hätte mich mit dem Löffel gefüttert, wenn er nicht genau gewußt hätte, daß ich das nie zulassen würde. Zum Schluß brachte er ein Päckchen Zigaretten zum Vorschein, die aus der Terranischen Zone eingeschmuggelt waren. Aber als es mir gelungen war, den besorgten alten Mann zur Ruhe zu schicken, konnte ich den Gedanken nicht länger ausweichen.

Die Zeit hatte mein Leid um Marjorie ein bißchen geheilt. Der Tod meines Vates, so sehr ich um ihn trauerte, war eher ein Verlust für den Comyn als für mich. Wir hatten uns nahegestanden, besonders gegen das Ende hin, aber ich hatte es ihm nie ganz verzeihen können, daß ich ein Mischling war. So sehr er mir fehlte, sein Tod hatte mich mit meinem eigenen Blut ausgesöhnt. Und der Mord an Marius war ein Alptraum von gnädiger Unwirklichkeit.

Linnells Tod hatte mir dagegen eine Wunde geschlagen, von der ich nie mehr ganz genesen bin. In jener Nacht war mein eigener Schmerz nur eine Begleitung zu der Folter meiner Nerven.

Was hatte Linnell getötet? Niemand hatte sie berührt, außer Kathie. Linnell hatte auch nicht die Sensibilität Dios.

Und dann verstand ich.

Ich hatte Linnell getötet.

Den ganzen Abend hatte Linnell instinktiv versucht, Kontakt mit ihrem Duplikat zu halten. Ihr Instinkt war besser gewesen als meine Wissenschaft. Ich – ich erbärmlicher, verdammter, blinder Schwachkopf – hatte ihnen den Weg zueinander blockiert. Als die Schrecken Sharras losgelassen wurden, hatte Linnell Sicherheit in dem Kontakt mit ihrem Duplikat gesucht. Was hatte ich zu Marius gesagt? *Ein einziger Körper hält das nicht aus …*

Und die Bypass-Schaltung in Kathies Gehirn hatte Linnell in Kontakt mit mir geworfen – und durch mich in die tödliche Matrix in Kadarins Händen. Vor Jahren war Sharra ein Stützpunkt in meinem Gehirn eingeräumt worden. Und Energie fließt hin zum schwächeren Pol. Die Energie war auf die ungeschützte Linnell zugerast und hatte ihre jungen Nerven und ihren unreifen Körper überladen.

Linnell war verlöscht wie ein abgebranntes Streichholz.

Wahrlich, der Tod hatte reiche Ernte im Comyn gehalten. Linnell, die Ridenows, Derik, Dio. Ich lächelte bitter. Dio war vom Schicksal ihrer Brüder wahrscheinlich nur durch die Abschirmung, die ich ihr damals gegeben hatte, verschont geblieben. Und nach den Bosheiten, die sie mir gesagt …

Blendendes Licht brach über mich herein. In Dio war nicht ein Fünkchen von Bosheit. Auf ihre eigene Weise hatte der verdrehte kleine Kobold mich *gewarnt.*

Ein schmaler Streifen Mondlicht lag kalt über meinem

Gesicht. Aus den Schatten kamen eine Bewegung, ein Schritt und ein Flüstern. »Lew, schläfst du?«

Das matte Licht ließ silbriges Haar aufschimmern, und wie ein blasser Geist blickte Dio auf mich nieder. Sie drehte sich um und zog die Vorhänge zurück. Die vier Monde lugten ihr über die Schulter und überfluteten das Zimmer mit ihrem Schein.

Er kühlte mein heißes Gesicht. Ich fand keine Worte für eine Frage an sie. War ich eingeschlafen und träumte, Dio sei zu mir gekommen? Ihre Wange trug noch das Mal von meinem Schlag, und ich murmelte: »Es tut mir leid, daß ich dir weh getan habe.«

Sie lächelte nur ein bißchen erstaunt und beugte sich über mich. Ihre Stimme war so traumartig wie das unwirkliche Licht.

»Lew, dein Gesicht ist so heiß ...«

»Und deins ist so kühl«, flüsterte ich. Ich berührte das Mal mit meiner guten Hand und hätte es gern geküßt. Ihr Gesicht war im Schatten, sehr ernst und still. Plötzlich drängte sich mir der Gedanke an Callina auf, nicht an die weltabgewandte Bewahrerin, sondern die stolze, leidenschaftliche Frau, die dem Rat Trotz bot und sich vor Ashara weigerte, mir ihren Geist zu entblößen ...

Auch Dio hatte sich davor gefürchtet. Konnte überhaupt eine Frau diese Intimität ertragen, die tiefer geht als eine körperliche Vereinigung? Callina, fern, kostbar, unberührbar – und Dio, die mir alles gewesen war, was eine Frau einem Mann sein kann. Oder doch fast alles. Und warum dachte ich an Callina, wenn Dio bei mir war? Sie schien mir den Gedanken aufzuzwingen, so heftig, daß ich mich beherrschen mußte, den Namen »Callina« nicht auszusprechen. Dios blasses Gesicht flackerte, verwandelte sich in das Callinas. Es mußte ein Traum sein!

»Warum bist du gekommen?«

Dio antwortete ganz schlicht. »Ich weiß immer, wenn du Schmerzen hast oder leidest.«

Sie zog meinen Kopf an ihre Brust. Ich schloß die Augen.

Ihr Körper war gleichzeitig warm und kühl, und ihr Duft war mir gleichzeitig neu und vertraut, diese geheimnisvolle Mischung aus salzigen Tränen und dem Honigduft ihres Haares.

»Geh nicht weg.«

»Nein. Niemals.«

»Ich liebe dich«, flüsterte ich. »Ich liebe dich.«

Callina schluchzte – Callina? *Callina?* Sie war beinahe körperlich zwischen uns anwesend, oder vielmehr, die beiden Frauen verschmolzen zu einer. Welcher hatte ich meine Liebe gestanden? Ich wußte es nicht. Nur die weichen Arme um mich waren Wirklichkeit.

Ich zog sie an mich, elend in der Überzeugung, daß ich ihr als Frau jetzt nichts zu bieten hatte. Die persönliche Hölle des Telepathen, so schmerzlich wie immer.

Es kam jedoch nicht darauf an. Und plötzlich erkannte ich, daß die Dio, die ich auf Vainwal geliebt hatte, dies sinnliche, oberflächliche, emanzipierte Wesen, gar nicht die richtige Dio war. Dies hier war die richtige. Und ich war auch nicht der Mann von damals.

Ich versuchte gar nicht erst, es in Worte zu fassen. Scham und die Bitte um Entschuldigung lagen in meinem Kuß. Sie erwiderte ihn sanft, ohne Leidenschaft.

Wir schliefen ein, uns umarmend wie kleine Kinder.

13

Als ich aufwachte, war ich allein. Mehrere Minuten lang überlegte ich im morgendlichen Sonnenlicht, ob die ganze bizarre Episode ein Traum gewesen sei. Dann teilte sich der Vorhang, und Dio trat ein, und meine Mundwinkel verzogen sich zu einem bitteren Lächeln. In einem Traum hätte ich sie bestimmt besessen.

»Ich habe dir noch einen Besuch mitgebracht«, verkündete sie. Ich begann zu protestieren; ich wollte niemanden sehen. Dio zog einfach die Vorhänge beiseite – und Marja stürmte ins Zimmer.

Sie blieb verwundert stehen – dann kam sie gerannt, warf sich über mich und erstickte mich fast mit ihrer Umarmung.

Ich löste ihre Hand und sah dabei Dio an. »Langsam, *chiya*, langsam, du wirfst mich noch auf den Fußboden! Dio, wie ...«

»Ich hörte von ihr, gleich als Hastur sie herbrachte«, antwortete Dio. »Asharas Turm ist zur Zeit nicht der richtige Ort für sie. – Paß auf ihn auf, Marja *mea*«, setzte sie hinzu, und bevor ich weitere Fragen stellen konnte, ging sie wieder.

Andres meldete, es hielten immer noch Terraner in den Korridoren der Burg Wache. Es kam uns jedoch den ganzen Tag keiner nahe. Ich fand mich damit ab, daß ich nichts unternehmen konnte, spielte mit Marja und machte ein paar nebelhafte Pläne. Man würde mir Marja nicht wieder wegnehmen! Andres wunderte sich bestimmt, aber wie sollte ich es ihm erklären, ohne von Marjorie und Thyra zu sprechen? Und das brachte ich nicht einmal Andres gegenüber fertig. Ich sagte ihm einfach, Marja sei meine Tochter. Er maß mich mit einem wissenden Blick und ließ es zu meiner Erleichterung dabei bewenden.

Ich stellte Marja ein paar vorsichtige Fragen. Die Antworten waren so unbestimmt und bedeutungslos, wie sie von einem kleinen Kind zu erwarten waren. Am Abend war immer noch niemand gekommen, um sie abzuholen. So bat ich Andres, sie in einem Schlafzimmer nahe meinem eigenen zu Bett zu bringen, und als sie eingeschlafen war, verließ ich sie und rief Andres zu mir.

»Wie viele Terraner sind in der Burg?«

»Zehn, vielleicht fünfzehn. Keine Raumpolizei – so unverschämt wäre nicht einmal Lawton. Sie sind in Zivil, und sie benehmen sich.«

Ich nickte. »Vermutlich kennt mich keiner von ihnen vom Ansehen. Treibe einen terranischen Anzug für mich auf.«

Er grinste resigniert. »Es hat wohl keinen Sinn, dir das

ausreden zu wollen. Na gut, ich kümmere mich dann um das kleine Mädchen. Und übrigens brauche ich kein Telepath zu sein, um zu wissen, was du denkst. Mein halbes Leben habe ich mit deiner Familie verbracht. Wenn das deine Frage nicht beantwortet ...«

Die Alton-Suite hat viele Türen, und die Terraner konnten sie nicht alle bewachen. In den Gängen zollte mir niemand die geringste Aufmerksamkeit. Sie hielten Ausschau nach einem Darkovaner mit einer Hand. Ein Mann in terranischer Kleidung, eine Hand in die Tasche gesteckt, erweckte keine Neugier.

Zögernd blieb ich vor der Hastur-Suite stehen. Ich hätte mir gern Rat bei dem alten Regenten geholt. Doch das war leider unmöglich, und so ging ich weiter. Wenn er von unserm Plan erfuhr, mochte er ihn verbieten, und tausend Eide zwangen mich, ihm zu gehorchen. Lieber nichts aufs Spiel setzen!

Ich traf Callina in ihren eigenen Räumen an. Sie saß vor Linnells Harfe, den Kopf in den Armen vergraben. Erst glaubte ich, sie weine. Dann kam mir ein Verdacht. Ich faßte sie und richtete sie auf.

Ihr Körper war steif und verkrampft; ihre Augen leer und tot, sahen mich an, ohne mich zu erkennen. »Callina!« brüllte ich. Ich hätte ebensogut flüstern können. Dann zog ich sie auf die Füße. Ihr Blick hatte immer noch dies leblose, eisigblaue Starren. »Wach auf!« rief ich und schüttelte sie heftig. Erst als ich sie in einen Sessel gedrückt und geohrfeigt hatte, kehrte ein Funken von Leben in ihre Augen zurück. Sie hob den Kopf.

»Was hast du denn vor? Laß mich los!«

»Callina, du warst in Trance ...«

»O nein! Nein!« Sie warf sich mir an die Brust, drückte sich in verzweifeltem Flehen an mich. Ich verstand »Ashara« und »... schick ... sie ... hinaus«, aber das ergab für mich keinen Sinn, und ich schob Callina ein Stück von mir weg. Bis das vorbei war, wagte ich nicht, sie zu berühren. Allmählich beruhigte sie sich. »Tut mir leid, Lew. Ich bin wieder – *ich.*«

»Aber wer bist du?« riet ich drauflos. »Dio? Ashara?«

Sie lächelte traurig. »Wenn du es nicht weißt, wer soll es dann wissen?«

Ich traute mich nicht, ihr Zärtlichkeit zu zeigen. »Wir müssen heute nacht handeln, Callina, solange die Terraner mich noch für zu schwach halten, um etwas zu unternehmen. Wo ist Kathie?«

Ihr Gesicht verzog sich. »Es ist, als ob Linnells Geist ...«

Auch mir war es unangenehm, aber ich sagte nichts, und schließlich seufzte Callina. »Soll ich zu ihr gehen?«

»Laß mich es tun.« Ich durchquerte zwei Zimmer und fand das, in das wir Kathie gebracht hatten. Sie lag auf einer Couch, beinahe nackt, und sah sich einen Satz Kacheln an. Als sie meine Schritte hörte, erschrak sie heftig und zog eine Art Schleier um sich. »Hinaus!« quiekte sie. »Oh – du bist es schon wieder!«

»Kathie, ich habe durchaus keine Absichten auf dich, außer daß ich dich bitten möchte, dich anzuziehen und mit uns zu kommen. Kannst du reiten?«

»Ja. Warum?« Sie überlegte. »Ich glaube, ich weiß es. Es ist etwas Seltsames mit mir geschehen, als Linnell starb.«

Darüber wollte ich nicht reden. Ich trat vor den Wandschrank, suchte eine Weile und zog ein paar Kleidungsstücke heraus. Ich erkannte sie mit einem schmerzlichen Gefühl; Linnells Parfüm hing noch an ihnen, aber das ließ sich nicht ändern. Ich warf Kathie den Armvoll Sachen in den Schoß. »Zieh das an«, sagte ich und setzte mich, um zu warten. Ihr böser Blick erinnerte mich an die terranischen Tabus. So stand ich wieder auf, und ich wurde tatsächlich rot. Wieso waren terranische Frauen so unbescheiden außer Haus und so prüde im Haus? »Ich habe nicht daran gedacht. Ruf mich, wenn du fertig bist.«

Auf einen merkwürdigen Laut von Kathie hin kehrte ich wieder um. Sie betrachtete hilflos die Kleider.

»Ich habe keine Ahnung, wie ich in diese Dinger hineinkommen soll!«

»Nach dem, was du gerade über mich gedacht hast, werde ich dir ganz bestimmt nicht meine Hilfe anbieten.«

Jetzt war sie an der Reihe zu erröten. »Außerdem – wie soll ich in Röcken reiten?«

»Zandru, Mädchen!« explodierte ich, jetzt wirklich schokkiert. »In was sonst?«

»Ich bin mein ganzes Leben geritten, aber in einem Rock habe ich es nie versucht, und ich werde jetzt nicht damit anfangen. Wenn du willst, daß ich irgendwohin reite, kannst du mir bestimmt etwas Anständiges zum Anziehen besorgen.«

»Diese Kleider sind anständig.«

»Verdammt noch mal, dann besorge mir *unanständige!*« flammte sie auf. Ich mußte lachen.

»Ich werde sehen, was ich tun kann, Kathie.«

Glücklicherweise wußte ich, wo Dio schlief, und niemand hielt mich auf. Ich teilte den Vorhang und blickte ins Zimmer. Dio wachte sofort auf und blinzelte. »Geht es schon wieder los?«

Es hatte nicht einmal aufgehört. Wir waren nur aus dem Geschehen hinausgeschleudert worden. Ich erklärte, was ich wollte; sie kicherte. Dann brach das Lachen ab. »Ich weiß, es ist eigentlich nicht komisch, Lew. Ich kann mir nur nicht helfen. Also gut. Ich glaube, meine Sachen werden Kathie passen.«

»Und kannst du Regis ausfindig machen und ihn bitten, sich hinauszuschleichen und Pferde für uns aufzutreiben?«

Dio nickte. »Ich kann gehen und kommen, wie ich möchte. Die meisten Terraner kennen mich. Lerrys ...« Sie biß sich auf die Lippe. Es gab nichts, was ich hätte sagen können. Ich hatte ihre Brüder gehaßt, und das wußte sie. Nun war Dio ebenso allein wie ich.

Beim Anblick Dios fiel mir etwas anderes ein. Ich kehrte in meine Suite zurück und holte mir Rafes Pistole. Es waren noch Kugeln im Magazin. Ich verabscheute diese Feiglingswaffen nach wie vor – aber heute nacht mochte ich gegen Männer kämpfen müssen, die weder Ehre noch Gewissen hatten.

In Kathies Zimmer traf ich Dio und Callina bereits an. Das terranische Mädchen war in die ärmellose Jacke und die knappsitzende Hose gekleidet, die Dio zum Reiten auf Vainwal getragen hatte. Callina in ihrem konventionellen Gewand betrachtete sie mit einer Spur von Mißvergnügen. »Wie kommen wir jetzt hinaus?«

Ich lachte. Nicht umsonst war ich Kennard Altons Sohn. Die Altons hatten vor Äonen die Comyn-Burg entworfen, und ihr Wissen war vom Vater auf den Sohn weitergegeben worden. »Kennst du deine eigenen Räume nicht, Callina?« Ich ging in den zentralen Raum der Suite, trat auf bestimmte Eindrücke im Fußboden und warnte die Mädchen, mir nicht zu nahe zu kommen. Dann runzelte ich die Stirn. Mein Vater hatte mir von diesem Ausgang erzählt, sich aber nicht die Mühe gemacht, mich das Muster zu lehren. Auch hatte ich kein Peilgerät, um den Matrix-Verschluß zu testen. Ich versuchte zwei oder drei Standardmuster, aber es gab keine Reaktion. Dann wandte ich mich Callina zu.

»Kannst du eine vierte Ebene ohne Geräte auspeilen?«

Ihr Gesicht nahm den Ausdruck ernster Konzentration an. Nach einer Minute verschwand ein Stück des Fußbodens außer Sicht und enthüllte steile, staubige Stufen, die nach unten führten.

»Bleibt dicht hinter mir.« Ich winkte den Mädchen, mir zu folgen. »Ich bin noch nie zuvor hier unten gewesen.« Das Lichtviereck über uns drehte sich – und wir standen im Dunkeln.

»Ich wünschte, dieser Ururgroßvater von mir hätte für Licht gesorgt! Es ist dunkel wie in Zandrus Taschen!«

Callina hob die Hand – und ihre Fingerspitzen begannen zu glühen. Licht breitete sich von diesen zwölf schlanken Fingerspitzen aus! »Berührt mich nicht«, warnte sie leise. Die Treppe war lang, die Stufen waren hoch, und trotz des Geisterlichts war es dunkel. Einmal rutschte Kathie auf der merkwürdig schlüpfrigen Oberfläche aus und fiel ein oder zwei Stufen hinunter, bevor ich sie auffangen konnte, und zweimal zerriß meine ausgestreckte Hand unsichtbare klebrige Netze. Es gab kein Geländer, und es wurde mir schwer, das Gleichgewicht zu bewahren. Callina jedoch schritt sicher und anmutig dahin, ohne jemals zu stocken, als sei ihr der Weg sehr gut bekannt.

Hinunter und hinunter. Endlich glitt eine Tür zurück, und wir standen im Halblicht Thendaras unter drei abnehmenden Monden. Ich blickte ringsum. Wir befanden uns in einem wenig respektablen Viertel der Stadt, wohin die Terraner wahrscheinlich keine zweimal in fünfzehn Jahren kamen. Am Ende der dunklen Straße war eine Schmiede, wo Pferde beschlagen und Schwerter und Werkzeuge repariert wurden. Hier mußte Regis auf mich warten, wenn meine Botschaft ihn erreicht hatte.

Sie hatte ihn erreicht. Er war da, stand im Schatten mehrerer Pferde auf der verlassenen Straße.

»Lew, nimmst du mich mit? Laß die Frauen hier.«

»Wir brauchen Kathie. Und irgendwer muß hierbleiben, Regis. Dies ist unsere einzige Chance. Schaffen wir es nicht, mußt du sehen, wie du zurechtkommst. Ich glaube, wenn alle Stricke reißen, kannst du Vertrauen zu Lawton haben.« Ich brach ab, zuckte die Schultern und fuhr nicht fort mit dem, was ich hatte sagen wollen. Uns Lebewohl zu sagen, war sinnlos; also trennten wir uns ohne Abschied.

Durch die Straßen Thendaras ging es hinaus aufs offene Land. Wir kamen an ein paar Häusern und verlassenen Höfen vorbei. Sie standen immer weiter auseinander und hörten schließlich ganz auf. Niemand ritt mehr diesen Weg. Auf der Verbotenen Straße herrschte an manchen Stellen immer noch starke Radioaktivität aus den Jahren der Verwüstung. Der Weg selbst war jetzt ungefährlich, aber die Furcht war geblieben; in früheren Zeiten waren zu viele Männer gestorben. Haarlos, zahnlos, das Blut in Wasser verwandelt, nur weil sie hier entlanggeritten waren. Der Comyn hatte diese Furcht mit Tricks und Fallen genährt, und uns kam das jetzt zugute, weil wir ungesehen reiten konnten. Nur Dyan kannte diese Tricks und Fallen ebensogut wie ich.

Wir umritten den Standort der alten Raumschiffe, deren

große Hüllen immer noch schwach von der giftigen Strahlung leuchteten. Dann waren wir auf der Verbotenen Straße selbst, ein Cañon, von der Natur geschaffen, der sich vom höchsten Punkt der Hellers über tausend Meilen bis hinunter zur See von Dalereuth erstreckt. Er ist gerade breit genug, daß sechs Pferde nebeneinander Platz haben, liegt dreißig Fuß unter dem Niveau der Ebene und durchzieht den ganzen Kontinent, als habe ein Riese oder Gott in den vergessenen Jahren den geschmolzenen Boden durch Berge und Ebenen mit einem titanischen Fingernagel aufgekratzt.

Der Legende zufolge sind über die Verbotene Straße die Götter gezogen, als sie vor Jahrhunderten Schrecken über das Land verbreiteten und die Kinder der Comyn mit den seltsamen Comyn-Gaben im Gehirn geboren wurden. Ein ödes Land, auf dem nichts wächst, die Spur von etwas, das den Boden unfruchtbar gemacht und die Comyn gezeugt hat. Mutation? Die Kinder von Göttern? Ich wußte es nicht, und es interessierte mich auch nicht.

Zwei der Monde waren untergegangen. Es stand nur noch ein einziges bleiches Gesicht am Horizont, als wir von der Straße abbogen und die *Rhu fead* sahen, ein weißes Gebäude, das sich über das schwach schimmernde Ufer des Sees von Hali erhob. Am Rand des Wassers hielten wir unsere Pferde an. Nebel kräuselte sich weißlich entlang dem Ufer, wo sich das spärliche rosa Gras auf den Felsen verlor. Ich trat einen Stein los. Er fiel in die schimmernden Wolkenwellen, versank ohne einen Spritzer, langsam, noch lange sichtbar. Kathie betrachtete die merkwürdige Oberfläche des Sees.

»Das ist kein Wasser, nicht wahr?«

Ich schüttelte den Kopf. Noch nie hat ein lebendes Wesen, ausgenommen die aus Comyn-Blut, einen Fuß auf den Strand des Sees von Hali gesetzt.

Kathie meinte verwirrt: »Aber ich bin schon einmal hiergewesen ...«

»Nein. Du hast etwas von meinen Erinnerungen übernommen, das ist alles.« Ich klopfte unbeholfen ihr Handgelenk, als sei sie Linnell. »Hab keine Angst.«

Zwillingssäulen erhoben sich weiß, und zwischen ihnen funkelte ein regenbogenfarbener Nebel wie ein Schleier. Stirnrunzelnd stand ich vor dem zitternden Regenbogen. »Auch mit einem abgeschirmten Gehirn würdest du hier den Verstand verlieren. Ich muß, wie schon einmal, deinen Geist vollständig unter Kontrolle des meinen halten.« Kathie erschauerte, und ich warnte mit tonloser Stimme. »Es muß sein. Der Schleier ist ein Kraftfeld, das auf Comyn- Gehirne abgestimmt ist. Uns tut es nicht weh, aber dich würde es töten.«

Kathie sah Callina an. »Warum kannst du es nicht tun?«

Callina schüttelte den Kopf. »Das hängt mit der Polarität zusammen. Ich bin Bewahrerin. Wenn ich versuchte, deinen Geist für länger als eine oder zwei Sekunden zu unterdrükken, würde es dich zerstören – für immer.« Ihr Gesicht verriet ein merkwürdiges Entsetzen. »Ashara hat es mir gezeigt – einmal.«

Ich nahm Kathie auf die Arme. Sie protestierte, und ich erinnerte sie: »Beim ersten Mal, als ich dich berührte, bist du ohnmächtig geworden, und beim zweiten Mal hast du einen hysterischen Anfall bekommen. Wenn das innerhalb des Schleiers passiert, möchte ich sicher sein, daß du auf der anderen Seite wieder herauskommst.«

Doch diesmal war sie durch meine eigene Bypass-Schaltung gegen mich abgeschirmt. Es war leicht, die fremden Gehirnwellen zu unterdrücken. Wir durchquerten den schimmernden, blendenden Regenbogen, ohne etwas zu sehen. Dann stellte ich Kathie auf die Füße und zog mich ganz vorsichtig zurück.

Die *Rhu fead* lag kahl vor uns, matt erhellt und kühl. Türen und lange Gänge waren erfüllt mit kalten Schwaden. Kathie bog plötzlich in einen der Gänge ein und marschierte in dem verhüllenden Nebel vorwärts.

»Lew, ich weiß es! Woher weiß ich, wohin ich gehen muß?«

Der Gang erweiterte sich zu einem offenen Raum aus weißem Stein und roten Vorhängen. Auf einer Plattform, die in die Wand eingebaut und mit schillernden Geweben umhängt war, stand ein Behälter aus blauem Kristall. Ich setzte meinen Fuß auf die erste Stufe ...

Ich konnte nicht weitergehen. Dies war die innere Barriere, die kein Comyn zu durchdringen vermag. Ich lehnte mich gegen eine unsichtbare Mauer. Callina streckte neugierig die Hände aus; sie zuckten von selbst zurück. Kathie fragte: »Blockierst du mein Gehirn immer noch?«

»Ein bißchen.«

»Hör auf damit. Das bißchen von *dir* hält mich zurück.«

Ich nickte und entfernte die Barriere. Kathie lächelte mir zu. Nie zuvor hatte sie Linnell weniger ähnlich gesehen. Dann schritt sie durch die unsichtbare Barriere.

Sie verschwand in einer blauen, dunkler werdenden Wolke. Flammen loderten auf. Ich wollte ihr zurufen, sie brauche sich nicht zu fürchten, das sei nur eine Illusion – aber nicht einmal meine Stimme konnte die gegen die Comyn errichtete Barriere durchdringen. Kathies undeutliche Silhouette verschwand; die Flammen verschluckten sie. Ein grelles Licht schoß bis zum Dach empor, Donner rollte und erschütterte den Fußboden.

Kathie kam zurückgelaufen, und in der Hand hielt sie ein Schwert mitsamt der Scheide.

14

Also war Aldones' Schwert doch ein wirkliches Schwert, lang und glänzend und tödlich und so fein getempert, daß mein eigenes dagegen wie ein Kinderspielzeug aus Blei wirkte. Im Griff strahlten blaue Edelsteine durch eine dünne Schicht isolierender Seide.

Ich hatte mir ein Duplikat des Sharra-Schwertes vorgestellt, aber das schien jetzt eine minderwertige Kopie der herrlichen Waffe in meiner Hand zu sein.

Dies war keine Tarnung für eine verborgene Matrix, vielmehr *war* es eine Matrix. Es schien eigenes Leben zu besitzen. Ein prickelnder Energiestrom floß, nicht unangenehm, meinen Arm hinauf. Ich faßte den Griff und zog ein bißchen daran ...

»Nein!« warnte Callina und faßte meine Hand. Einen Angenblick lang widersetzte ich mich stur. Dann ließ ich das Schwert zurück in die Scheide gleiten.

»Das wär's«, sagte ich hart. »Verschwinden wir von hier.«

Der Morgen graute über dem See, als wir hinauskamen, und der nasse Sonnenschein glitzerte unheilverkündend auf Stahl. Drei Männer traten uns in den Weg. Kathie schrie auf vor Schreck.

Drei Männer? Nein – zwei Männer und eine Frau. Kadarin, Dyan – und zwischen ihnen, schlank und sprühend wie eine dunkle Flamme, lächelte Thyra Scott mir zu. Ihr spöttischer Mund forderte mich heraus, zu sprechen oder zuzuschlagen. Ich riß den Dolch aus dem Gürtel. Thyra stand unbeweglich, die bloße Kehle dem Stahl entgegengehoben. Meine Hand ließ das Messer fallen.

»Geh mir aus dem Weg, Hexe!«

Ihr leises Lachen rief eine Million Geister herbei, aber ihre Stimme war stählern. »Was hast du mit meiner Tochter gemacht?«

»Meine Tochter«, antwortete ich, »sie ist in Sicherheit. Du bekommst sie nicht wieder.«

Dyan tat einen Schritt vorwärts. Kadarin faßte seinen Ellenbogen und zog ihn zurück. »Warte, du.«

Thyra sagte: »Schließen wir einen Handel ab. Gib mir das, was die Bewahrerin hält, und du kannst frei abziehen.«

»Das werden wir sowieso tun«, gab ich zurück.

Kadarin zog sein Schwert. Ich hätte es mir denken können, es war das Schwert mit der Sharra-Matrix. »Wirklich?« fragte er leise. »Besser, du übergibst es uns. Ich beabsichtige, dich zu töten, aber du bist augenblicklich nicht imstande zu kämpfen.« Mit so etwas wie Verachtung wanderte sein Blick von meinem verbundenen Kopf zu meinen Füßen. »Versuch es erst gar nicht.«

»Vermutlich hast du Waldläufer im Hinterhalt in der üblichen Übermacht von zwanzig zu einem?«

Kadarin nickte. »Sie werden dich nicht antasten. Du bist für mich. Die Frauen ...«

»Geh zur Hölle!« Ich riß das Schwert aus der Scheide und warf mich auf Kadarin. Aus dem Griff ergoß sich überfließendes Leben in meinen Körper, das Blut klopfte mir so heftig in den Schläfen, daß mir schwindelte. Kadarin zog das Sharra-Schwert. Die Waffen klirrten zusammen ...

Aldones' Schwert flammte blau auf! Wie ein lebendes Wesen sprang es aus meiner Hand und fiel zu Boden, immer noch blaues Feuer vom Griff bis zur Spitze versprühend. Die beiden Schwerter lagen gekreuzt auf der Erde, in loderndes Feuer gehüllt. Kadarin taumelte zurück.

Ich rappelte mich hoch. Beide wagten wir es nicht, uns den gefallenen Klingen zu nähern.

Kathie stürzte sich zwischen uns und ergriff beide Schwerter. Ich glaube, für sie waren es nur Schwerter. Sie hielt sorgfältig eins in jeder Hand. Die blauen Flammen erstarben.

»Das nützt dir auch nichts«, bemerkte Kadarin und setzte grimmig hinzu: »Sei kein Narr und opfere dich nicht sinnlos. Gib mir die Sharra-Matrix und geh. Vielleicht können wir Aldones' Schwert nicht nehmen. Aber wir können das Sharra-Schwert nehmen, und wir werden es nehmen. Du kannst mich töten, Dyan, Thyra – nicht sie alle!«

Natürlich hatte ich keine Wahl. Ich mußte die Frauen schützen. »Gib es ihm, Kathie«, sagte ich endlich. Dies war nur ein Schachzug. Der eigentliche Kampf würde später kommen.

»Es hergeben? Jetzt?«

»Ich bin kein Held«, stieß ich wild hervor, »und du hast die Waldläufer nie kämpfen gesehen.« Ich nahm Kathie die Sharra-Matrix aus der Hand. Dyan trat vor; Kadarin stieß ihn zurück. »Nicht du!«

Wir hatten Glück, daß Kadarin der Anführer war. Wenn wir kämpften, würde es auf Leben und Tod sein – aber ein fairer Kampf. »Wir können gehen. Auf sein Wort ist Verlaß.«

Da griff mich Thyra an. Das Messer blitzte in ihrer Hand. Ich wich einen Augenblick zu spät aus. Sie trieb mir das Messer in die Seite.

Ich schlug Thyra heftig ins Gesicht. Dann setzte ich mich mit einem Plumps und legte die Hand an die gefühllose Wunde. Blut tropfte mir durch die Finger. Kadarin schrie auf wie ein Berserker. Undeutlich sah ich, daß er Thyra mit der Kraft eines Wahnsinnigen schüttelte und zu Boden schleuderte, wo sie stöhnend liegenblieb. *Sie hatte sein Wort zuschanden gemacht.*

Und dann verlor ich das Bewußtsein.

Um mich röhrte es. Ich lag mit dem Kopf auf Kathies Schoß.

»Lieg still. Sie bringen uns in einem Raketenwagen nach Thendara.«

»Halt ihn ruhig, Kathie.«

Ich faßte nach Callinas Hand, und es legten sich die kühlen, spröden Fingerspitzen Asharas wie Fesseln um mein Handgelenk. Asharas eisige Augen sahen mich im grauen Licht an. Mit einem Schlag war ich wach: Etwas hatte meine Gedanken berührt. Marja! Ich suchte nach ihr, aber da, wo sie gewesen war, fand ich nur noch eine leere Stelle in der Welt . . .

Eine Minute lang riß ich mein Gehirn aus dem Delirium. Natürlich konnte ich keinen Kontakt mit Marja herstellen. Nicht, wenn ich solche Schmerzen hatte. Ich wollte nicht, daß sie sie teilte.

Der Geist eines Menschen ist so allein, eingeschlossen in die Knochen seines Schädels.

Wieder versank ich in graue Nacht.

Ich ging . . .«

Ein Arm lag um meine Schultern, und Kadarins Stimme

sagte: »Immer mit der Ruhe! Er kann gehen. Es ist nur ein Kratzer, das Messer ist an den Rippen abgerutscht.«

Meine Augen wollten sich nicht einstellen. Ich hörte eine scharfe Stimme: »Großer Gott! Kommen Sie hier herein, und setzen Sie sich.«

Die Nebel teilten sich. Ich stand im Terranischen HQ, weit unter mir schlingerte der Raumhafen, und vor mir stand an einem großen Schreibtisch mit Glasplatte Dan Lawton und sah mich erstaunt und besorgt an. Kadarins Arm hielt mich immer noch aufrecht. Ich machte mich los. Von irgendwo außerhalb meiner Sichtweite erschien Regis Hastur, nahm mich fest bei den Schultern und drückte mich in einen Sessel.

»Wer, zum Teufel, sind Sie?«

Kadarin verbeugte sich leicht.

»Robert Raymond Kadarin, *z'par servu.* Und Sie?«

Hinter uns öffnete sich eine Tür, und Kathies Stimme fragte ängstlich: »Ist er wirklich – oh, hallo, Dan.«

Der terranische Legat schüttelte den Kopf. »In einer Minute«, sagte er zu niemandem im besonderen, »fange ich an, zu lallen wie ein Idiot. Hallo, Kathie. Sind Sie es wirklich?«

Kathie sah mich zweifelnd an. »Darf ich es ihm erzählen?«

»Warten Sie, warten Sie. Immer nur eins auf einmal. Ich werde verrückt, wenn ich mehr als eine Sache auseinanderklauben soll. Kadarin, Sie habe ich schon seit geraumer Zeit einmal mit eigenen Augen sehen wollen. Sie wissen, daß Sie diesmal endgültig zu weit gegangen sind?«

»Ich erhebe Anspruch auf Immunität«, erklärte Kadarin barsch. »Lew Alton wäre in Hali gestorben. Ich habe eine Tötungsabsicht gegen ihn eintragen lassen, und ich kann mit seinem Leben machen, was ich will. Aus freien Stücken habe ich ihn hergebracht, während ich für meine eigene Sicherheit hätte sorgen können, indem ich fernblieb und ihn sterben ließ. Ich erhebe Anspruch auf Immunität.«

Lawton ächzte. Kadarin war im Recht. »Gut, gut. Aber keine telepathischen Tricks!«

Kadarin lächelte bitter. »Auch wenn ich wollte, wäre ich dazu nicht fähig. Dyan Ardais ist mit der Sharra-Matrix geflohen. Ich bin so hilflos wie Lew hier!«

Plötzlich kam Rafe Scott in das Büro. Es überraschte ihn offenbar sehr, mich und Regis und Kadarin und Kathie hier anzutreffen, doch er fuhr auf Lawton los.

»Warum haben sie Thyra oben eingesperrt?«

»Kennen Sie diese Frau?« fragte Lawton scharf.

»Sie ist meine Schwester«, erklärte Kadarin, während Rafe weitertobte.

»Verdammt!« brüllte Lawton. »Jeder Unruhestifter auf dem Planeten ist so oder so herum mit Ihnen verwandt, Rafe! Sie hat versucht, Lew Alton zu ermorden, das ist alles. Als wir sie herbrachten, hatten wir mit einem Mal eine kreischende Wahnsinnige in Händen. Deshalb ließ ich ihr vom Doktor eine Spritze geben und sie zur Abkühlung in eine Zelle stecken.«

»Lew«, wandte sich Rafe drängend an mich, »warum wollte Thyra ...«

»Laß ihn in Ruhe, du!« Regis stieß Rafe grob weg. Ich faßte Regis' Arm. »Fang keinen neuen Kampf an«, beschwor ich ihn. »Bitte!«

Einen Augenblick wehrte er sich gegen mich, dann zuckte er die Schultern, setzte sich auf die Armlehne meines Sessels und funkelte Rafe böse an. »War Callina nicht bei euch?«

»Der Arzt hat sie ebenfalls dabehalten«, berichtete Kathie. »Sie war nicht ganz bei sich, schlief dauernd ein.«

War es wieder Trance? Ich richtete mich mit schwimmendem Kopf auf. »Ich muß zu ihr!«

»Du kannst jetzt nichts tun«, sagte Regis.

»Was machst du überhaupt hier?«

Lawton antwortete für ihn. »Ich schickte gestern abend nach dem Regenten, und wir haben fast die ganze Nacht miteinander gesprochen.«

Regis erklärte ruhig: »Wir sind am Ende, Lew. Der Comyn wird auf die Bedingungen der Terraner eingehen müssen. Das sieht sogar Großvater ein. Und wenn Sharra außer Kontrolle gerät . . .«

Aldones' Schwert lag auf Lawtons Schreibtisch. Kadarin stellte sich davor. »Ich habe Sharra losgelassen«, sagte er. »Es war ein Experiment, das schiefgegangen ist, mehr nicht. Aber unser verdammter, idiotischer Held hier hat die Sache schlimmer gemacht, indem er die Sharra-Matrix von Darkover entfernte, so daß alle aktivierten Stellen sechs Jahre lang weiterbrannten. Und jetzt hat Dyan die Matrix!« Er war ruhelos wie ein Tier im Käfig.

»Ich wußte, Alton würde nicht mit mir verhandeln. Deshalb suchte ich jemanden vom Comyn, irgendeinen, der das Ding für mich zurückstehlen würde. Meine Absicht war, diese Stellen zu überwachen und dann die Matrix zu vernichten. Und nach all dieser Mühe . . .« Seine Schultern sanken herab. »Ich bin von der Falle in den Kochtopf gewandert, als ich mich mit Dyan Ardais einließ!«

»Hat er Marius getötet, um sich die Matrix anzueignen?« fragte Regis.

»Ich glaube schon – sicher bin ich nicht. Ich bin nicht sehr klug in der Wahl meiner Komplizen, nicht wahr? Das da . . .« – er wies auf Aldones' Schwert – ». . . stellt die letzte verzweifelte Maßnahme dar. Es wird Sharra für immer auslöschen, aber das ist Mord. Jeder, der jemals auf die Sharra-Matrix abgestimmt war . . .«

Lawton erklärte: »Vorerst beschlagnahme ich das Ding.«

Kadarins Lachen war ein harter, tierischer Laut. »Versuchen Sie es nur! Jetzt, wo es mit Sharra gekreuzt worden ist, könnte nicht einmal ich . . .« Er faßte nach dem Schwert. Seine Hände verkrampften sich sichtlich, und er zog sie keuchend zurück. Seine schmerzenden Finger schüttelnd, sah er Rafe an. »Versuch du es.«

»Ich denke nicht daran!« Rafe wich zurück.

Lawton war kein Feigling. Er faßte das Schwert mit festem Griff. Dann flog er in einem blauen Funkenregen durch den Raum. Er krachte gegen die Wand, fiel, rappelte sich wieder auf und rieb sich benommen den Kopf. »Großer Gott!«

»Ich bin an der Reihe.« Ich faßte nach dem Schwert, das zu Boden gefallen war. Es gelang mir, es über den Schreibtisch zu heben, doch dann mußte ich es fallen lassen. »Ich kann es berühren«, stellte ich fest und spürte das heiße, unerträgliche Prickeln. »Halten kann ich es nicht.«

»Das kann niemand«, meinte Regis. »Aber ich nehme es für den Augenblick an mich.« Mühelos hob er es auf und gürtete sich damit. »Ich bin Hastur«, sagte er ruhig.

Dann ist die Hastur-Gabe die lebende Matrix!

Regis nickte. Die Matrix hatte ihre Stütze und ihren Brennpunkt, das überwachende Gleichgewicht im Gehirn und den Nerven des Hastur gefunden, der sie trug. Niemand anders konnte mit diesem Schwert umgehen – oder es auch nur ohne Gefahr in die Hand nehmen.

Von Aldones' Schwert war Sharra nur eine fürchterliche und tödliche Kopie.

»Ja«, nickte Kadarin, »das habe ich mir gedacht. Deshalb ist deine Hand niemals geheilt, Lew. Die Wunde selbst war nicht so schlimm, aber du hattest die Matrix angefaßt, und das ertragen menschliches Fleisch und Blut nicht. Ich habe es nie getan, ohne daß mindestens ein weiterer Telepath in Rapport war ...«

Plötzlich begann hinten im Gang Thyra zu schreien.

Kadarin sprang aus seinem Sessel hoch. Ich setzte mich kerzengerade aufrecht. Das Etwas, das Thyra zu wildem Kreischen veranlaßte, hatte auch mich getroffen – schwarze Leere, Verlust, Reißen ...

»Marja!« Der Name entriß sich mir wie ein Schluchzen.

Kadarin fuhr zu mir herum. Nie habe ich vorher oder nachher einen solchen Ausdruck auf einem menschlichen Gesicht gesehen. »Schnell! Wo ist sie?«

»Was ist denn los?« wollte Lawton wissen.

Kadarin bewegte tonlos die Lippen. Schließlich brachte er heraus: »Dyan Ardais hat die Matrix ...«

Ich fiel ein: »Er wagt es nicht, sie allein zu benutzen. Er hat gesehen – was mit meiner Hand passiert ist. Er braucht einen Telepathen, und Marja ist eine Alton ...«

»Der dreckige Verräter!« Kadarins Stimme bebte vor Angst – nicht um sich selbst. Mein Geist war offen, und als ich Kadarin ansah, vergaß ich meinen Haß. Regis drehte sich um, nahm das Schwert Aldones' ab und drückte es Kathie in die Hände. »Behalte es. Du bist immer noch immun. Fürchte dich nicht – kein Darkovaner kann es dir nehmen oder dir etwas tun, solange du es hältst.« Er wandte sich mir zu. Ich wußte, was er wollte. Schweigend gab ich ihm Rafes Pistole.

»Was haben Sie vor?«

Regis schnitt Lawton das Wort ab. »Dies ist eine Comyn-Angelegenheit, und auch mit dem besten Willen könnt Ihr uns nur behindern, nicht uns helfen. Rafe, komm mit.«

Kadarin fuhr Rafe an. »Du Schwachkopf, es ist für Marja! Geh mit ihm!«

Sie gingen. Die rhythmischen, hysterischen Schreie hörten nicht auf. Kadarin stand still, als halte er sich mit seinem ganzen Körper in Schach. Plötzlich setzte er sich in Bewegung. »Ich gehe!« rief er Lawton über die Schulter zu und war verschwunden. Lawton faßte meinen Arm.

»Nein, Sie bleiben hier! Nehmen Sie Vernunft an, Mann! Sie können sich kaum auf den Füßen halten!« Er drückte mich wieder in den Sessel. »Was ist in Sie alle gefahren? Wer oder was ist Marja?«

Das Kreischen verstummte abrupt, als sei ein Schalter umgelegt worden, und hinterließ eine Stille, die irgendwie furchterregend war. Lawton stampfte fluchend aus dem Zimmer. Ich blieb voll hilflosen Zorns in meinem Sessel liegen, nicht imstande, aufzustehen. Ich hörte Stimmen in den Gängen rufen und fragte mich, was jetzt passiert sein mochte. Und dann stürmte Dio herein.

»Und dich haben sie hiergelassen!« tobte sie. »Was hat diese rothaarige Hexe dir angetan? Und Callina haben sie betäubt – oh, Lew, Lew, dein Hemd ist ganz voll Blut ...« Sie kniete neben mir nieder. Ihr Gesicht war so weiß wie ihr Kleid. Lawton kam zurückgetrampelt und blieb mit wütendem Gesicht vor mir stehen.

»Weg! Diese Thyra ist *weg* – verschwunden aus einer mit

Stahlplatten ausgekleideten Zelle mit Wachposten im ganzen Gebäude! Wenn so etwas geschieht, während ein Matrix-Mechaniker vom Comyn anwesend ist ...« Er bemerkte Dio, und sein Gesicht wurde noch finsterer. »Ich kenne Sie, Sie sind Lerrys' Schwester. Was tun Sie hier?«

»Im Augenblick«, flammte sie auf, »versuche ich festzustellen, was Lew fehlt – worüber sich sonst niemand Gedanken macht!«

»Ich bin ganz in Ordnung«, murmelte ich, ärgerlich über Dios Besorgnis, die mich schwächte. Aber ich ließ es zu, daß sie mich in die medizinische Etage hinunterbrachte. Ein kleiner dicker Mann in einem weißen Kittel brummte etwas über einen verdammt unzivilisierten Planeten, wo er seine Zeit damit verbringe, Messerwunden zusammenzuflicken. Er wickelte mich in Plastikfolien, was höllisch weh tat, strahlte mich mit einer Art Ultralicht an und zwang mich, ein rotes, klebriges Zeug zu schlucken, das mir den Mund verbrannte und mir den Kopf schwimmen ließ. Aber es nahm den Schmerz weg, und als das Schwindelgefühl verebbte, konnte ich wieder klar denken.

»Wo ist Callina Aillard?«

»Da drin«, antwortete Dr. Forth. »Schläft. Sie war nicht ganz bei Bewußtsein. Deshalb gab ich ihr einen Schuß Hypnal und ließ sie von einer Schwester in der Frauenabteilung ins Bett stecken.«

»Ist es möglich, daß sie in Schock-Trance ist?«

Er legte die Gegenstände, die er gebraucht hatte, unter die Lichtmaschine. »Kann ich nicht sagen. Sie hat gesehen, wie Sie verwundet wurden, nicht wahr? Manche Frauen reagieren auf diese Weise.«

Innerlich verfluchte ich den Dummkopf. Darkovanische Frauen fallen wegen ein paar Tropfen Blut nicht in Ohnmacht. Was hatte er hier zu suchen, wenn er nicht fähig war, einen Matrix-Schock zu diagnostizieren? Und wenn er Callina betäubt hatte, war es mir unmöglich, sie da herauszuholen. Nicht eher, als bis die Wirkung der Droge abgeklungen war.

»Vielleicht ist es am besten so«, sagte Dio leise. »Bevor sie aufwacht, möchte ich dir alles über Callina erzählen. Jetzt nicht.«

Lawton setzte in seinem Büro den Apparat in Gang, der mit einer Suche verbunden ist. Die Zeit kroch dahin; ich wartete. Einmal schaffte sich Lawtons Verwirrung in frustrierten Fragen Luft. »Verdammt, ich bin immer noch nicht dahintergekommen, wie Kathie Marshall von Samarra nach hier befördert worden ist! Und ich versuche immer noch, mir zurechtzulegen, wieso Sie und Rafe und diese Thyra und Kadarin alle Brüder und Schwestern und Cousins und Cousinen und so weiter sind. Und jetzt löst sich diese Person in Luft auf! Haben Sie sie irgendwie weggehext?«

»Ich nicht.« Von mir aus konnte Thyra in alle Ewigkeit in einer Zelle schmoren.

Als die Wirkung des Narkotikums langsam nachließ, spürte ich den Schmerz in meiner Seite wieder, aber tiefer innen war dies schreckliche Gefühl, es sei etwas von mir gerissen worden – ich fürchtete mich, zu erfahren, was es war.

Die blutige Sonne Darkovers hatte ihren Höhepunkt hinter sich gelassen und senkte sich scharf abwärts, als ich schleppende Schritte hörte. Regis und Rafe und Kadarin kamen herein.

Regis hatte sich in wenigen Stunden erschreckend verändert. Es war Blut auf seinem Gesicht und Blut an seinem Ärmel, aber es handelte sich um mehr als seinen ersten ernsthaften Kampf. Die letzte Spur des Jungen war weggebrannt worden, und es war ein Mann und ein Hastur, der mich verzweifelt ansah.

»Sie sind verletzt!« rief Lawton mit dem Entsetzen des Terraners vor im Zweikampf empfangenen Wunden.

»Nicht sehr. Er hat hauptsächlich mein Hemd aufgeschlitzt. Ich habe mit Dyan gekämpft.«

»Tot?« fragte ich.

»Nein, verdammt noch mal!«

Lawton fragte: »Kadarin! Wo ist diese Frau, die zu Ihnen gehört?«

Kadarins hageres Gesicht verzerrte sich vor Angst. »Thyra? Ist sie nicht hier bei Ihnen? Zandrus Höllen, wie kann ich ihr sagen ...« Er bedeckte das Gesicht mit den Händen. Plötzlich kam er zu mir. Alle übrigen Leute in dem Büro hätten sich, soweit es ihn betraf, auf einem anderen Planeten befinden können. Er sah mir mit einer Intensität in die Augen, die Jahre auslöschte und uns zurückführte in die Zeit, als wir Freunde gewesen waren, nicht geschworene Feinde.

Meine Stimme kam durch trockene Lippen.

»Bob, was ist geschehen?«

Sein Gesicht zuckte. »Dyan! Zandru schicke ihm Skorpionpeitschen! Naotalba drehe ihm in alle Ewigkeit in der Hölle die Füße ab! Er hat sie in Sharra hineingeschickt – meine kleine *Marguerhia.*« Seine Stimme brach. Seine Worte brannten mich wie Säure. Dyan mit der Sharra-Matrix. Marja, ein Kind, aber eine Alton – eine Telepathin. Und die Leere, wo sie gewesen war, das Gefühl, etwas sei von mir gerissen worden.

Dann war sie tot.

Marjorie. Marius. Linnell.

Und nun Marja.

Lawton drängte uns nicht mit Einzelheiten. Er muß gewußt haben, daß wir alle von unsern letzten Kraftreserven zehrten. Ich stellte Fragen, als käme es noch darauf an. »Andres?«

»Dyan hat ihn als tot liegengelassen, doch vielleicht kommt er durch.«

Es war ein bitterer Trost, daß Andres sie mit seinem Leben verteidigt hatte. »Ashara?«

Dio stand auf, die Lippen fest zusammengepreßt. »Regis! Halte sie zurück! Ich gehe in den Turm!«

»Warum?« rief ich, doch sie war schon fort.

Lawton sagte entschlossen: »Als erstes müssen wir Dyan finden. Wenn er das kleine Mädchen hat ...«

Kadarin unterbrach ihn: »Das geht nicht! Es gibt jetzt keine Möglichkeit mehr, ihm die Sharra-Matrix abzunehmen. Ich habe das Ding oft genug in meinen eigenen Händen gehalten, daß ich das weiß! Dyan konnte es Marius nur rauben, weil Marius keine Ahnung hatte, wie er sich hätte verteidigen können. Kein Mensch ...« Kadarin sprang auf. »Lawton! Ihr alle! Seid meine Zeugen! Sein Leben gehört mir, wann, wo und wie ich ihn töten kann, im fairen Kampf oder unfair, sein Leben gehört ...«

»Mir!« brüllte ich. »Marja war mein! Und wer ihn tötet, schuldet mir ein Leben ...«

»Ihr beiden Wahnsinnigen!« schimpfte Lawton. »Fangen wir ihn zuerst einmal ein, bevor ihr euch um das Privileg zankt, ihn umzubringen!«

Mit einer Geste, die tierisch in ihrer Wildheit war, erklärte Kadarin: »Wenn er Sharra befreit, dürft ihr *mir* nicht mehr trauen! Ich bin das Hauptsiegel, und ich werde mittendrin sein!«

Regis wandte sich mir zu. »Dann bleibst nur noch du, Lew. Du hast Sharra berührt, aber du trägst auch das Siegel des Comyn. Wenn es uns gelänge, dich von hier aus in Rapport zu halten, könntest du in die Sharra-Matrix gehen ...«

Da brach ich zusammen. »Nein!« schrie ich. »Nein!« Sollten sie alle umkommen! Nichts würde mich dazu zwingen. Ging es mich noch etwas an, wenn Sharra Darkover verheerte? Was hatte ich noch zu verlieren? Ich riß die Pistole aus Rafes Gürtel und legte sie Sicherung um. »Vorher blase ich mir selbst das Gehirn aus!«

Regis' Hand fing meine in einem so festen Griff, daß die Knochen knirschten. Wir kämpften kurz miteinander, aber er hatte zwei Hände, der Rückstoß der Waffe schleuderte mich zurück, und die Kugel flog harmlos durch das Fenster. Glas splitterte. Regis löste meine verkrampften Finger von dem Kolben.

»Du bist wahnsinnig!« sagte er. Er warf Rafe die Pistole zu. »Hier. Sie hat ursprünglich dir gehört, nicht wahr? Nimm sie! Sie hat in letzter Zeit häufig den Besitzer gewechselt. Ein Wahnsinniger ist genug!«

Fluchend trat Lawton nach den Glassplittern auf dem

Fußboden. »Ich sollte euch alle einbuchten! Rafe, holen Sie jemanden, der diese Schweinerei wegmacht, und bringen Sie Alton nach unten. Er ist wieder von Sinnen.«

Ich zog mich auf die Füße, wobei ich mich an der Sessellehne festhalten mußte. »Bin ich ein Gefangener?«

»Teufel, nein! Aber wenn Sie das Gebäude verlassen, werden Sie auf dem Bürgersteig umkippen! Mann, benutzen Sie Ihren Verstand! Machen Sie, daß Sie auf die Krankenstation kommen! Wir geben Ihnen Bescheid, wenn wir Sie brauchen.«

Ganz plötzlich verebbte mein Zorn und ließ mich leer und kalt zurück. Kadarin entwirrte seine langen Beine und trat zu mir. »Waffenstillstand, Lew«, sagte er ruhig. »Marja war auch mein Kind. Viel können wir im Augenblick nicht tun. Du bist erschöpft. Vielleicht finden wir später einen Weg, sie aus diesem höllischen Ding herauszuholen, bevor Dyan uns alle zu Schutt und Asche verbrennt.« Seine Augen begegneten den meinen; es war kein Haß mehr in ihnen. Auch mein Haß war verschwunden. Ich taumelte und stützte mich müde auf seinen Arm. »Waffenstillstand«, antwortete ich.

So war es Kadarin, der mich nach unten in die medizinische Abteilung und in den Krankenhausflügel brachte. Ich setzte mich auf den Bettrand. Meine Emotionen waren ausgebrannt, aber meine Nerven zuckten, und meine telepathischen Barrieren gab es nicht mehr. Ich bückte mich, um mir die Stiefel auszuziehen.

»Brauchst du Hilfe?«

Ich fragte ihn geradeheraus: »Glaubst du, Dyan wird Sharra loslassen?«

»Ich bin verdammt sicher, daß er es versuchen wird.«

Es kam mir unwirklich vor. Sechs Jahre lang hatte ich unter dem Zwang gestanden, Kadarin zu töten. Ich hatte es mir tausendmal ausgemalt, und nun sprachen wir ruhig und vernünftig miteinander und standen auf einer Seite. Es war unangenehm und doch irgendwie logisch. Ich vermute, das ist die terranische Art, Probleme zu lösen.

»Soll ich dir noch irgend etwas aus der Medizinischen besorgen?«

»Nein.« Verdrossen setzte ich hinzu: »Nein, danke.«

Dann blickte ich hoch und sah ihn an. Ich wußte, er würde sich nie soweit erniedrigen, in diesem Punkt zu lügen. »Bob, hattest du den Befehl gegeben, daß Marjorie bei diesem letzten Mal – in das Sharra-Feuer gezwungen wurde? Wolltest du dich dadurch an mir rächen? Wußtest du ...« – ich schluckte –, »... daß es sie töten würde?«

»Warum sollte ich *sie* töten wollen, um mich an *dir* zu rächen?« Er schleuderte mir die Frage mit einer so leidenschaftlichen Aufrichtigkeit entgegen, daß ich nicht mehr an ihm zweifeln konnte. Diese Frage hatte mich sechs Jahre lang gequält.

»Lew, ich kenne Sharra besser, als je ein Sterblicher sie gekannt hat. Es bestand keine Gefahr, für keins der beiden Mädchen, solange ich die Kontrolle hatte. Du weißt, ich liebte Thyra, aber ich nahm mich zusammen und gefährdete sie nicht.« In seinem Gesicht zeigte sich bittere Qual. »Es gibt keine zehn Männer, die bestimmen können, wo die Sicherheitsgrenze für eine Frau, die sie gehabt haben, liegt, aber für Thyra habe ich diese Grenze bestimmt! Marjorie dagegen ...«

Sein dunkles Gesicht war von solchem Elend verwüstet, daß ich fast Mitleid mit ihm hatte. Auch seine Barrieren hatten sich gesenkt, und die Heftigkeit seines Leids brannte in mir. Nie mehr würde er von diesem Leid, dieser Schuld frei werden. »Marjorie – Margie war noch ein Kind, glaubte ich. Sie hat es mir nie erzählt! Ich schwöre, ich wußte nicht, daß du ihr Liebhaber warst! Ich schwöre es!«

Ich warf mich herum und verbarg mein Gesicht, unfähig, es zu ertragen. Aber Kadarin fuhr mit schmerzverzerrter Stimme fort: »Also ging sie hinein – und du weißt, was geschah. Jede Frau wäre gestorben, wenn sie sich aus den Armen eines Liebhabers an den Pol dieser Energie begeben hätte, und ich habe dich dafür gehaßt ...«

Seine Stimme wurde weich und voller Mitleid.

»Ich bin nie auf den Gedanken gekommen, du hättest es nicht gewußt. Teufel, du warst ja selbst noch ein Junge. Zwei Kinder wart ihr, du und Marjorie, und ich habe euch nicht einmal gewarnt. Zandrus Höllen, Lew, du redest von Rache! Deine hast du gehabt ...«

Dann herrschte Stille, Totenstille. Kadarin sagte tonlos: »Ich habe Anspruch auf dein Leben erhoben. Ich gebe es dir zurück.«

Ich blickte zu ihm auf, ebenso erschöpft wie er. Er hatte Anspruch auf mein Leben erhoben, eine feierliche Verpflichtung, nach darkovanischem Gesetz unwiderruflich, solange wir beide lebten. Wäre ich von einem anderen umgebracht worden, hätte Kadarin meinen Mörder aufspüren und töten müssen. Aber das darkovanische Gesetz brach rings um uns zusammen. Wir standen in den Trümmern. Ich kannte meine eigene Stimme nicht wieder, als ich sagte: »Ich nehme es von dir an.«

Ernst, ohne Lächeln, schüttelten wir uns die Hand.

»Sag mir noch eins«, bat ich müde. »Warum ist Thyras Kind von mir?«

Es lag etwas wie Ironie in seinen hageren Zügen. »Ich dachte, du seist längst dahintergekommen. Ich hoffte auf einen telepathischen Sohn mit der Alton-Gabe.«

Du verdammter, unverschämter ...

Gleichmütig fuhr er fort: »Thyra hat es mir nie verziehen. Ich war so stolz auf Marja, daß sie eifersüchtig wurde, sie weigerte sich, das Kind an einem Ort aufzuziehen, wo ich es sehen konnte.« Plötzlich verzerrte sich sein Gesicht wieder. »Es wird Thyra umbringen! Ich habe geschworen, Marja werde nicht als Marionette benutzt werden, und ich konnte nicht einmal für ihre Sicherheit sorgen. Thyra hat mir so lange vorgetäuscht, sie hasse das Kind. Götter! Große Götter! Alles, was ich liebe, jeden, den ich liebe, verletze oder töte ich!« Ich zuckte unter seiner Verzweiflung zusammen. Abrupt drehte er sich um und ging hinaus. Er warf die Tür so heftig ins Schloß, daß die Wände zitterten.

15

Ich muß geschlafen haben.

Endlich öffnete ich meine Augen in dem kahlen Krankenzimmer und sah Callina neben mir knien. Ihre sanften Augen standen voller Tränen; sie ergriff meine Hand, doch sie sprach nicht. Ich hätte sie so gern in die Arme genommen und an mich gedrückt, aber immer noch schüttelte mich das Entsetzen über Kadarins Worte. Ich wagte sie nicht zu berühren, um ihr Leben nicht in Gefahr zu bringen.

Es fiel mir schwerer als je zuvor. Ich spürte, daß Callina den letzten inneren Widerstand aufgegeben hatte. Diese Kälte, diese bewußte und wachsame Reserviertheit war verschwunden.

»Wir haben das alles umsonst durchgemacht, Callina«, sagte ich. »Marius und Linnell sind tot, wir haben den Comyn mit unserm Leben spielen lassen, und was hat uns das eingebracht?«

»Es mag immer noch etwas zu retten sein. Darkover . . .«

»Zur Hölle mit Darkover! Sollen die Terraner es sich nehmen, meinen Glückwunsch haben sie!«

Callina legte ihre Hand kurz über meine Augen. Ich sah undeutlich das grausige Gesicht, das mir schon einmal erschienen war. Es verschwand; ich sah Dyan und Kadarin.

»Aldones' Schwert wird Sharra auslöschen«, sagte Callina. »Kadarin half ihnen, Pläne zu machen, als er – verschwand. Er war einfach nicht mehr da! Wie Thyra.«

Das bedeutete, Sharra war frei. Hilflos sah ich das Mädchen an. »Ich habe es versucht«, gestand ich ihr, »ich kann Aldones' Schwert nicht einmal anfassen. Regis schon, aber benutzen kann er es nicht allein. Das kann niemand.«

Ihre Finger schlossen sich um meine gute Hand. »Ashara meinte, du könntest mich als Brennpunkt nehmen . . .«

Ich schüttelte den Kopf. Callina auf diese Weise zu verletzen, brachte ich nicht übers Herz. Ich würde buchstäblich ihren und meinen Geist in Stücke reißen und daraus einen neuen bauen müssen. Ich hatte es durchgemacht, ich hielt es aus. Aber Callina!

»Ihre Stimme klang entschlossen. »Schließlich bist du es. Und ich möchte es.«

Ihre Tapferkeit beschämte mich. Was auch geschah, keine Frau sollte mich an Mut übertreffen. Zärtlich klopfte ich ihren Arm. »Gut, Mädchen, versuchen wir es. Nur überlege es dir noch einmal. Ich möchte, daß du ganz sicher bist.«

»Ich bin jetzt schon sicher«, antwortete sie.

Es war merkwürdig, sie an diesem Ort zu sehen, die reizende Callina, all die Schönheit und das Geheimnis der *Comynara*, sternengleich und unerreichbar, hier in dem kahlen weißen Kämmerchen. Die groteske Note dieser Umgebung, das zerwühlte Bett, in dem ich geschlafen hatte, erhöhte die Seltsamkeit noch, statt sie zu verringern.

Sie lachte nervös auf, ihre Hand in meiner fühlte sich kalt und zerbrechlich an. Der körperliche Kontakt kann den Geist offenlegen. Wenn ich es nur hätte wagen dürfen, sie dafür in die Arme zu nehmen! Ich hatte bei Dio gelernt, wie ein solcher Kontakt Barrieren niederreißt, doch ich verbannte meine Gedanken. Eine eigentümliche Scheu überkam mich; ich wollte Callinas Geist nicht berühren, während eine andere Frau im Mittelpunkt meiner Gedanken stand.

Ich begann, den Rapport aufzubauen.

Einen Augenblick lang war da ein furchterrgend vertrauter Widerstand. Wie Dio mobilisierte sie alle Verteidigungen, um mich auszuschließen. Diesmal machte ich es mit einer groben Schockwelle. Sie riß ihre Hand aus meiner und sank zusammen, die Arme vor dem Gesicht, als könne sie sich vor dem seelenentblößenden Kontakt verstecken. Sie kämpfte nicht aktiv gegen mich, aber ihr passives, zitterndes Entsetzen war schlimmer. Es war schlimmer als alles, was ich zuvor hatte tun müssen.

Und dann zerriß Callina wild schluchzend den Kontakt. Ich ließ ihn brechen, zog sie in meine Arme, und langsam beruhigte sich ihr Weinen. »Ich ... ich habe mir ... so viel Mühe gegeben ...«

»Ich weiß.« Sie hatte jede Anstrengung gemacht, das Unerträgliche zu ertragen. Vielleicht hält keine Frau den absoluten Rapport mit einem Mann aus. Ich hätte weitermachen, den Widerstand bezwingen können – es hatte Marius nicht umgebracht, und Callina war Bewahrerin, eine *Comynara* – aber ich war einfach nicht fähig, eine Frau so zu foltern. Das war schlimmer als eine Vergewaltigung.

Es gab eine Alternative. Sie war drastisch, aber ich war verzweifelt. »Könntest *du* den Rapport herstellen?« fragte ich sie. Ich sagte es leichthin, doch innerlich zitterte ich. Es lieferte mich völlig ihrer Gnade aus, und wenn sie auch Bewahrerin war, so hatte sie doch keine Ausbildung in dieser besonderen Fokussierung von Energie.

Würde ich das gewaltsame Niederreißen aller meiner Barrieren aushalten? Vor Jahren hatte ich jene alten Bereiche versiegelt, um meinen Verstand zu retten. Ich verfolgte diesen Gedankengang nicht weiter. Denn ich mußte es aushalten, einfach weil ich stärker war als sie.

Ihre Berührung war ungeschickt, tastend – eine Qual. Es kostete mich unsägliche Mühe, sie nicht aus meinem Gehirn zu werfen. Mich mit aller Kraft beherrschend, ertrug ich es, senkte jede Barriere, sobald sie sie berührte. *Wie war sie Bewahrerin geworden, wenn sie eine so unbeholfene Telepathin war?* Die Brücke war jetzt stärker, doch hatte sie den entscheidenen Schritt noch nicht getan, der die Identitäten auflöste und verband, und ich wagte mich nicht zu bewegen.

Wir waren der Vollendung so nahe, daß ich ungeduldig darauf wartete, und wenn es uns beide umbrachte. Energie fließt zum schwächeren Pol. Ich, der den passiven Teil erwählt hatte, wurde bis an die Grenze der Erträglichkeit aufgeladen. Jetzt konnte ich Callina nicht mehr sehen und hören. Wenn ich etwas unternahm, um die Tortur zu beenden, brannten wir vielleicht beide dabei aus. Aber wenn es nicht bald endete, mußte ich es riskieren, auch wenn die Erlösung der Tod sein sollte.

Dann der Schock, der betäubende Kontakt ...

Regis!

Unglaublich! Einen einzigen Augenblick lang verschmolzen wir zu einem unmöglichen *dreifaltigen* Rapport. Die Ladung an Emotion war schrecklich. Sie brach jede Barriere in jedem Gehirn, und unsere drei Persönlichkeiten loderten zu einer großen Kraft auf, zu gewaltig und zu sengend schmerzhaft, um verstanden zu werden.

Um meinem Verstand kämpfend, zwang ich den Rapport auseinander. Wir waren wieder drei voneinander getrennte Menschen. Der körperliche Schmerz überwältigte mich. Und da befand sich plötzlich Regis bei uns im Zimmer. Ich kippte bewußtlos vornüber, und er fing mich auf.

»Verdammt, das wird langsam zur Gewohnheit«, stieß ich zitterig hervor. Ich lag wieder auf dem Bett. Regis und Callina blickten besorgt auf mich nieder. Ich setzte mich auf, und Regis drückte mir die Hand. »Die ganze schwere Arbeit hast du getan«, sagte er.

»Was ist geschehen?«

»Weißt du es nicht? Was meinst du, wie ich hergekommen bin?« Er schluckte krampfhaft und sah zu Callina hin. Obwohl wir tief in Rapport standen, hatten sich unsere bewußten Gedanken getrennt, und ich erkannte nicht, was sie dachten. Aber *drei!* Auch die Altons konnten nur zwei Gehirne verbinden, und das unter großer Gefahr. DREI!

Regis sagte: »Was ist mit uns geschehen? Ich weiß nur, daß in mir etwas explodierte – und ich dachte, du seist tot, Lew. Ich konnte an nichts anderes mehr denken, als daß ich zu dir und Dio gelangen müsse. Ich wußte nicht einmal, wo du warst, ich geriet in Panik, und dann auf einmal war ich *hier*, und du kipptest vom Bett, und ich fing dich auf«, schloß er prosaisch.

»Callina und ich hatten versucht, unsere Gehirne in einem Brennpunkt zu vereinigen ...«

»Callina?« Regis riß die Augen auf. Callina stellte sich auf die Zehenspitzen und legte ihre Lippen leicht auf seine. »Regis«, flüsterte sie, »wir nehmen es dir nicht übel. Wir können – Platz für dich schaffen.«

Regis legte seine Arme um das Mädchen und hielt es fest. »Weiß er es nicht? Immer noch nicht?«

»Ich bin immer abgeschirmt gewesen«, antwortete sie.

Regis ließ sie los und wandte sich mir zu. »Jetzt, wo wir darauf gefaßt und geschützt sind, wollen wir den Kontakt noch einmal herstellen und überprüfen, was das ist und welche Art von Macht wir dadurch haben. Soweit ich weiß, ist dies etwas ziemlich Neues und beinahe einzigartig.«

Callina stellte die Verbindung her. Diesmal gab es kein Zögern und Tasten, und ich betrachtete sie mit besitzerischem Stolz. Regis, ziemlich rot um die Ohren, sah sich um.

Wenn ihr beiden euch solche Dinge zudenkt, wand sich sein Gedanke belustigt in unsere, *scheide ich besser aus!*

Dann war der Kreis wieder vollständig. Merkwürdigerweise blieben die persönlichen Barrieren diesmal intakt. Wir konnten auf den tiefen Ebenen als ein Wesen arbeiten, ohne daß Identität und Privatsphäre verletzt wurden. Wir waren drei getrennte Persönlichkeiten; nur bei der ersten Verschmelzung hatte es das Niederbrennen von Emotionen und Abschirmungen gegeben.

Doch da war eine Sympathie, eine Zusammengehörigkeit, die außerordentlich angenehm war. Mir war, als hätte ich mein ganzes Leben lang mit einem Drittel meines Gehirns auskommen müssen.

Drei Telepathen, obwohl nicht in Rapport, waren notwendig gewesen, um mit der Sharra-Matrix zu arbeiten. Diese tiefe Verbindung, hergestellt durch die lebende Matrix Aldones', war unsere Waffe. Regis war die Schwertklinge. Mein war die Kraft hinter dem Schwert; die Alton-Gabe, diese überentwickelte psychokinetische Fähigkeit, war die Hand, die den Streich führte. Und Callina, eingeschlossen zwischen Hand und Klinge, war der Schwertgriff, die notwendige Isolierung.

Ja, es lag Symbolismus darin, diese Dinge in einem Schwert zu verbergen. Regis und ich, Hastur und Alton – Schwert und Hand – waren nicht imstande, uns ohne Nervenzusammenbruch oder Tod zu vereinigen, es sei denn,

Callina befand sich zwischen uns. Die Erklärung stieg von irgendwo in unsern verbundenen Gehirnen auf. Rassenerinnerung des Comyn vielleicht, denn es gab keine bewußten Erinnerungen. Und Regis selbst war der Brennpunkt, die Energiequelle, die Matrix, wenn man so will, durch die wir mittels des Talisman-Schwertes die Energie und Macht Aldones' anzapfen konnten. Der Sohn Hasturs, der der Sohn des Lichts war – wir waren ganz dicht an dem, was meine Rasse einen Gott nennt.

Mein erworbenes Wissen sagte mir, dies sei rational zu erklären, aber es blieb ein Rest, den ich nicht erklären konnte. Ich war besessen von dem *Gefühl* einer tatsächlich lebenden Weisheit hinter dem Schwert.

Ich hatte die Dämonenberührung Sharras erfahren. Dies war nicht böse – und irgendwie ängstigte mich das mehr. Das unendlich Gute ist so furchterregend wie das unendlich Böse.

Ich war jedoch körperlich immer noch schwach, und Regis *(Geh vorsichtig mit deinen Kräften um, Lew, du wirst sie bald brauchen!)* löste die Verbindung. Fast tat es uns leid; das Gehirn eines Menschen ist ein schrecklich einsamer Ort. Andererseits hätte ich viel mehr nicht ausgehalten.

Regis berührte Callinas Arm. »Warte nicht zu lange«, riet er ihr und ging. Ich fürchtete, daß auch sie sich zurückziehen werde, aber sie blieb behutsam in Kontakt, was mir ein unermeßlicher Trost war. Ihre Finger waren mit meinen verflochten, doch näher war mir die zarte Liebkosung ihrer Gedanken, und während ich mit dem Gesicht auf ihren Knien dalag, empfand ich eine vertraute, kühle Süße. Die beiden Frauen verwirrten sich wieder in meinen Gedanken wie die prismatischen Facetten eines Edelsteins.

Ich habe keine Ahnung, wie lange dies Intervall dauerte. Wir wurden dadurch aufgeschreckt, daß wir Regis in unseren Gedanken verzweifelt rufen hörten. Und da wußten wir, daß er das Schwert aus der Scheide gezogen hatte.

Noch während diese Warnung erklang, kreiste der

Raum, und wir wurden in den großen Hof der Comyn-Burg geschleudert. Vor uns stand Regis, aufrecht und gefaßt, und in seiner Hand lag das Schwert Aldones' – lebendig, blau schimmernd vom Griff bis zur Spitze. Ich hielt den Atem an. Callina stieß einen seltsamen, wortlosen Schrei aus, dann vereinigte sie unsere drei Hände auf dem Schwertgriff, und wir waren EINS.

Mit meinen plötzlich geschärften Sinnen nahm ich am anderen Ende des Hofes einen wabernden schwarzen Nebel wahr, durch den eine unirdische Flamme pulsierte. Sharras Feuer! Höllenfeuer! Ich spürte die andere Dreiheit dort mehr, als ich sie sah:

Kadarin, Thyra und Dyan Ardais.

Der Anblick machte mich wahnsinnig. Für einen Augenblick war ich wieder eine Einzelperson, sprang Dyan an und riß ihn aus der Verbindung. Aber als ich ihn berührte, zischten blaue Blitze, und wir wurden auseinandergerissen. Denn Kadarin stand Regis gegenüber, das Sharra-Schwert nackt in den Händen.

Diesmal schlossen die Schwerter sich nicht in Flammen kurz. Ein leuchtender Nebel ging von Aldones' Schwert aus, umhüllte Regis mit einer regenbogenfarbenen Aura, legte sich wie ein glühender Umhang auf Callinas Schultern, umgab mich mit seinem Gleißen. Er züngelte gegen die Dunkelheit, die Sharra war. Und in diesem dunklen Zentrum pulsierten Kadarin und Dyan und Thyra wie Gestalten aus Rauch mit dem schlagenden Herzen des Dinges, das sie beschworen hatten.

Dunkelheit, durchzuckt von Blitzen, die die sich kreuzenden Matrix-Schwerter aussandten. Hier fochten nicht Regis und Kadarin mit identisch geschmiedeten Schwertern. Es war nicht einmal ein Kampf von Matrix gegen raumverzerrende Matrix oder von vereinigten Gehirnen gegen vereinigte Gehirne. Nein. Etwas Faßbares und Lebendiges und Intelligentes stand dahinter. Regis und Kadarin waren nur die Pole ihrer Energie. Die wirklichen Mächte führten nicht in dieser Welt Krieg, sonst wäre der Planet aus seiner Bahn gerisssen und auf ewig durch die dunkle Nacht des Raums geschleudert worden.

Aber genug wurde hierher projiziert, um gefährlich zu sein. Kadarin, zurückgeschlagen, griff hastig an seinen Gürtel, sein Messer blitzte auf, und ich war so sehr Teil von Regis, daß ich nicht gleich erkannte, ob es ihn oder mich getroffen hatte. Da war nur die Todespein in meinem Herzen, und ich fühlte – ich sah es nicht –, wie Aldones' Schwert aus einer schlaffen Hand fiel. Regis sank auf das Pflaster nieder. Trotzdem war er immer noch Teil der Verbindung. Während Kadarin sich aufrichtete, faßte ich den Griff der Waffe. Sie jetzt nur als Schwert benutzend, stieß ich Kadarin die Spitze ins Herz. Er fiel ohne einen Schrei. Sharras Matrix-Schwert klirrte auf die Steine. Ich zog Aldones' Schwert aus der Wunde. Es war vorbei.

Der leuchtende Nebel ballte sich zusammen; den pulsierenden schwarzen Nebel schwächte die gebrochene Verbindung. Dann sprang ich plötzlich zurück, denn unglaublicherweise stand Regis wieder auf den Füßen. Er nahm mir das Schwert Aldones' aus der Hand. Es war ein Blutfleck auf seinem Hemd, aber er wirkte unverwundet, unberührt. Die dreifache Verbindung schloß sich von neuem. Hinter uns stand Callina und maß Thyra mit einem furchtbaren Starren. Thyra war ebenso konzentriert und bewegungslos. Keiner von uns hatte seit dem Schrei, der unser Kommen ankündigte, einen einzigen Laut von sich gegeben.

Plötzlich stürmte eine schlanke, mädchenhafte Gestalt aus einer geöffneten Tür und rannte wie unter einem Zwang stehend auf Dyan zu. *Kathie!* Ein paar Zoll vor ihm hielt sie an und grub die Fersen in panischem Entsetzen in den Boden. Dyan faßte sie mit einem Arm um die Taille und nahm das Sharra-Schwert auf. Kathie schrie. Sie war immun gewesen, doch jetzt hatte ich die Blockierung aus ihrem Gehirn entfernt, und damit hatte sie ihre Blindheit gegenüber darkovanischen Kräften verloren. *Linnells Duplikat – mit Linnells Gaben.* Dyan zog sie mit brutaler Gewalt in die Sharra-Dreiheit. Kathie und Dyan und Thyra schienen körperlich zu verschmelzen, zusammenzufließen.

Aldones' Schwert regte sich wie ein lebendes Wesen. Callina warf ihren freien Arm empor. Mit der ganzen Kraft einer Comyn-Bewahrerin riß sie Thyra aus der Sharra-Dreiheit. Es war nur ein telepathischer Kontakt, nicht unser tiefverwurzelter Rapport. Ich sah den Blitz über Dyan aufzukken, ihn treffen, und Callinas Ruf gellte durch mein Gehirn.

»Jetzt, Lew! Jetzt!«

Verzweifelt, alles auf eine Karte setzend, zwang ich einen Keil zwischen Dyan und seine Marionette. Kadarin befand sich so tief in Sharra, daß er nicht hinausgezogen werden konnte. So sehr er Dyan haßte, sie waren aneinander gebunden. Aber Thyra mochte immer noch verwundbar sein. Ich schickte Thyra einen gebündelten Gedankenstrahl zu.

Marja! Marja ist tot! Dyan hat sie getötet!

Thyra bewegte sich wie eine zuschlagende Schlange. Sie riß Dyan die Sharra-Matrix aus der Hand und wandte sich mit der Wut und der geballten Kraft eines von Kadarin geschulten Geistes gegen ihn. Und die ganze Gewalt meiner Alton-Gabe schlug durch sie zu, als ich, der ich einmal von Sharra berührt worden war, den vollen Energiefluß auf Dyan richtete.

Ich sah Dyan zusammenschrumpfen und aufs Pflaster stürzen. Sein Geist verflüchtigte sich. Er war mausetot.

Der schwarze Nebel pulsierte wie ein schlagendes Herz. Er versuchte, mich in sich hineinzuziehen! Einen Augenblick lang wurden Regis und Kathie aus den Dreiheiten geworfen. Thyra in Sharra und Callina in Aldones standen sich gegenüber, und ich, Pol der Kraft, war zwischen ihnen in diesem furchtbaren Kampf gefangen.

Aber unsere Dreifach-Verbindung war stärker, das Band riß, und ich war frei von Thyra – und Sharra. In den Stürmen lebendigen Lichts rückten Callina und ich dicht zusammen. Callinas Hand isolierte meine gegen Regis' Hand an dem Schwertgriff, ihr Geist schützte uns voreinander. Wenn Regis und ich uns unmittelbar berührt, wenn wir auch nur körperlich mit den Händen aneinandergeraten wären, hätte die Energie uns zu Asche verbrannt.

Der pulsierende schwarze Nebel wich zurück, sammelte sich für einen neuen Angriff, wallte um Thyra und die toten Männer.

Und Kadarin erhob sich!

Er war tot. Er mußte tot gewesen sein. Und troztdem erhob er sich mit den ruckartigen Bewegungen einer Marionette. Die Schwärze schüttelte sich, als drei Hände sich auf Sharras Griff trafen. Feuerfarben glühten in seinen Tiefen, und hinter den dunklen Schwaden lohte eine hohe Flamme, die auf uns zuraste. Die drei Schatten wanden sich wie Rauch. Dann blickte durch die Schwärze das Gesicht. Das Gesicht, das ich in der Nacht des Grauens gesehen hatte, als Unheil den Comyn überfiel und Linnell starb.

Diesmal wußte ich, was es war.

Lange vor Ashara, der Bewahrerin, hatte eine andere Bewahrerin, eine Hastur, deren Körper und Geist eine lebende Matrix war, eine Matrix geschmiedet, die die Kräfte von Aldones' Schwert duplizieren sollte. Zwei identische Matrices können nicht zu gleicher Zeit im gleichen Raum existieren, und Sharra, Bewahrerin der Hastur, hatte sich selbst aus *dieser* Welt geschleudert.

Doch die Matrix, nicht die lebende Matrix ihres Gehirns, sondern die Talisman-Matrix des Sharra-Schwertes, war hiergeblieben und gab ihr einen Stützpunkt in dieser Welt, durch den sie herbeibeschworen werden konnte, wenn Telepathen mit bestimmten Fähigkeiten sie riefen. Verwandelt, wie sie war, hatte sie immer noch Macht. Und man nannte sie Dämon, Göttin.

Aber Sharra war einmal von dem Sohn Hasturs gebunden worden. So hieß es in der Legende, von der Ashara gesprochen hatte. Jetzt hielt ein anderer Sohn Hasturs, bereit, einen Rapport von drei Comyn-Gehirnen zu ertragen, die Aldones-Matrix und drängte Sharra wieder zurück. Und unter dieser Macht verzerrte sich der Raum, und aufgerissene Welten kreisten. Als erstes wurde Kathie durch die dazwischenliegenden Universen an die Stelle geworfen, von wo wir sie geholt hatten. Und wenigstens in einem Punkt war das Gleichgewicht wiederhergestellt.

Nun hielten Thyra und Kadarin allein den Brennpunkt von Sharras Macht. Sie riefen mich zu sich! Ich, der ich einmal das Siegel Sharras getragen hatte, schwankte und bog mich wie eine Kerzenflamme im Wind auf das monströse Ding zu, das heraufzubeschwören ich vor Jahren geholfen hatte. Ich hielt mich verzweifelt an Callina fest. Diese taumelte. Aldones' Kraft ließ nach, wieder die Verwirrung, während Blitze im Herzen der schwarzen Flamme tanzten und das Gesicht Sharras grauenhaft und schön zwischen den wirbelnden Welten hinausblickte.

Callina war – FORT!

Nichts als Asharas eisigkalter Geist verteilte sich über die Ewigkeiten des Raums. Ich fühlte, wie sich die Dreiheit Aldones' auflöste und ich selbst auf das gierige Maul Sharras zugezogen wurde ...

Dann zerschmetterte etwas zwischen zwei Atemzügen, als breche ein Kristall unter einer grausamen Berührung in Stücke, und Callina war wieder da. Ich spürte, wie ihre Kraft, befreit, kühl und zart, mich von neuem mit Regis verband und uns sicher zusammenhielt. Die blauen Blitze sprangen auf, und unser dreifaches Gehirn wurde zu einem Gefäß geformt. Und in dies Gefäß floß die Macht und eine Herrlichkeit.

Regis schien zu wachsen, an Höhe und Majestät zu gewinnen, und der Mantel aus blauem Licht flatterte um seine Glieder.

Und gekleidet in seinen Mantel aus lebendem Licht kam Aldones!

Ich sah die Sharra-Matrix weiß durch das Metall des Schwertes glühen, das sie barg. Sie zielte auf das strahlende Licht, das Regis wie ein Diadem umgab.

Früher einmal hatte Kadarin, wie ich glaube, Sharras Matrix vollständig beherrscht, mit Nerven und Körper und Gehirn – zum Schluß ließ sich kaum noch unterscheiden, was der Mann, was die Matrix war. Aber Kadarin war menschlich, und am Ende, als der Haß auf mich geschwunden war und ihn nicht mehr aufrechterhielt, muß etwas in ihm zerbrochen sein und den Verräter gespielt haben. Es gab ihm den Wunsch nach Selbstzerstörung ein und machte Sharra verwundbar.

Zwei identische Matrices können nicht in einem Raum existieren. Solange getrennte Gehirne sie kontrollierten, waren sie sich unähnlich genug, um beide zu bleiben, obwohl der Druck das Schlachtfeld auf einen kleinen Platz außerhalb von Raum und Zeit verlegte. Aber Sharras Instrument war zuerst zerbrochen. Ich wußte es, denn einen Augenblick lang focht alles in mir, was schwach und schlecht war, auf Sharras Seite, und am Ende war ich wie in alten Zeiten eins mit Kadarin und Thyra. Kadarins Stärke und Mut, Thyras Schönheit, Großzügigkeit, Anmut, bevor der fremde Schrecken ihre Weiblichkeit erstickte, fochten ebenfalls für Sharra.

Dann trübte sich das Gesicht. Kadarin und Thyra, zwei winzige Gespenster, fielen sich in die Arme, und ich sah ihre Umrisse vor den sich auflösenden Nebelschwaden und Flammen. Dann wurden sie weggefegt. Sharras Geistergesicht verschwand in irgendeiner Hölle der Dunkelheit, und mit ihm gingen Thyra und Kadarin irgendwohin . . .

Aldones! Herr des singenden Lichts! Gibt es auch für sie Gnade?

Dann war alles vorbei, und ich, Lew Alton, kniete im Morgengrauen auf dem feuchten Pflaster des Hofs, die Arme um Callina geschlungen. Ein zitternder Junge hielt ein Schwert, von dem aller Glanz gewichen war. Von Kadarin, Thyra und Kathie gab es keine Spur. Der geschwärzte Leichnam Dyans lag auf den versengten Steinen. Das Sharra-Schwert in seiner Hand war zerbrochen, nichts mehr als ein paar Stücke Metall. Im Griff des Schwertes steckte keine Matrix mehr. Der Griff selbst war trüb und grau, und die Edelsteine lagen verstreut am Boden. Die ersten Strahlen der roten Sonne berührten die Türme der Burg und bebten für einen Augenblick im Herzen der Juwelen.

Die Steine glänzten, verdunsteten wie blaue Tautropfen – und waren fort. Das Schwert Sharras war zerbrochen – und mit ihm für alle Zeit die Macht Sharras in dieser Welt.

Regis hielt immer noch das Schwert Aldones' in der Hand. Er war bleich und zitterte wie vor tödlicher Kälte. Langsam steckte er das Schwert in die Scheide. Frieden strahlte von ihm aus und fing uns in seinem Netz. Die Sharra-Matrix hatte Kadarin, der weder ein schlechter noch ein schwacher Mann war, zu einem Freund gemacht. Das Schwert Aldones' hatte Regis – zu was gemacht?

»Regis . . .« – nur mühsam formten meine Lippen seinen Namen –, ». . . was bist du?«

»Hastur«, antwortete er feierlich.

Die Legende sagt, Sharra wurde in Ketten geschlagen von dem Sohn Hasturs, dem Sohn Aldones', der der Sohn des Lichts ist.

Er wandte sich ab und ging auf den Bogengang zu. Sein Gesicht war das eines Gottes, und doch weniger – und mehr. Höchste Erfüllung . . . und schreckliche Einsamkeit. Dann verging auch das, und es war nur noch das Gesicht eines ernsten jungen Mannes, der dazu verurteilt ist, die Erinnerung an eine Stunde der Göttlichkeit zu haben – und zu wissen, daß er sie nie wieder erreichen wird.

Die aufgehende Sonne berührte sein Haar. Es war schneeweiß.

Er verschwand im Eingang.

Und Dio Ridenow schritt aus dem Turm der Bewahrerin, langsam, benommen, wie im Traum. *Jetzt, wo es vorbei ist* – aber ich hatte keinen Gedanken für Dio, denn Callina war aufgestanden und zog mich auf die Füße.

Zum ersten Mal nahm ich Callina ohne Furcht in die Arme und drückte meinen Mund auf ihren.

Und alles Begehren starb, als ich in die kalten Augen Asharas blickte.

Ich hätte es die ganze Zeit wissen müssen.

16

Nur ein Augenblick, und es war wieder Callina, die sich weinend an mich klammerte. Aber ich hatte es gesehen, und ich wußte Bescheid. Mein Arm sank herab, ich war gelähmt vor Entsetzen, und sie wandte sich trostlos ab. »Sharra«, hörte ich sie flüstern. »Sharra ... Dann war es sinnlos, sinnlos für mich, und ich kann nicht leben ...«

»Nicht durch Verrat, Ashara!« Dio sah die Zauberin fest an. »Nicht, indem du andere verdammst, wie du Callina verdammt hast! Du hast versagt, weil Lew zu menschlich und Callina nicht menschlich genug war! Du hast versagt, versagt!«

Wahnsinn drohte mich zu verschlingen. Ich blickte auf die zarte Gestalt, die vor Dio kauerte. Callina, Ashara – ich konnte es nicht sagen. Sie verschmolzen, waren eins. Die Vernunft schwamm davon. Ich nahm Callina blindlings in meine Arme, und der Körper und das Gesicht flackerten und veränderten sich und waren jetzt Callina und jetzt Ashara und jetzt wieder Callina. Dann ein Ausdruck des Friedens, und meine Arme waren leer, und ein Flüstern verhauchte und war still.

»Dio!« Ich schluchzte den Namen und stürzte mich in ihre Arme wie ein verletztes Kind. »Dio, Dio, bin ich verrückt geworden?«

Tränen waren auf Dios Gesicht. »Ich habe so oft versucht, es dir zu sagen. Ashara war nicht wirklich, seit Generationen nicht mehr. Hast du dich nicht gewundert, daß ihr Raum im Turm so riesig war? Er war gar nicht im Turm, die blaue Tür war eine Matrix, ein – ein Tor nach anderswo. Sie lebte *in* der Matrix, und wenn sie sie verließ, um ihren Platz im Comyn-Rat einzunehmen, tat sie es im Körper einer der Bewahrerinnen. Ihre Macht war so groß, und sie waren so schwach, daß sie sie alle viele Generationen lang auslöschte. Es schien, als sei sie alterslos. Sie war eine Alton, Lew; sie setzte ihren Brennpunkt nicht in die Gehirne, sondern in die lebenden Körper der Bewahrerinnen. Doch ihre Kraft nahm ab. Sie war nicht mehr fähig, ihre eigene Gestalt auf die Körper zu projizieren, sie konnte nur noch den Geist kontrollieren. Und sogar das fiel ihr immer schwerer. Für eine neue Quelle der Kraft hätte sie alles getan . . .«

Dio keuchte, dann nahm sie sich zusammen.

»Ich sollte Bewahrerin werden – und ich erriet, daß Ashara etwas Furchtbares von mir wollte. Deshalb bat ich Lerrys, mich nach Vainwal zu bringen. Was glaubst du, warum ich mich dir an den Hals geworfen habe? Später erwachte meine Liebe zu dir, aber anfangs hatte ich nur den Wunsch, für Ashara ungeeignet zu werden!« Ihre Hände brannten auf meinen.

»So traf Callina das mir zugedachte Schicksal. Manchmal mußte sich Ashara zurückziehen, sonst wäre Callina ausgebrannt. Dann war Callina normal, zu anderen Zeiten war sie in Trance. Als mir klar wurde, daß Regis das Schwert werde benutzen müssen, da – da ging ich in den Turm und zerschmetterte einen der Kristalle. Das hielt Ashara für eine kleine Weile fest. Ich war ein bißchen ausgebildet worden, als man noch glaubte, ich würde die Bewahrerin werden, und ich wußte, was ich zu tun hatte. Nur konnte ich es nicht in meinem eigenen Körper tun, weil . . .« Wieder stieg ihr das Blut in die Wangen. »Callina war wenigstens Jungfrau. Callina war in Trance, und die Terraner hatten sie betäubt. Also ging ich zu Regis, und er wandte seine Gabe an und – schickte *mich* in Callinas Körper. Ich war es, die mit dir und Regis in Verbindung stand.«

»Nein«, ächzte ich. »Nein, es war Callina, Callina . . .«

Dio schlang die Arme um meinen Hals und schmiegte sich an mich. »Nein, mein Liebling, nein, Callina hätte keine Fokussierung mit dir eingehen können. Dazu hatte sie nicht mehr genug unabhängigen Geist. Lew, denke daran – du hattest meinen Geist nie berührt, du hattest mir eine Barriere gegen dich gegeben. Und ich wußte, wenn sie brach, würden wir alle so mit Energie aufgeladen werden, daß niemand mehr erkannte, ob ich Callina war oder Dio oder sonst jemand. Und danach waren die Barrieren wieder geschlossen. Aber – Liebling – siehst du?«

Schon hatte sie den vollständigen Rapport wiederhergestellt. Es war der Trost, die Süße, die zarte Wärme! »Callina!« stöhnte ich.

Nein. Dies ist der Teil von mir, den du nie kennengelernt hast . . .

Auch jetzt noch war der Rapport zu intim, um ihn lange aufrechtzuerhalten.

»Früher einmal, Lew, bevor du Darkover verließest, war Callina ein bezauberndes Mädchen, süß und großmütig und tapfer. Das weißt du. Sie setzte ihr Leben für dich aufs Spiel. Aber, Lew, die wirkliche Callina starb, als Ashara sie übernahm. Schon vor Tagen. Sie war nur noch eine Hülle, aber, oh, Lew, die Tapferkeit, die wundervolle Tapferkeit dieses armen, armen Mädchens!« Dio schluchzte wie ein Kind. »Lew, sie liebte dich. Als Ashara vorschlug, euch zu verbinden, weigerte sie sich – denn damit hätte sie Ashara einen Stützpunkt auch in *deinem* Gehirn und Körper gegeben. Mit ihrer letzten Willenskraft rettete sie dich davor, und das war das letzte, was sie tat. Es war ihr Tod – ihr eigentlicher Tod. Du dachtest, Ashara sei verschwunden? Nein, sie hatte Callina überschattet. Du dachtest, Callina benehme sich in der Festnacht merkwürdig? Nein. Sie war nur . . .«

»Nicht, nicht – sprich nicht weiter!« bat ich.

»Nur noch eins.« Sie berührte das immer noch mißfarbene Mal auf ihrer Wange. »Was meinst du wohl, warum ich nicht versucht habe, Dyan aufzuhalten – Callina vor Derik zu warnen? Lew, es bestand nur eine winzige Chance, aber wenn sie keinen Erfolg gehabt hätte, wäre das zu unserm Vorteil gewesen. Hätte ein Mann – irgendein Mann – Callina so kurz nach der Übernahme ihres Körpers durch Ashara genommen, vielleicht vergewaltigt, dann hätte die Erschütterung Ashara vertrieben. Vielleicht hätte es Callina getötet, doch es hätte sie auch *befreien* können. Ashara wäre gezwungen gewesen, sich zurückzuziehen, nicht für ein paar Minuten, sondern für immer.«

»Nicht!« flehte ich, krank vor Entsetzen.

»Ich habe selbst versucht, Callina zu retten –« Dio brach ab. »Oh, Lew, bedeutete es denn gar nichts, daß Callina in jener Nacht zu dir kam und in deinen Armen schlief? Callina war in Trance, und ich – ich wußte, Ashara konnte mich jeden Augenblick aus ihrem Körper vertreiben, aber ich wußte auch, daß du Callina begehrtest, und ich hoffte ...«

»Oh, Dio!« So sehr es mir grauste, ich begann, schwach zu lachen. Es war der erste Schritt der langwierigen Heilung. »Dio, meine geliebte Dio, *siehst du niemals in einen Spiegel?* Zu dem Zeitpunkt, als du mein Zimmer erreichtest, warst du es wieder selbst – in deinem eigenen Körper! Und Callina hätte gewußt, daß ich gar nicht fähig war ...« Leidenschaftlich riß ich sie an mich, küßte das flächserne Haar und das nasse Gesicht. »Liebling, Liebling, ich werde dir eine Menge über Matrices und die Männer, die mit ihnen arbeiten, erklären müssen!«

Zugleich weinend und lachend hob sie die Augen. »Aber wenn ich es war, ich selbst – dann – Lew, du liebst mich?«

Über ihren Kopf hinweg blickte ich ins Weite. *Callina!*

Ihre graugrünen Augen, aus denen die mutwillige Bosheit für immer verschwunden war, sahen zärtlich in meine. »Ich bin nicht mehr Callina«, erklärte sie ernst, »und ich bin auch nicht Ashara. Ich glaube, du bist geheilt, Lew. Wenn nicht, bin auch ich verdammt.«

Ich küßte sie, und es war ein Exorzismus für die Vergangenheit und ein Schwur für die Zukunft. Aber ich schloß die Augen vor der über ihrer Schulter aufgehenden Sonne. Denn ich wußte, immer würden mich Zweifel quälen, und immer würde ich die Sonne mit Unruhe betrachten.

Lärm zerriß die Morgenstille. Rafe und Regis stürmten in den Hof. »Lew!« rief Rafe schallend, »komm schnell! Marja ist gefunden, lebendig!«

Ich ließ Dio los. Regis ergänzte atemlos: »Dyan hatte sie unter der Matrix, und das warf sie in eine dem Tod verwandte Bewußtlosigkeit. Deshalb versteckte er sie an dem einzigen Ort auf Darkover, wo wir niemals nachsehen würden. Als die Matrix zerbrach, verfiel sie in Schock, aber es besteht immer noch Hoffnung . . .«

Rafe packte meinen Arm. »Wir haben einen Raketenwagen.«

Wir drängten uns alle hinein. Rafe setzte sich ans Steuer. Die Düsen schrien auf, und wir wurden zurückgeschleudert, als der Wagen durch eine lange Kurve kreischte und einen Weg entlangraste, der für diese terranischen Erfindungen nicht gedacht war. Auf den Straßen Thendaras flohen Pferde und Menschen in Panik.

Regis rief: »Als sie zusammenbrach, haben sie den Notdienst im HQ gerufen, und Lawton . . .«

Lawton, dachte ich, mußte inzwischen toll geworden sein, nachdem erst Thyra, dann Kadarin, dann Callina – Callina? – und ich verschwanden. Doch um ihn konnte ich mir jetzt keine Sorgen machen. Wir röhrten in die terranische Zone. Hier waren die Straßen breiter, und die nächtlichen Neonlampen brannten noch. Mit aufheulenden Düsen umrundeten wir Ecken und fegten ins offene Land hinaus. Minuten später bremste Rafe zu einem knochenerschütternden Halt.

Auf dem Schild stand: DAS READE-WAISENHAUS FÜR DIE KINDER VON RAUMFAHRERN.

Rafe donnerte mit der Faust an die Tür. Eine hochgewachsene Frau mit strengem Gesicht, terranisch gekleidet, blickte heraus. Rafe fragte: »Wo ist Marguerhia Kadarin?«

»Captain Scott? Woher wußten Sie es? Ihre Nichte ist sehr krank; wir wollten schon nach ihrem Vormund schicken. Wo ist er?«

»Er ist tot«, fiel ich ein. »Das Kind ist im Schock. Ich bin Matrix-Techniker; lassen Sie mich hinein.«

Sie kniff mißtrauisch die Augen zusammen. Meine zerknitterte, blutbefleckte terranische Kleidung, die ich vor Tagen für den Ritt zur *Rhu fead* angelegt hatte, mein unrasiertes Gesicht und mein verstümmelter Arm gefielen ihr gar nicht. »Leider muß ich Ihnen sagen: keine Besucher.«

Eine andere weibliche Stimme unterbrach: »Miß Tabor, können Sie im Flur nicht für Ruhe sorgen? Denken Sie daran, wir haben hier ein sehr krankes Kind . . .« Sie brach ab und musterte uns vier. Präsentabel war nur Rafe. »Wer sind diese Leute?«

»Ich bin Marjas Vater«, flehte ich. »Glauben Sie mir, jede Sekunde, die wir hier herumstehen, verringert die kleine Chance . . .« Mit einem Gefühl, das wie ein Dankgebet war, erinnerte ich mich an den terranischen Ausweis, den ich an dem Tag meiner Ankunft auf Darkover in eine Tasche dieses Anzugs gesteckt hatte. Ich fischte ihn heraus. »Hier. Das wird mich identifizieren.«

Sie warf kaum einen Blick auf die Plastikkarte. »Kommen Sie.« Sie führte mich den Flur entlang. »Wir mußten sie aus dem Schlafsaal nehmen. Die anderen Mädchen ängstigten sich.«

Das Zimmer war klein und sauber und voller Sonnenschein. Marja lag in einem Gitterbett, und Dr. Forth vom Terranischen HQ hob bei meinem Eintritt den Kopf.

»Sie? Sagten Sie nicht, Sie wüßten über so etwas Bescheid?«

»Ich hoffe es«, antwortete ich tonlos und beugte mich über sie. Das Herz blieb mir stehen. Es war, als blickte ich auf ein totes Kind, eins, das geschlafen und geschlafen hat und im Schlaf gestorben ist. Sie lag auf der Seite, die Händchen schlaff, der Mund geöffnet. Ihr Atem war flach und nur eben noch hörbar. Eine blaue Ader klopfte an ihrer Schläfe.

Stirnrunzelnd versuchte ich, ihre Gedanken zu berühren. Es war sinnlos. Sie war in tiefer Trance; ihr Geist weilte nicht in ihrem Körper, und nun begann auch ihr Körper zu versagen.

Niemand kann mit Matrices arbeiten, ohne alles über Schock-Trance und ihre Heilung – falls eine Heilung noch möglich ist – zu erfahren. »Haben Sie schon einen Versuch gemacht mit . . .« Ich zählte die üblichen Stärkungsmittel auf, obwohl mir klar war, daß ein so kleines Kind auf eine Behandlung vielleicht überhaupt nicht ansprach. Kinder hatten normalerweise ja auch keine telepathischen Fähigkeiten. Ich hatte noch nie von einem solchen Fall gehört.

Und wenn es noch viel länger dauerte, mochte es besser sein, wenn Marja nicht zurückkehrte, weil sie dann zu sehr verändert sein würde.

Die Sonne war hochgestiegen und brannte durch das Glas. Ich richtete mich auf. Der Schweiß lief mir übers Gesicht. Müde fragte ich: »Wo sind Regis und Dio – der junge Mann und das Mädchen, die mit mir gekommen sind? Holen Sie sie.«

Leise traten sie ein, blieben stehen und sahen entsetzt auf die bewußtlose Marja. Ich sagte verzweifelt: »Es ist unsere letzte Hoffnung. Wir haben in Rapport mit einer Matrix gestanden, die mit Sharra fast identisch ist.« Als Sharra zerbrach und das Tor zufiel, war jeder, der unter dem Siegel Sharras stand, in jene andere Welt geschleudert worden – außer mir. Mich hatte eine noch größere Kraft in dieser Welt festgehalten. Es bestand die Möglichkeit, daß wir Marja mit einem dreifaltigen Kontakt immer noch erreichten. Ihr Körper war hier, und das war ein starkes Band. Ich hatte diesen Körper erzeugt, das war ein zweites. Aber Marja konnte sich den Weg zurück nicht allein erkämpfen.

»Regis, kannst du mich halten, wenn ich ihr nachgehe?«

Über sein Gesicht huschte ein Ausdruck der Angst, aber er zögerte nicht. Dio reichte jedem von uns eine Hand, und zum letzten Mal entstand das dreifache Bewußtsein zwischen uns, eine Ausdehnung meines Ichs, die sich weiter und weiter hinaus erstreckte, über eine raumlose, zeitlose Entfernung hinweg.

Schatten flackerten kalt und böse. Dann regte sich dort etwas, zuckte schläfrig vor meiner Berührung zurück, glücklich träumend, unwillig, zu erwachen ...

Schnell und so grob, daß Dio laut aufschluchzte, zerbrach ich den vierfachen Rapport und riß Marja in meine Arme. Ich empfand die fieberhafte Erleichterung nach ausgestandener Todesangst.

»Marja!« Ich hörte meine eigene Stimme, heiser, gebrochen. »Marja, Schatz, wach auf!«

Sie regte sich in meinen Armen. Ihre Lider flatterten,

und sie lächelte verschlafen. *»Chi' z'voyin qui?«* murmelte sie.

Ich weiß nicht, was ich sagte. Ich weiß nicht, was ich tat. Vermutlich benahm ich mich wie ein Verrückter. Ich weiß, daß ich sie drückte, bis sie wimmerte. Dann setzte ich mich und nahm sie auf den Schoß.

Marja zog ein Schnütchen. »Warum sehen die mich alle an?« Und als ich versuchte, trotz meiner zugeschnürten Kehle zu sprechen, beklagte sie sich: »Ich habe *Hunger!«*

Mir fiel ein, daß ich ebenfalls seit zwei Tagen nichts mehr gegessen hatte. Welch eine Erleichterung, daß diese Geschichte auf fast lächerliche Weise endete!

»Ich habe auch Hunger, *chiya*«, gestand ich schwach. »Wir wollen alle gehen und uns etwas zu essen besorgen.«

Dio zog Marja an ihrem Nachthemdchen in die Höhe. »Und das ist das erste vernünftige Wort, das du seit deiner Rückkehr nach Darkover gesprochen hast. Gehen wir alle zum Essen. Hausmutter, haben Sie etwas zum Anziehen für dies Kind?«

Zwei Stunden später gaben wir – gewaschen, angezogen und satt – eine respektable Gruppe um Lawtons Schreibtisch im HQ ab. Er schwenkte ein Formular vor meinem Gesicht.

»Das ist gerade über Relais gekommen.« Lawton las es laut vor: »Suche auf Darkover einstellen. Katharine Marshall auf Samarra gefunden, leichte Amnesie, unverletzt. Haig Marshall.«

»Wenn man den Zeitverlust bei der Relais-Übertragung abrechnet«, erklärte er grimmig, »ist sie etwa eine halbe Stunde, nachdem ich hier mit ihr gesprochen habe, auf Samarra aufgetaucht. Zum Henker, ich möchte diesen Job am liebsten hinwerfen und als ungelernte Hilfskraft auf einem Sternenschiff anheuern.« Sein Blick wanderte zu Regis' weißem Haar, zu Dio, zu Marja, die auf meinem Schoß saß. »Sie schulden mit eine Erklärung, Lew Alton.«

Ich gab ihm den Blick ernst zurück. Ich mochte Dan Lawton. Wie ich war er ein Kind zweier Welten, doch auch er hatte seinen Weg gewählt, und es war nicht der meine. »Das mag sein«, antwortete ich, »nur ist es eine Schuld, die Sie, wie ich fürchte, niemals kassieren werden.«

Er zuckte die Schultern und warf das Raumtelegramm in einen Papierkorb. »Dann habe ich für alle Zeit etwas gut. Auf jeden Fall müssen wir miteinander reden. Die Gnadenfrist für Darkover ist vorbei.«

Ich nickte langsam. Der Comyn hatte gegen Sharra gewonnen, aber er hatte auch verloren.

»Ich habe Befehl erhalten, hier eine provisorische Regierung unter Hastur zu bilden – dem Regenten, nicht dem Jungen. Hastur ist vernünftig und ehrenhaft, und das Volk vertraut ihm.«

Ich stimmte zu. Seit Generationen waren die Hasturs die Säule des Comyn gewesen; Darkover würde ohne uns übrige besser dran sein.

»Sie, junger Regis, werden ihm wahrscheinlich nachfolgen. Wenn Sie das Alter Ihres Großvaters erreicht haben, wird das Volk reif sein, seine Regierung selbst zu wählen. Lew Alton ...«

»Auf mich dürfen Sie nicht zählen«, erklärte ich kurz.

»Sie haben die Wahl. Sie gehen ins Exil – oder Sie bleiben und helfen uns, Ordnung zu schaffen.«

Regis wandte sich mir ernst zu. »Lew, die Leute brauchen auch darkovanische Führer. Jemanden, der ganz auf ihrer Seite arbeitet. Lawton wird sein Bestes tun, aber er ist ein ganzes Leben lang Terras Mann gewesen.«

Kummervoll betrachtete ich den jungen Hastur. Das war der Platz, an den er gehörte. Herrscher, Repräsentant, der Mann, der sich für Darkover einsetzte und die Fluten Terras so gut eindämmte, wie es einem einzigen möglich war. Vielleicht gehörte ich an seine Seite.

»Willst du mir nicht helfen, Lew? Zusammen könnten wir so viel erreichen!«

Er hatte recht. Doch ich war mein ganzes Leben lang zwischen zwei Welten gewandert, und jede hatte mich beschuldigt, der anderen anzugehören. Keine würde mir je vertrauen.

»Wenn Sie gehen, ist es für immer«, warnte Lawton. »Ihre Güter werden konfisziert. Und Sie erhalten keine Erlaubnis zur Rückkehr. Wir wollen keinen zweiten Kadarin!«

Die Wahrheit schmerzte. Das war die schwache Stelle des Comyn. Fehlgeleiteter Patriotismus, Engstirnigkeit, der Mangel an einer ausgleichenden Kraft – vielleicht einfach die Unfähigkeit, an einem Feind etwas Gutes zu sehen.

Aber ich war Comyn. Das konnte ich nicht ändern, auch wenn ich nicht darum gebeten hatte, so geboren zu werden. Ich wandte den Blick von dem Flehen in Regis' Augen ab. »Nein. Wir werden gehen. Ich bitte nur um drei Dinge. Bekomme ich sie?«

»Hängt davon ab«, erwiderte Lawton. »Ich hoffe es.«

Ich ergriff Dios Hand. »Ich möchte, daß wir vor unserer Abreise von unsern eigenen Leuten verheiratet werden«, sagte ich leise. »Und daß ich Marja ordnungsgemäß adoptieren kann. Sie ist meine Tochter. Doch es bestehen verwickelte . . .«

Lawton hob die Hand. »Großer Gott, fangen Sie nicht wieder mit diesen verzwickten Familienbeziehungen an! Ja, ich sorge dafür, wenn nicht . . .« Er sah Rafe an. Rafe schüttelte ein bißchen bedauernd den Kopf. »Was soll ich mit einem Kind? Ich könnte es doch bloß wieder ins Waisenhaus stecken.«

Lawton nickte. »Was sonst noch?«

»Raumpässe für vier Personen.« Vier; Andres hatte bestimmt kein Interesse daran, mitzuerleben, wie die Terraner die Macht übernahmen, auch wenn es das einzige richtige und logische Ende für die Geschichte des Comyn war.

Regis fragte: »Wohin willst du gehen?«

Dios Augen zeigten Standfestigkeit und Mut. Ich wußte, wohin ich gehen und was ich tun wollte, aber konnte ich es von Dio verlangen? Unschlüssig sah ich sie an. Schließlich besaß ich ererbtes Land und Geld auf Terra, und wir konnten dort behaglich leben.

Marja zappelte auf meinem Schoß, kletterte hinunter und lief zu Dio. Sie schmiegte ihren Lockenkopf an Dios Schulter, und Dio legte beide Arme um sie. Da entschied ich mich.

Eine halbe Galaxis entfernt gab es Pionierwelten, wo der Name Terra ein vages Echo und der Name Darkover unbekannt war. Dorthin gingen alle, die in dem eingeengten Universum von heute keinen Platz fanden.

Sollte das Imperium jemals so weit kommen, würde es nicht in unserer Lebenszeit geschehen.

Ich ging zu Marja und Dio und nahm sie beide in die Arme.

»Je weiter weg, desto besser«, sagte ich.

Lawton sah mich an. Er wollte protestieren. Dann änderte er seine Meinung, lächelte auf seine freundliche, zurückhaltende Weise und stand auf. Bedauern und Abschied lagen in der Geste.

»Auch dafür werde ich sorgen«, versprach er.

Drei Tage später waren wir im Raum.

Darkover! Blutige Sonne! Was ist aus dir geworden? Meine Welt ist schön, aber manchmal bei Sonnenuntergang denke ich an die Türme Thendaras und die Berge meiner Jugend. Ein Verbannter mag glücklich sein – verbannt ist er trotzdem. Darkover, lebe wohl! Du bist Darkover – nicht mehr.

Marion Zimmer Bradley

Die Schwarze Schwesternschaft

Roman

Moewig bei Ullstein
Nr. 62846

Sie nennen sich »Entsagende«: Frauen, die sich nicht in Abhängigkeit von einem Mann begeben wollen. Ihre Gildenhäuser sind Begegnungsstätten und Quartier für reisende Frauen zugleich. Magdalen Loren wurde einst als terranische Agentin in die Gilde eingeschleust, hat sich inzwischen jedoch mit den sie umgebenden Bräuchen identifiziert. Auf der Suche nach einer verunglückten terranischen Pilotin stoßen Magdalen und ihre Gefährtinnen auf eine geheimnisvolle Kraft und einen Gegner, der mit magischer Macht den Erfolg der Expedition zu verhindern sucht.